Iris Leister

Novembertod
Kappes fünfter Fall

Kriminalroman

Jaron Verlag

Iris Leister, geboren in Berlin, ist freie Autorin und Dozentin für Prosa- und Drehbuchschreiben. Sie war jahrelang Stammautorin eines interaktiven Hörspielkrimis und schrieb Drehbücher für TV-Serien und Kinofilme. Darüber hinaus veröffentlichte sie diverse Kurzgeschichten in Zeitschriften und Anthologien.

Originalausgabe
2. Auflage 2012
© 2008 Jaron Verlag GmbH, Berlin
www.jaron-verlag.de
Umschlaggestaltung: Bauer + Möhring, Berlin
Satz: LVD GmbH, Berlin
Druck und Bindung: Clausen & Bosse, Leck

ISBN 978-3-89773-577-4

Samstag, 9. November 1918

AM 9. NOVEMBER 1918 – sieben Tage, bevor Heinrich von Brettin erschossen werden würde – standen Hermann und Klara Kappe vor den stumpfen Schaufenstern des Kaufhauses Wertheim am Moritzplatz und spielten das Spiel.

«Was meinst du – dahinten, das Seidenkleid in Altrosa?»

Kappe sah Klara an. Hochschwanger, den Rücken durchgedrückt, stand sie neben ihm. Über ihrer Kluft aus seinen langen Unterhosen und ausgemusterten Militärunterhemden spannte sich das alte Reformkleid, das sie von ihrer Freundin Margarete geschenkt bekommen hatte. Darüber trug sie die beiden größten Pullover Kappes. Die Strickmaschen dehnten sich fast bis zum Zerreißen. Klaras Mantel klaffte offen. Sie war blass und hatte Augenringe, die aussahen wie gestempelt. Kappe wandte sich wieder den Auslagen zu. Sie waren leer.

«Das Kleid bekommst du zu Weihnachten. Und dann gehen wir zusammen ins Café Bauer.»

«Weihnachten ist das Kind da.» Sie sagte das mehr zu sich selbst. «Jetzt bist du dran.»

Vor Wertheim zu stehen und die gähnende Leere hinter den Schaufenstern mit ihren Träumen zu füllen war Klaras Spiel. Kappe spielte es mit, denn es lenkte sie beide für eine halbe Stunde von ihrer Rastlosigkeit ab. Außerdem war es gut, um für kurze Zeit den Hunger und die Trostlosigkeit, die mit dem Krieg gekommen waren, zu vergessen.

Kappe überlegte. Endlich fiel ihm etwas ein: «Der Präsentkorb hier vorne. Der mit der Gänseleberpastete. Den kaufen wir gleich, wenn sie aufmachen.» Klaras Magen knurrte. Seit Tagen hatten beide nichts als Wassersuppe gegessen. Kappe bereute seine Idee sofort.

«Ach Hermann, ein Walfisch wie ich braucht doch nichts zu essen.» Sie nahm seine Hand. Er war froh, dass sie lächelte.

«Ich könnte auch ein bisschen weniger vertragen.» Kappe legte Klara den Arm um die Schulter. «Komm. Die Öfen sind sicher bald durchgeheizt.»

Es war sieben Uhr morgens. Noch waren die Kreuzberger Straßen leer; es war die einzige Zeit, zu der Klara sich nach draußen traute. Seit zwei ihrer Freundinnen und ein Mann aus dem Nachbarhaus an der Spanischen Grippe gestorben waren, mied sie jede Menschenansammlung. Sie konnte seit Monaten nicht mehr richtig schlafen und wäre ab halb fünf Uhr morgens rastlos durch die kalte Wohnung getigert, wenn Kappe nicht die Idee mit den Morgenausflügen in die noch schlafende Stadt gehabt hätte. Tagsüber quoll Berlin über vor Menschen. Täglich trafen neue Kriegsheimkehrer ein. Es wurde immer enger.

Kappe und Klara gingen vom Moritzplatz in die Neanderstraße. Klara trug ihren Bauch vor sich her wie ein Fass. Ihr Körper war so angeschwollen, dass sie sich nicht mehr alleine ihre Schuhe anziehen konnte. Ihren Ehering hatte sie schon lange abgelegt, weil ihre Finger zu dick wurden.

Kappe dachte an den heutigen Morgen. Er war wie immer zähneknirschend mit Klara aufgestanden. Die Wohnung war völlig ausgekühlt, weil es schon lange nicht mehr genug Brennmaterial gab. Nachdem er sich mehrere Schichten aus langen Unterhosen, Hosen und Pullovern angezogen hatte, hatte er die Küchenmaschine mit den letzten Holzresten angeheizt und den Ersatzkaffee aus Zichorie aufgesetzt. Als er fertig war, hatte er Klara in der Wohnung gesucht. Er hatte sie im Schlafzimmer gefunden, wo sie reglos vor den polierten Türen ihres Kleiderschranks stand. Kappe hatte sie still beobachtet. Sie hatte ihr Spiegelbild in den blankpolierten Türen des Schranks betrachtet, sich langsam hin und her gedreht, die Handflächen flach an ihren Bauch gelegt und sich auf die Unterlippe gebissen. Sie hatte die Frau, die ihr blass und unförmig aus den Mahagoniflächen des Schranks entgegenblickte, angestarrt wie eine unheimliche Fremde. Dann hatte sie die Luft durch die Nase ausgestoßen, den Staublappen genommen und über die Türen gewischt, als wolle sie das Holz von ihrem Spiegelbild reinigen. Kappe, dem Klara während der letzten Monate immer fremder geworden war, überfiel plötzlich eine unbändige Zärtlichkeit. Er hatte sie umarmt. Doch sie war zusammengeschrocken.

«Hör auf! Ich muss hier noch saubermachen.»

«Wie oft willst du die Möbel denn noch polieren? Es blitzt doch schon alles.» Kappe hatte auf die Einrichtung gezeigt, deren Oberflächen von Klaras täglichen Putzorgien glänzten, als seien sie nass. Klara hatte ihn ignoriert und langsam und methodisch weitergewischt, während Kappe sich ratlos in die Küche zurückgezogen hatte. Später hatten sie schweigend den bittermalzigen Kaffee getrunken. Danach hatte Kappe die Kachelöfen mit ein paar wenigen Kohlen angeheizt und Klara die Schuhe zugebunden. Dann waren sie zu ihrem morgendlichen Spaziergang zu Wertheim aufgebrochen.

Über den Mariannenplatz waren sie in Richtung Heinrichplatz gegangen, vorbei an dem verlassenen Sandspielplatz. Kappe hatte sich gefragt, ob sein Kind hier demnächst spielen würde. Er hoffte, dass es ein Junge werden würde, mit dem er in ein paar Jahren vielleicht einmal Fußball spielen konnte. Aber wer wusste schon, was in ein paar Jahren war? Es war nicht einmal klar, was die Gegenwart bringen würde. In den letzten Wochen schien die Welt aus den Fugen geraten zu sein. Der Krieg war trotz aller Siegesparolen auf einmal verloren, die alte Regierung zurückgetreten.

«Ob die Revolution auch nach Berlin kommt?», hatte Klara plötzlich gefragt, als hätte sie Kappes Gedanken gelesen. «Margarete sagt, dass es an der Zeit ist.» Sie war stehengeblieben. «Was dann wohl kommt?»

Kappe hatte sie angesehen. Es war warm für November. Der

Geruch von verbrannter Kohle hing wie ein Schleier in der Luft. Am 29. und 30. Oktober hatten sich die Matrosen in Wilhelmshaven geweigert, auf eine letzte Todesfahrt gegen die englische Flotte auszulaufen. Das Todeskommando war abgeblasen worden, aber Hunderte waren verhaftet und auf Schiffen nach Kiel verfrachtet worden, wo sie der Kriegsgerichtsbarkeit und damit dem sicheren Tod entgegengesehen hatten. Am 4. November hatten die Matrosen, denen der Aufstand ihrer Kameraden das Leben gerettet hatte und die seitdem protestierten, in Kiel ihre Offiziere entwaffnet und die verhafteten Kameraden befreit – Seite an Seite mit den Arbeitern, die sich mit ihnen solidarisiert hatten. Seitdem war das Land in Aufruhr. Die Machtverhältnisse hatten sich umgedreht in Kiel. Die angestammten Machthaber hatten in der Stadt nichts mehr zu sagen. Von Kiel aus rollte diese revolutionäre Welle nun durchs ganze Kaiserreich. Nicht nur in Hannover, Köln und Frankfurt wehten schon die roten Fahnen, auch die Münchner hatten am vorherigen Tag ihren König Ludwig davongejagt und in Bayern die Rätedemokratie ausgerufen. Einzig in der Hauptstadt war es bisher ruhig geblieben.

«Wer weiß das schon. Immerhin haben wir Glück, dass es nicht so kalt ist. Bei den wenigen Kohlenmarken, die es gibt.» Kappe hatte nicht gewusst, was er sonst hätte sagen sollen. Er hatte Klara vorsichtig den Arm um die Schulter gelegt. Sie hatte es geschehen lassen. Arm in Arm waren sie rechts in die Oranienstraße mit ihren erloschenen Kaufhäusern eingebogen. «Irgendwie ist das ein falscher Winter», hatte Klara gesagt.

Ein Geräusch holte Kappe aus seinen Gedanken. Sie waren fast an der Köpenicker Straße. Er sah zu Klara, die neben ihm lief und plötzlich die Nase verzog. «Riechst du das? Das stinkt bis hierhin.»

«Ach Klara, du und deine übersinnlichen Gerüche.» Kappe roch nichts. Seitdem Klara schwanger war, fühlte sie sich von den Gerüchen des Luisenstädtischen Kanals geradezu verfolgt.

«Das musst du doch riechen!»

«Sei mal still!» Kappe versuchte, das Geräusch zu orten. Es war eine Art trockenes Rauschen. Kappe hatte das Geräusch schon einmal gehört. Plötzlich erinnerte er sich: Die Menschenaufmärsche zu Kriegsbeginn und die Streiks im letzten Winter hatten sich genauso angehört. Es war das Geräusch von Hunderten von Schritten. Kappe erschrak. Er versuchte, Klara von der Straßenecke fortzuziehen. Doch es war zu spät. Tausende von Menschen quollen plötzlich aus der Köpenicker Straße. Arbeiter trugen rote Fahnen. Mütter zogen ihre Kinder hinter sich her. Sie schwenkten Transparente aus Bettlaken und Pappschilder, die notdürftig auf Latten genagelt waren. *Brüder, nicht schießen!*, stand hundertfach auf den Transparenten.

«Hermann!» Klara stand da wie angefroren. Ihre Stimme zitterte. Diese versuchte, sie wegzuziehen, aber der Strom der Demonstranten riss sie mit. Ein ausgemergelter Mann hustete Klara an. Diese wandte sich stöhnend ab. Sprechchöre brandeten auf: «Schluss mit dem Krieg!» und «Frieden und Brot!»

«Marschiert mit uns, Genossen!», brüllte ein Mann, der ein Pappschild mit der Aufschrift *Wir wollen Brot* trug. Ein anderer drückte Kappe ein Flugblatt mit dem Aufruf zum Generalstreik in die Hand. Klara hielt sich ein Taschentuch vor das Gesicht. Kappe sah ihre aufgerissenen Augen. Mit einer Hand klammerte sie sich panisch an ihm fest. Er versuchte, sie zwischen den vorwärtsdrängenden Leuten zum Straßenrand zu ziehen. Klara hing wie ein Gewicht an ihm. Sie bewegte sich schwerfällig. Er kam kaum voran. Jemand rempelte Klara an. Kappe war wütend. «Passt doch auf!» Plötzlich spürte er ihren Griff nicht mehr. Er drehte sich um. Klara war weg. Kappe roch Angst. Er wusste nicht, ob es seine eigene war. Fieberhaft suchte er nach Klara, schob sich durch die dicht an dicht marschierenden Menschen, versuchte, irgendwie zwischen den Reihen nach vorne zu kommen. Er sah in ausgemergelte Gesichter, die vor grimmiger Entschlossenheit glühten. Das Geräusch der marschierenden Füße hallte hundertfach verstärkt von den Häuserwänden wider und vermischte sich mit den Sprechchören.

Kappe fühlte sich, als wäre er unter Wasser. Er rief nach Klara, wurde geschubst, stolperte, wurde von jemandem hochgerissen, rief wieder. Er hörte ihre Stimme. Es klang, als sei sie irgendwo auf der anderen Straßenseite. Er kämpfte sich durch ein Meer aus Armen, Beinen, Oberkörpern, rannte dagegen an. Er wurde mit Flüchen überschüttet. Einem Mann, der sich ihm in den Weg stellen wollte, rammte er den Ellenbogen in den Magen, dann kämpfte er sich weiter – froh, dass der Mann sofort weggedrängt wurde. Endlich sah er Klara. Sie saß am Straßenrand, die Beine breit, stützte den weit nach hinten gelehnten Oberkörper mit durchgedrückten Armen ab. Das Taschentuch war ihr auf den Bauch gefallen. Es hob und senkte sich stoßweise. Kappe stürzte auf sie zu. Klara schluchzte. Kappe wiegte sie hin und her. «Was ist passiert? Hat dir jemand weh getan?»

«Die haben mich angesteckt.» Sie zitterte.

Kappe streichelte sie. «So leicht kriegt man die Grippe nicht. Komm, ich bring dich nach Hause.»

Klara weinte. «Jetzt muss ich sterben. Und das Kind auch.»

Kappe sah sich hilfesuchend um, aber die Demonstranten marschierten achtlos an ihnen vorbei. Er versuchte, Klara hochzuziehen. Sie wehrte sich, und Kappe fühlte sich inmitten der siedenden Menschenmassen völlig allein. Er setzte sich neben sie und hielt ihre Hand. «Du kannst doch hier nicht sitzen bleiben, Klara.»

Klara schluchzte nur.

«Komm, wir gehen nach Hause. Du wirst sehen, es ist alles in Ordnung.»

Klara schüttelte den Kopf. «Ist doch jetzt alles zu spät.»

«Quatsch mit Soße.»

«Für dich ist immer alles Quatsch mit Soße.»

«Mensch, Kappe, was macht ihr denn hier?» Kappe sah hoch. Trampe, sein alter Nachbar aus der Waldemarstraße, stand vor ihm. Er trug ein Schild in der Hand. «Sag bloß, es ist so weit.»

«Sie will nicht weiter.» Kappes Stimme war vor Aufregung ganz rau.

Trampe hockte sich vor Klara. «Kommt das Kind?»

Klara sah ihn an. «Ist sowieso egal. Ich hab ja jetzt die Grippe.»

Trampe besprach sich kurz mit den Männern, mit denen er im Zug gelaufen war. Er gab ihnen das Pappschild. Kappe las die Aufschrift *DeTeWe – Generalstreik – Schluss mit dem Krieg* eher nebenbei. Die Männer zogen weiter.

Kappe und Trampe versuchten, Klara aufzuhelfen, doch sie stöhnte nur und klappte zusammen wie ein nasser Sack. «Klara, wir gehen am besten ins Krankenhaus. Da lassen wir dich untersuchen.» Kappe streichelte ihre Hand. «Bist du bereit?»

Sie zuckte mit den Schultern.

«Na los, wir versuchen es noch einmal.» Die beiden Männer nahmen Klara zwischen sich und zogen sie hoch. Sie gingen ein paar Schritte.

«Ich schaffe das nicht», schluchzte sie auf.

Die beiden Männer setzten sie vorsichtig ab. «Verdammt!» Kappe sah Trampe an. Der überlegte einen Moment. «Bin gleich zurück», sagte er dann und rannte gegen den Strom der Demonstranten so schnell wie möglich die Köpenicker Straße hinunter. Kappe sah ihm hinterher. «Bitte, Trampe, beeil dich», sagte er leise. Er nahm Klara in den Arm und redete auf sie ein. Er hoffte, es würde sie beruhigen.

Der Aufmarsch dünnte nach und nach aus. Nur noch wenige Nachzügler kamen. Meistens Schaulustige, die nichts verpassen wollten und nun zusahen, dass sie den Anschluss an den Demonstrationszug bekamen. Klara lag blass in Kappes Armen. Er wurde von Sekunde zu Sekunde nervöser. Trampe schien schon eine Ewigkeit weg zu sein. Plötzlich hörte Kappe das lauter werdende Geräusch eines schweren Motors.

«Ein Auto, Hermann!»

«Kannst du aufstehen?»

«Ich versuch's.»

Kappe zog Klara hoch. Sie wimmerte, blieb aber stehen. Kappe stützte sie. Beide horchten angestrengt.

Der Mercedes schoss wie ein Schatten aus der Michaelkirchstraße. Kappe und Klara stolperten auf die Straße. Reifen quietschten. Der Wagen bremste. Kappe riss die Tür zum Fond auf. Die Innenbeleuchtung ging an. Eine Frau. Kappe sah ihre schwarzen Augen. Ihre schmale Nase. Darunter wölbten sich blutrote Lippen in einem blass geschminkten Gesicht, das von Locken umrahmt wurde, die glänzten, als wären sie feucht. Das Fell ihres großen Pelzkragens kräuselte sich ein wenig im Luftzug. Das Auto atmete den Geruch von Lilien.

«Frau Magno, was für ein Glück, bitte helfen Sie mir.» Klara versagte die Stimme.

«Meine Frau muss ins Krankenhaus.»

Die schwarzen Augen streiften Klara, ihr vom Weinen geschwollenes Gesicht, ihren klaffenden alten Mantel, den schwangeren Bauch, das fadenscheinige Kleid, die alten Pullover. Dann sahen sie Kappe an. Ihr Blick war wie eine Ohrfeige. In einer einzigen Bewegung beugte die Frau sich zu ihm, fasste den Innengriff und riss die Tür zu. Kappe war zu überrascht, um die Tür festzuhalten. Das Auto fuhr an, zog hart an ihm vorbei und verschwand.

Kappe starrte ihm einen Augenblick hinterher. Er war fassungslos. Er überlegte scharf, woher er dieses Gesicht kannte. Und dann fiel es ihm ein. «Das war diese Schauspielerin.» Kappe war von Klara, die eine glühende Verehrerin der Magno war, in mindestens zehn Filme geschleppt worden, in denen die Diva die Hauptrolle spielte.

«Ja. Renee Magno.» Klara lachte bitter. «Lässt uns einfach stehen. Ich muss mich hinsetzen, Hermann.» Sie ließ sich ungelenk am Straßenrand nieder. Kappe schob ihr seinen Mantel unter und setzte sich neben sie.

«Vielleicht kommt ja Trampe bald mit Hilfe.»

«Was für Zeiten! Ich weiß nicht, wann wir das letzte Mal etwas Richtiges gegessen haben.» Klara lehnte sich weit zurück. «Und sie hatte Lilien. Und einen Wagen. Wahrscheinlich isst sie jeden Tag dreimal warm. Nicht zu fassen.» In ihre Bitterkeit mischte sich Unglauben. «Vielleicht ist es gar nicht so schlecht, wenn jetzt hier alles zu Ende ist.»

«Jetzt hör aber auf!» Kappe war gereizt. «Nichts ist zu Ende.»

«Bitte hol Margarete.» Klara schloss die Augen. Sie lehnte sich an Kappe und schwieg.

Eine gefühlte Ewigkeit später kam Trampe zurück. Er saß neben dem Kutscher eines altertümlichen Fuhrwerks. Das Pferd, das es zog, war so mager und räudig, dass Kappe daran zweifelte, ob es bis zum Krankenhaus durchhalten würde. Der Kutscher sah Kappes Blick. «Ist das änziche, was se mir gelasst ham. Und selbst fir des krieg ich kein Futter nich. Aber ich quatsch schon wiedr zu viel. Wo isse nu, die scheene Frau?»

Gemeinsam hoben die drei Männer die apathische Klara auf, verfrachteten sie vorsichtig auf die Ladefläche und fuhren zum Krankenhaus Bethanien. Aus Mitte hörte man Schüsse.

Obwohl sie gestaltet war wie eine Kirche, kam Kappe die Eingangshalle des Krankenhauses vor wie der Vorhof zur Hölle. Sie war dämmrig und der Geruch von Krankheit und Armut in ihr so streng, dass er nur noch halbe Atemzüge machte. «Das wird Klara nicht ertragen», dachte er ungefähr zum hundertsten Mal. Vor zwei Stunden war sie auf einer Trage ins Innere des Krankenhauses gerollt worden, begleitet von einer besorgten Schwester, die sich als Schwester Hedwig vorgestellt hatte. Seitdem wartete Kappe in der dunklen Halle. Trampe und der Kutscher hatten sich längst verabschiedet. Patienten humpelten auf Krücken an ihm vorbei. Er sah einen Mann, dessen halbes Gesicht verbrannt schien. Es wurde überall gehustet. Aus den Krankenzimmern drang Stöhnen. Einmal schrie jemand laut.

Um die Kranken und Versehrten nicht mehr sehen zu müssen, hatte Kappe begonnen, die Architektur zu studieren. Doch die Säulchen, ihre blattgeschmückten Kapitelle und die in Rot und Blau bemalten Ornamente erschienen ihm wie Hohn. Er betrachtete die Stuckmedaillons an den Wänden. Kappe erkannte biblische Szenen der Heilung. Im Dämmerlicht, inmitten der furchtbaren Geräusche und der drückenden Ausdünstungen, war es ihm, als würden die Gipsgestalten plötzlich anfangen, sich vor Schmerzen zu winden.

«Herr Kappe?» Er schrak zusammen. Schwester Hedwig stand vor ihm. Sie war so mager, dass ihre Tracht an ihr herabhing wie ein Sack. Müdigkeit umgab sie wie ein Mantel.

«Was ist mit Klara? Geht es ihr gut? Ist mit dem Kind alles in Ordnung?»

Sie schüttelte den Kopf. «Ihre Frau hat sehr hohen Blutdruck und viel Wasser im Körper. Wir müssen sie erst einmal hierbehalten.»

Kappe sank das Herz. «Das wird ihr nicht gefallen. Sie hat schreckliche Angst, sich mit der Grippe anzustecken.»

Der Blick der Schwester war stumpf vor Erschöpfung. «Wir tun unser Bestes. Den Rest wird der Herr entscheiden.»

«Kann ich sie sehen?»

«Sie braucht Ruhe. Am besten, Sie gehen jetzt nach Hause. Kommen Sie morgen wieder.»

Kappe nickte resigniert. Er wandte sich dem Ausgang zu.

«Herr Kappe?» Sie war hinter ihm hergekommen. «Fast hätte ich es vergessen. Ihre Frau bittet Sie, einer gewissen Margarete Bescheid zu geben.»

Kappe verließ das Krankenhaus. Er war außer sich vor Sorge.

Kappe rannte zurück zu Wertheim, wo Margarete als Verkäuferin arbeitete. Das Kaufhaus hatte gar nicht erst aufgemacht. Die Belegschaft hatte sich dem Generalstreik angeschlossen und war irgendwo auf den Straßen Berlins unterwegs. Kappe überlegte. Margarete würde auf jeden Fall mit ihren Kollegen umherziehen. Das wird die Suche nach der berühmten Nadel im Heuhaufen, dachte er. Er schlug sich zu Fuß in Richtung Mitte durch, immer in der Hoffnung, sie in einem der mit Transparenten gespickten Demonstrationszüge zu finden.

Die Straßen waren voll, doch Margarete war nicht zu sehen. Immer wieder fragte Kappe, ob jemand die Wertheim-Belegschaft gesehen hätte. Niemand wusste etwas. Er kämpfte sich weiter durch die Streikenden. Plötzlich fand er sich an der Jannowitzbrücke wieder. Ein Jägerbataillon war auf der Brücke postiert. Die Luft vibrierte von Sprechchören. Die Angst der Demonstranten war fast greifbar – aber ebenso auch ihre Entschlossenheit. Und plötzlich fiel Kappe mit ein in den Chor: «Schluss mit dem Krieg!», brüllte er und erschrak gleichzeitig über sich selbst. Er sah einem der Soldaten in die Augen. Die Zeit schien stillzustehen. Kappe fühlte plötzlich, dass sein Schrei aus tiefster Überzeugung kam. Er hasste diese Zeit des Hinschlachtens. Er hasste den ständigen Hunger. Und er hasste, was mit Klara passiert war. Er hielt den Atem an. Er hoffte, dass nicht geschossen würde. Und dann, auf einmal, sah er Verständnis in den Augen des Soldaten. Wie auf ein Kommando bildete das Bataillon eine breite Gasse. Die Offiziere drehten der Menge den Rücken zu. Niemand schoss. Der Zug zog ungestört zwischen den Männern hindurch.

«Die sind ja wirklich auf unserer Seite.» Die Frau neben ihm strahlte Kappe an.

«Das will ich meinen, jetzt, wo sogar die Naumburger Jäger sich den revolutionären Soldaten angeschlossen haben», mischte sich ein Mann ein.

«Der kaisertreue Haufen?» Die Frau konnte es nicht fassen.

«Wenn ich's doch sage!»

«Hoffentlich bleibt das alles auch so.» Kappe drängte sich weiter. Er sah einen Photographen, der mitsamt seinem kiloschweren Apparat auf einen Baum geklettert war, um die Soldaten und die zwischen ihnen hindurchströmenden Menschen zu photographieren. Er schaute sich wieder und wieder nach Margarete um. Vergebens. Ein paar Straßenecken weiter wurden einem Zeitungsjungen die Zeitungen nur so aus der Hand gerissen, und Kappe blieb im allgemeinen Gedränge stecken. «Hast du die Leute von Wertheim gesehen?», fragte er ihn.

«Meester, ick bin froh, wenn ick meene Zeitungen seh.»

Kappe kaufte ihm eine Zeitung ab. Der Junge drückte ihm glücklich grinsend eine Extra-Ausgabe des *Vorwärts* in die Hand. *Es lebe die soziale Republik*, stand dort zu lesen. Da Kappe fast am Alex war, beschloss er, sich zu seinem Büro durchzuschlagen. Vielleicht gab es dort Informationen über die einzelnen Demonstrationszüge. Als er endlich am Polizeipräsidium ankam, war das rote Gebäude umlagert. Revolutionäre Soldaten und Zivilisten standen Schulter an Schulter. Die Stimmung war eisig. Die Soldaten hielten die Gewehre im Anschlag. Ihnen gegenüber, hinter den Fenstern, standen die Schutzpolizisten. Ihre Waffen waren auf die Soldaten gerichtet.

Kappe versuchte, den burgförmigen Bau zu umrunden. Er drückte sich durch die Mauer aus Menschen, bis er zu einem Seiteneingang kam. Die Demonstranten trennte nur noch ein halber Meter von der Tür. In der Hoffnung, sich unauffällig hineinschlängeln zu können, drängte Kappe sich nach vorne. Er war fast an der Tür, da fühlte er einen Griff wie ein Schraubstock an seinem Oberarm. «Na, Bürschchen, du gehörst doch nicht etwa zu dem Adelsclub da drinnen?» Ein massiger Typ mit Boxernase hielt ihn fest. Bevor Kappe antworten konnte, klirrten Scheiben. Der Kampfruf «Nieder mit der Regierung!» brandete auf. Die Masse drängte nach vorne. Die Tür gab nach. Der Typ funkelte Kappe an. «Bist du vielleicht sogar einer von der Politischen?»

Kappe sah den blanken Hass in den Augen des Mannes. Er überlegte nicht lange. «Los, stürm mit, wenn du einer von uns bist!» Er machte sich los und schob sich nach vorne.

«Du jefällst ma.» Der Mann griff Kappe erneut und zog ihn hinter sich. «Lass mir ma machen. Bin ja viel jrößa.» Er stampfte vorwärts. Kappe hing an ihm wie ein Fisch an der Angel. Er wurde durch den Seiteneingang geschleift. Soldaten und Zivile, alle drängten durch die Tür. Die bewaffneten Schutzpolizisten, die den Eingang bewacht hatten, flohen. «Dit macht Laune, wa?» Der Boxernasige lachte. Kappe grinste gezwungen.

Die Schutzleute stoben vor ihnen her. Die Revolutionäre verfolgten sie. Der Boxernasige hatte Kappe immer noch fürsorglich umklammert. Gemeinsam rannten sie hinter den Schutzpolizisten her durch die Gänge bis fast zum Vordereingang. Dort standen die anderen Schutzpolizisten mit erhobenen Händen. Jäger und Gejagte prallten mit ihnen zusammen. In dem Durcheinander gelang es Kappe, sich von dem Mann mit der Boxernase loszumachen. Er zog sich vorsichtig zurück. Kappe wusste, dass auf dem Flur eine Kammer war, in der der Hausmeister seine Utensilien aufbewahrte. Schritt für Schritt näherte er sich der schmalen Tür. Immer wieder kamen Männer den Gang entlang und trieben Schutzleute vor sich her. Endlich hatte er es geschafft. Er öffnete die Tür und schlüpfte hinein. Der Geruch von Bohnerwachs schlug ihm entgegen. Gerade als er die Tür zuziehen wollte, spürte er einen Blick auf sich. Böhlke, einer der Schutzmänner seiner Abteilung, den sie nur «Die Bulldogge» nannten, hatte ihn gesehen. Die Bulldogge ging mit erhobenen Händen vor einem Revolutionär her. Seine Pickelhaube saß schief auf dem Schädel, und sein Gesicht, das wie bei jedem Choleriker sowieso immer leicht rötlich angelaufen war, pulsierte in dunklem Rot. Ihre Augen trafen sich. Böhlkes Ausdruck war reglos, aber sein Blick sprach Bände.

Kappe drückte die Tür zu. Bleierne Schwere überkam ihn. «Bitte nicht jetzt», dachte er noch, bevor die Bewusstlosigkeit über ihm zusammenschlug wie eine Welle aus Öl.

Kappe kam inmitten von Eimern, Schrubbern und Lumpen zu sich. Das Erste, was ihm auffiel, war die unheimliche Stille im Haus. Er öffnete vorsichtig die Tür. Die Gänge waren leer. Kappe ging zu seinem Büro. Niemand war da. Er ging zum Telefon und wählte die Nummer des Kaufhauses Wertheim. Es klingelte endlos. Kappe fluchte und legte auf. Er sah gedankenverloren aus dem Fenster. Unten stand die gesamte Mannschaft der Schutzleute und wurde entwaffnet. Alles ging ruhig vor sich, nur ab und an pöbelte jemand herum. Eine Frau spuckte einen der Polizisten an. Die

Männer, die die Polizisten entwaffneten, redeten beruhigend auf sie ein. Kappe wusste, dass die Schutzmänner als Büttel des Kaiserregimes verhasst waren. Es überraschte ihn, wie respektvoll die Revolutionäre mit ihnen umgingen. Er versuchte es noch mal mit dem Telefon. Wieder vergeblich. Er überlegte. Der Boxernasige und seine Bemerkung über die Politische Polizei kamen ihm in den Sinn. Die Spitzel der «Politischen» wussten sicher etwas. Kappe verwarf den Gedanken. Es war zu riskant, in der Abteilung zu fragen. Selbst wenn er äußerst geschickt vorging: Wenn die Revolution sich nicht durchsetzte, würde das Margaretes Fahrkarte ins Gefängnis bedeuten. Er musste wieder hinaus, sie suchen. Er riss die Bürotür auf. Vor ihm stand Galgenberg.

«Kommissar Kappe, wie schön, Sie zu sehen! Ick bin sicher, Sie hatten wat Wichtijet zu tun, während wir unsere politische Integrität bewiesen haben.» Galgenberg schaute ihn aus zusammengekniffenen Augen an. Seitdem er aus dem Krieg zurückgekommen war und entdecken musste, dass Kappe an ihm vorbei Kommissar geworden war, hatte sich ihr Verhältnis merklich abgekühlt. Von dem fröhlichen Kollegen und Freund, der ihn oft mit seinen «Ein Satz mit ...?»-Sprüchen gepiesackt hatte, war nicht mehr viel übriggeblieben. Besonders in den letzten drei Wochen schien Galgenbergs Laune noch weiter gesunken zu sein. Kappe hatte sich jedoch angesichts des ohnehin angespannten Verhältnisses nicht getraut, den Kollegen darauf anzusprechen.

«Galgenberg, ich muss los.»

«Freun Se sich, Herr Kommissar, gerade könnse ma Pause machen von Ihren unermüdlichen Bemühungen um die Reichshauptstadt. Audienz beim RR.»

Kriminalinspektor Waldemar von Canow und Dr. Konrad Kniehase, der Spezialist für kriminaltechnische Untersuchungen, waren schon da, als Kappe und Galgenberg im Büro des Regierungsrates von Unverth ankamen. Kappe hatte es bisher noch nie betreten. Er war überrascht, denn der Raum war weniger Büro als Herrenzimmer: mit dunklem Holz getäfelte Wände, ein massiger Schreibtisch aus Eiche, der mit einem Übermaß an Verzierungen und Drechseleien eher wie das Modell einer mittelalterlichen Burg aussah, schwere Samtvorhänge, gefüllte Bücherregale.

Von Unverth hatte sein Amt im Sommer 1917 angetreten, nachdem der alte Regierungsrat, der seine Amtsgeschäfte vorwiegend von seiner Privatwohnung in Schöneberg aus getätigt hatte, in Pension gegangen war. Er hatte sich sein Büro im Präsidium komplett neu einrichten lassen. Die teure Einrichtung, die eingebaut wurde, obwohl ringsum Mangel herrschte, gab dem Gerücht Nahrung, von Unverth habe außer dem unermesslichen Reichtum, den seine Familie mit riesigen Ländereien in Pommern angehäuft hatte, auch noch einen sehr guten Draht zum Kaiser. Dieses Gerücht sorgte dafür, dass der Regierungsrat als eine Art graue Eminenz angesehen wurde. Man sah ihn nicht, man hörte ihn nicht, aber alle bemühten sich, ihre Sache möglichst gut zu machen, um es sich nicht mit den Mächtigen zu verscherzen.

Das Büro roch nach teurem Pfeifentabak und Leder. Von Unverth stand hinter seinem Schreibtisch. Auf der blankpolierten Schreibtischplatte lag offen die *BZ am Mittag*. Säuberlich gefaltet lag daneben ein Stapel anderer Zeitungen. Kappe konnte den *Reichskurier* mit seinem blutroten Namenszug und dem Reichsadler erkennen.

Von Unverth strich über die Zeitung, als wolle er sie glätten. Kappe beobachtete die stumpfen, weichen Hände mit dem Siegelring, die immer wieder über die Überschrift fuhren: *Der Kaiser hat abgedankt. Thronverzicht des Kronprinzen. Ebert wird Reichskanzler.* Von Unverth sah auf. Sein Kaiser-Wilhelm-Schnurrbart zitterte. Kappe hoffte, er würde endlich anfangen zu reden. Er ließ ungeduldig seinen Blick schweifen. Galgenberg stand mit undurchsichtigem Gesicht da. Von Canow saß in einem der mächtigen grünen Samtsessel und sah besorgt aus. Kniehase hatte etwas Eilfertiges an sich. Kappes Blick streifte den viereckigen hellen Fleck an der Wand hinter von Unverth. Der Kaiser hatte tatsächlich abgedankt. Zumindest hier an der Wand, dachte Kappe und fragte sich, wie von Unverth wohl wirklich über die Ereignisse dachte.

«Meine Herren», sagte der Regierungsrat. «Die Ereignisse zwingen mich, Ihnen Folgendes mitzuteilen. Unser gegenwärtiger Polizeipräsident, Herr von Oppen, gibt sein Amt an Herrn Eichhorn ab. Unsere Abteilung wurde, wie Sie wissen, überprüft. Sie bleibt erhalten, und ich bleibe im Amt. Sie sehen: Gute Arbeit lohnt sich.»

Von Unverth begann abzuschweifen. Kappe sah ungeduldig aus dem Fenster. Ein Schwarm von armseligen Gestalten kam aus dem Gebäude und wurde von Frauen und Kindern freudig begrüßt. Kappe fühlte ein wenig Genugtuung. Das mussten die politischen Gefangenen sein.

«Kommissar Kappe, Sie interessieren sich wohl nicht für meine Ausführungen?» Von Unverth sah ihn unverwandt an. «Ich frage mich, ob Sie überhaupt bei der Sache sind. Was haben Sie eigentlich gemacht, während ich und Ihre Kollegen uns vor einem Revolutionskomitee rechtfertigen mussten?» Von Unverth sah nach draußen, wo die politischen Gefangenen immer noch auf die Straße strömten. Sein Schnurrbart zitterte wieder. «Sie haben die Politische Abteilung tatsächlich geschlossen.» Er schüttelte kaum merklich den Kopf und wandte sich wieder Kappe zu. «Nun? Sie haben doch nicht etwa mitdemonstriert?»

Kappe spürte die Blicke der anderen drei auf sich. Es war ihm klar, dass er von Unverth viele Fragen beantworten müsste, wenn er von seiner Suche nach Margarete erzählen würde. Fragen nach Margarete. Fragen nach seinem Umgang. Solange er nicht wusste, auf welcher politischen Seite der Regierungsrat stand, wollte er diese Fragen nicht beantworten. Also beschränkte er sich auf das Wesentliche. «Meine Frau ist auf der Straße zusammengebrochen. Ich musste sie ins Krankenhaus bringen. Sie ist hochschwanger.»

«Was ist eine der wichtigsten preußischen Tugenden, Kommissar Kappe?» Von Unverths Augen funkelten kalt.

Kappe schluckte. «Pflichterfüllung?»

«Na, ich sehe, bei Ihnen ist Hopfen und Malz noch nicht verloren. Und im Fall einer hochschwangeren Ehefrau drücken wir mal ein Auge zu. Ich hoffe, es ist nichts Schlimmes.»

Kappe beobachtete verwundert, wie das kalte Funkeln in von Unverths Augen in Sekundenschnelle erlosch und einem jovialen Gesichtsausdruck wich. Fast, als wäre er zwei Personen, dachte Kappe. «Ich weiß es nicht, Herr Regierungsrat», sagte er. «Die Schwestern konnten mir nichts sagen.»

«Das wird schon, Herr Kappe. Hab das Vaterwerden selber fünfmal mitgemacht. Aber vergessen Sie vor lauter Sorgen nicht, dass das kriminelle Element nicht schläft.» Von Unverth sah in die Runde. «Das gilt für Sie alle. Wir sind hier, um gegen das Verbrechen zu kämpfen. Ganz gleich, welchem Herrn wir dienen müssen. Wir werden mit dem neuen Regime so gut wie möglich zusammenarbeiten. Tun Sie also Ihr Bestes, selbst wenn es vielleicht schwerfällt. Besprechung beendet, meine Herren.»

Die vier gingen schnell nach draußen. «Richten Sie Ihrer Frau gute Besserung aus», sagte von Canow, bevor er in seinem Büro verschwand.

Kniehase nickte. «Von mir auch.» Er verabschiedete sich in sein Labor. Zum Schluss liefen nur noch Galgenberg und Kappe den Flur zu ihrem Büro entlang. Kappe überlegte fieberhaft, unter welchem Vorwand er seine Suche nach Margarete wiederaufnehmen könnte. Er sah seinen Kollegen, der schweigend und mit verschlossenem Gesicht neben ihm her ging, von der Seite an. Ich könnte genauso gut auch nicht da sein, dachte Kappe. «Ich werde noch mal nach meiner Frau sehen», sagte er.

Galgenberg zuckte mit den Achseln. «Wenn Sie meinen, dass das hilft.»

«Ich denke schon.» Kappe hatte nicht vor, zum Krankenhaus Bethanien zu gehen. Er würde Margarete suchen.

Unter den Linden und am Brandenburger Tor blühten die roten Fahnen. Die Straßen waren schwarz von Menschen. Schaulustige hingen wie dicke Krähen in den kahlen Bäumen. Offene Lastautos kurvten durch die Massen, besetzt mit Soldaten, die rote Armbinden trugen. Auf manchen stand *Soldatenrat*. Kinder wuselten herum. Kappe schien es, als sei ganz Berlin auf den Beinen. Er driftete durch das revolutionäre Gedränge, immer auf der Suche nach Margarete, und fühlte sich dabei wie ein Fremder.

Die meisten Menschen schienen zum Reichstag zu streben. Kappe arbeitete sich bis zu dem klotzigen Gebäude vor, vor dem die Menschen wie Ameisen wimmelten. Abordnungen betraten den Reichstag, andere verließen ihn wieder. Plötzlich wurden Arme gereckt und Hüte geschwenkt. Kappe sah an der Fassade hoch, die sich klobig und grau in den Himmel reckte. Ein Fenster war aufgegangen, und ein schmaler älterer Herr, den Kappe an seinem Knebelbart als Philipp Scheidemann erkannte, lehnte sich weit hinaus und begann zu sprechen. Kappe verstand die Satzfetzen «Einig und stark» und «Es lebe das Neue, es lebe die Deutsche Republik». Die Menge jubelte. Beifall brandete auf.

Kappe wurde von einem sonderbaren Gefühl ergriffen. Das Kaiserreich und damit alles, was er bis dahin gekannt hatte, war wirklich und wahrhaftig untergegangen. Aber statt Wehmut spürte er vorsichtige Neugierde. Margarete fiel ihm wieder ein, und er lief weiter durch die Menge. Es wurde heftig diskutiert. Wer nicht verstanden hatte, was Scheidemann gesagt hatte, dem wurde es in einer Art Stiller Post weitergegeben. Immer wieder fand er sich in Menschenknäueln wieder, in deren Mitte rotwangige Zeitungsjungen den *Vorwärts* verkauften. Auch hier wurde den Jungen die Zeitung nur so aus den Händen gerissen. Kappe hastete weiter.

Am Abend hatte Kappe die ganze Stadt durchkämmt. Erschöpft lief er nun durch die schwach erleuchteten Straßen von Kreuzberg. Natürlich hatte er die ganze Zeit gewusst, dass die Chance, Margarete in dem Trubel zu finden, kleiner gewesen war als ein Sechser in der Kaiserlichen Lotterie. *Ehemals* Kaiserlichen Lotterie, fügte er für sich hinzu. Trotzdem – es war ihm bisher immer gelungen, die Nadel im Heuhaufen doch noch zu finden. Er fragte bei Margarete

Klumps Zimmerwirtin nach. Die hatte sie seit heute Morgen auch nicht gesehen. Als sie ihn in eine erregte Diskussion über das, was sie «die Zustände» nannte, verwickeln wollte, ließ er sie einfach stehen.

Rastlos lief er die Oranienstraße hinunter. Ihm war kalt. Kurz hinter dem Oranienplatz fiel Licht aus einer Speisewirtschaft auf die Straße. Das «Max und Moritz». Kappe war plötzlich nach einem Schluck Bier. Er öffnete die Tür. Lärm und der Geruch von Alkohol und Tabak schlugen ihm entgegen.

Der Eigentümer hatte sich persönlich die Einwilligung von Wilhelm Busch geholt, sein Lokal nach den beiden Buschschen Übeltätern zu benennen. Der Schriftsteller hatte die Genehmigung unter der Voraussetzung erteilt, dass es einmal die Woche Erbsensuppe gebe – was das «Max und Moritz» mittlerweile seit elf Jahren zu einer Institution in Kreuzberg machte. Das Lokal erstreckte sich über vier Stockwerke. In den ersten beiden waren die Speisesäle, im vierten die Büroräume und im dritten die hauseigene Fleischerei, die jetzt, in den Zeiten des Mangels, verwaist war. Auch die wöchentliche Erbsensuppe gab es schon lange nicht mehr.

Kappe wühlte sich durch die Menge bis zum Tresen. Im hinteren Saal gab es eine Versammlung. Als die Pendeltür aufschwang, sah er Margarete, die, eine Rede haltend, in diesem Augenblick aufsah und ihn entdeckte. Sie nickte ihm kurz zu und redete weiter.

Kappe hatte sich oft gefragt, was die Freundschaft zwischen Klara und Margarete ausmachte. Sie waren nicht lange Kolleginnen gewesen. Kurz nachdem Klara im Kaufhaus Hertzog angefangen hatte, wechselte Margarete zu Wertheim. Beide hatten sich erst vor zwei Jahren zufällig auf der Ritterstraße wiedergetroffen. Margarete hatte gerade die Nachricht bekommen, dass ihr Mann gefallen war. Klara hatte die todtraurige Margarete in ihre Wohnung geschleppt und sie vor eine Tasse heißen Ersatzkaffee gesetzt. Kappes mädchenhafte, manchmal durchaus kokette Klara, die sich für Filmdiven und Mode interessierte, und die nüchterne, politisch engagierte Margarete wurden dicke Freundinnen. Sie schienen auf geheimnisvolle Art aufeinander abzufärben: Klara interessierte sich plötzlich ein wenig für Politik, und Margarete verlor das Grimmige und begann wieder zu lachen.

Kappe kämpfte sich zu Margarete durch. Sie hatte ihre Rede beendet und passte ihn an der Pendeltür ab. Und dann war es, als ob eine Schleusentür geöffnet würde: Er redete und redete, erzählte ihr alles. Sie hörte zu. Stellte Fragen. Sie versprach, ihn gleich morgen früh um acht abzuholen und mit ihm ins Krankenhaus zu gehen. Dann musste sie sich wieder ihrer Versammlung widmen.

Kappe kam zurück in seine Wohnung. Die Öfen standen genauso da, wie er sie heute Morgen verlassen hatte. Die Ofenklappen waren offen, die Briketts nutzlos zu Aschekrümeln verbrannt. Auf dem Küchentisch standen zwei benutzte Kaffeetassen. Kappe schien es, als wäre dieser Morgen ein ganzes Jahrhundert her. Er legte sich in sein feuchtkaltes Bett und schlief einen faden Schlaf.

Nur wenige Kilometer entfernt saßen drei Männer vor einem Kaminfeuer. Der Hass und die Verachtung, mit denen sie über den vergangenen Tag sprachen, füllten den Raum wie ein giftiges Gas. Während sie auf einen vierten warteten, heckten sie einen teuflischen Plan aus. Der Plan war perfekt.

«Und wenn er nicht mitmachen will?», fragte einer der drei.

Der Mann, der neben ihm saß, nahm den Schürhaken und schürte das Feuer. «Dann machen wir es ohne ihn», sagte er. An seinem Gesichtsausdruck war abzulesen, dass dies ein Todesurteil bedeutete. Ein weiteres Todesurteil.

Das Feuer loderte auf und tauchte die drei in glühendes Licht.

Sonntag, 10. November 1918

DER BAU DES ZIRKUS BUSCH wölbte sich in die herabsinkende Dämmerung. Es sah aus, als würde diese die bunten Farben, in denen das Gebäude gestrichen war, seine Türmchen und Dächlein, die dem Rundbau der Manege vorgelagert waren, wegsaugen und nichts als trübes Grau hinterlassen. Auf dem spitzen Giebel des Hauptportals breitete der Metalladler seine schwarzen Flügel aus und starrte reglos auf die Menschenmassen, die sich unter ihm durch den Eingang schoben. Kappe fühlte sich klein und hilflos. Margarete wurde abgedrängt und stolperte. Sie wäre von den Nachfolgenden niedergetrampelt worden, wenn nicht Trampe und ein Postkartenhändler im abgeschabten Anzug ihr aufgeholfen hätten. Der Mann trug ein Drahtgestell vor dem Bauch, in dem Postkarten mit verschiedenen Motiven steckten.

«Danke, Genossen!» Margarete lächelte.

Der Postkartenhändler lächelte zurück. «Revolutionspostkarte, die Dame?», fragte er. «Glänzendes Souvenir, das. Nur 25 Pfennig.» Margarete kaufte ihm eine Karte ab. Dann wurde der Mann auch schon weitergestoßen und verschwand in der drängenden Masse, einem Meer aus fadenscheinigen Mänteln, zerschlissenen Anzugjacken und geflickten Uniformen. Fast alle trugen eine rote Armbinde.

Margarete zeigte ihre Postkarte: Vor dem Brandenburger Tor stand ein offener Mannschaftswagen, auf dem grinsende Soldaten eine Fahne schwenkten. Zivilisten standen um sie herum und bestaunten sie. Eine krakelige Aufschrift erklärte: *Die Freiheitsbewegung in Berlin. Straßenszene am 9. November 1918.* «Die bring ich Klara mit», sagte Margarete.

«Dass die heute schon auf dem Markt sind! Das war doch erst gestern.» Trampe staunte.

Kappe, dem der Schreck des vorangegangenen Morgens noch in den Knochen steckte, fragte sich, wie Margarete und Trampe inmitten dieser dicht an dicht drängenden und schiebenden Menschen, deren Geruch nach billigen Buchenlaubzigaretten, Hunger, Schweiß und Aufregung ihm plötzlich so intensiv vorkam, dass er sofort an Klaras geschärften Geruchssinn denken musste, so entspannt sein konnten. Das Alte war zerstört, und es war unsicher, was jetzt kommen sollte. Kappe, der nun sogar das brackige Wasser der nur wenige Meter entfernt fließenden Spree zu riechen glaubte, machte sich Sorgen um die Zukunft. Vor allem aber machte er sich Sorgen um Klara.

Am Morgen war er mit Margarete ins Krankenhaus gegangen. Schwester Hedwig hatte ihnen beiden mit müdem Blick die Diagnose verkündet. Klara hatte eine Schwangerschaftsvergiftung. Sie würde im Krankenhaus bleiben und dort auch entbinden müssen. Die Schwester hatte die beiden in das Krankenzimmer geführt, in dem noch elf andere Frauen lagen. Klara war ein Häufchen Elend. Sie wollte nicht im Krankenhaus bleiben. Aber sie war zu schwach, um sich durchzusetzen. Blass und klein hatte sie in ihrem Krankenhausbett gelegen. Kappe war sie vorgekommen wie eine rätselhaft aufgeschwollene Puppe. Während er vor Sorge und Nervosität ganz stumm gewesen war, hatte Margarete geplappert wie ein Wasserfall. Es war ihr tatsächlich gelungen, ein kleines Lächeln auf Klaras Gesicht zu zaubern. Kappe war ihr in diesem Moment unglaublich dankbar gewesen. Dann war Klara eingeschlafen, und Schwester Hedwig hatte sie aus dem Zimmer geholt. Kappe, der dienstfrei hatte, war nichts anderes übriggeblieben, als nach Hause zu gehen. Ins Büro, wo er wahrscheinlich auf Galgenberg getroffen wäre, hätten ihn keine zehn Pferde gebracht. Margarete hatte noch zu einer Sitzung gemusst und sich verabschiedet.

Kappe hatte schlechtgelaunt in der ungeheizten Wohnung gesessen, an Klara und das Kind gedacht. Er hatte sich Vorwürfe gemacht, sich zu viel um sein eigenes Wohlergehen gesorgt zu haben, wenn er, statt auf den Schleichhandel zu gehen, um Lebensmittel und Kohle zu erstehen, Klara vertröstet hatte. Seine Angst, als Beamter von den Kollegen des Kriegswucheramtes erwischt zu werden, war zu groß gewesen. Sogar wenn Klara selbst losgezogen war, hatte er ihr Vorhaltungen gemacht. Sein schlechtes Gewissen war wie ein übelwollender Verwandter, der ihm alle seine kleinen und großen Verfehlungen ins Ohr zischte. Er war sich lächerlich und kleinlich vorgekommen. Gerade als er sich in Selbstvorwürfen zu verlieren drohte, hatten Margarete und Trampe geklingelt und ihn mit fürsorglicher Gewalt gezwungen, sie zum Zirkus Busch zu begleiten, wo der Rat der Volksbeauftragten gewählt werden sollte. Beide trugen rote Armbinden, auf denen das Wort *Arbeiterrat* aufgedruckt war.

Die Sonne schien, und Kappe war mit ihnen durch ein brodelndes Kreuzberg bis zum Bahnhof Jannowitzbrücke gelaufen, die Straßen vollgestopft mit Arbeitern, die ebenfalls zum Zirkus Busch wollten. Die drei hatten sich in die S-Bahn gesetzt und waren bis zum Bahnhof Börse gefahren. In der S-Bahn hatte Margarete mit Trampe Streit darüber angefangen, dass die Mehrheitssozialisten die Revolution im Keim ersticken wollten. Kappe hatte fast den Eindruck, dass sie das absichtlich tat, um ihn abzulenken.

«Kein Bruderkampf», hatte sie verächtlich gesagt. «Als ob es darum ginge. Euer Ebert will doch nur das alte Reich mit neuem Etikett. Ich wette, der hätte am liebsten noch den Kaiser zurückgeholt.»

Trampe hatte wütend etwas vom Bolschewismus gezischt.

«Aber davon redet doch niemand. Die meisten Arbeiterräte sind doch von euch!» Margarete wandte sich an Kappe. «Kappe, wie siehst du die Sache?»

Kappe war froh, dass der Zug in diesem Moment in den Bahnhof Börse einfuhr und er um eine Antwort herumkam. Er hatte das Gefühl, zwischen allen Stühlen zu sitzen, und hoffte, nach der Veranstaltung im Zirkus Busch klarer zu sehen. «Ich denke, ich muss mir erst mal anhören, was die da drinnen zu sagen haben.»

«Aber du musst doch eine Meinung haben.» Margarete schaute Kappe herausfordernd an.

«Lass mal gut sein, Margarete. Der Mann hat gerade andere Sorgen.» Trampe legte seinen Arm um Kappes Schulter.

Margarete ließ nicht locker. «Trotzdem ist das wichtig. Er muss doch wissen, in welcher Welt sein Kind aufwachsen soll.»

«Wenn ich's weiß, sag ich's dir.»

Margarete lächelte. «Ich werd dich dran erinnern.»

Trampe schüttelte den Kopf. «Frauen.»

«Na, du kennst doch Margarete. Es wäre unheimlich, wenn sie mich nicht dran erinnert», sagte Kappe.

Margarete lachte. Er sah ihr in die Augen. Und als ihr bernsteinfarbener Blick ihn traf, hielt er für einen winzigen Moment die Luft an. Im selben Augenblick wurden sie in den Strom von Arbeitern und Soldaten gesogen, der unablässig zum Zirkus Busch floss. Als sie schließlich durch die Eingangstür hindurchgedrückt wurden, kreisten Kappes Gedanken schon wieder um Klara und das Kind. Sie schoben sich am Restaurant und der Konditorei vorbei. Der Mann neben Kappe, ein Soldat in einer Uniform, bei der der linke Ärmel bis zur Schulter leer und mit einer rostigen Sicherheitsnadel im Rücken festgesteckt war, löschte seine Pfeife. Andere zogen das letzte Mal tief an ihren Zigaretten, bevor sie sie ausdrückten. Qualmwolken hingen in der Luft. Der Lagerfeuergeruch der Buchenlaubzigaretten holte Kappe aus seinen Gedanken. «Großartige Erfindung unserer Obersten Heeresleitung», sagte er zu Trampe.

Trampe nickte. «Die Soldaten haben sie im Feld massakriert, und die Armen mit ihrer Ersatzware. Aber das ist ja jetzt glücklicherweise vorbei.»

«Aber nur, wenn wir jetzt alles richtig machen. Ich trau eben diesem Ebert nicht», sagte Margarete.

Trampe verzog das Gesicht. «Aber ihr mit eurem Liebknecht.»

Kappe befürchtete, zwischen beiden schlichten zu müssen, sah aber, dass Margarete und Trampe plötzlich wie angewurzelt stehen blieben. Das gewaltige Rund der Zirkusarena öffnete sich, die Sitzreihen steil aufragend wie eine Schlucht, Menschen dicht an dicht, die unteren Ränge feldgrau von Soldaten und auf den oberen die Arbeiter. Ein Gewirr aus Tausenden von Stimmen fing sich an der Zirkuskuppel. Die Atmosphäre war elektrisch.

«Dass es so viele sind!» Margarete standen Tränen in den Augen.

«Ganz, ganz groß», sagte Trampe ehrfürchtig.

Auch Kappe war beeindruckt. «Unglaubliche Organisation!»

«Ham sie hier Jepäck zu stehen, oder warum jehtet ni' weiter?», quengelte eine Frau hinter ihnen.

«Weiter, Genossen! Nicht gleich im Eingang der Revolution stehen bleiben», rief ein Mann. Irgendwer schubste Kappe. Die drei wurden unerbittlich die Treppen zu den oberen Rängen hochgeschoben. Im Gewühl entdeckte Margarete eine Kollegin. Die Frau winkte und begann sofort, ihre Sitznachbarn umzusortieren und zusammenrücken zu lassen, damit Margarete und ihre beiden Begleiter sich neben sie setzen konnten. Kappe und Trampe folgten Margarete, stiegen über Beine, drückten sich an den Sitzenden vorbei und quetschten sich neben die Frau. Sie war klein und rundlich. Kappe fielen ihr sehr roter Mund und ihre gesunde Gesichtsfarbe auf. Er wunderte sich, wie frisch sie im Gegensatz zu ihnen allen aussah.

«Darf ich euch vorstellen: Luise Görtz, Beauftragte von Wertheim. Luise hat übrigens auch mal bei Hertzog gearbeitet. Luise, das sind meine Freunde Hermann Kappe und Theodor Trampe.» Kappe schüttelte Luises Hand.

«Kappe? Sind Sie nicht der, der damals unse' Klara jeheiratet hat? Wat waren Sie noch mal? Kriminaler?»

Kappe nickte.

«Schöne Freunde hast du. Fehlt nur noch, dass dein Trampe Mehrheitssozialist ist.» Luise griff nach Trampes Hand.

Nach der ersten Schrecksekunde fing Trampe an zu lachen. «Kein Wunder, dass Margarete und Sie befreundet sind!»

«Sei vorsichtig, was du sagst, Trampe», sagte Margarete. «Hast recht, Luise. Ist zwar nicht mein Trampe, aber Mehrheitssozialist ist er trotzdem.»

«Und Arbeiterrat bei DeTeWe.» Trampe war hörbar stolz.

«Na, ick sage immer, jeder nach seiner Fasson. Mensch, kiekt ma, da vorne geht's gleich los!»

Kappe sah in die Manege, wo ein Podium und Tische aufgebaut waren, an denen mehrere Männer in Anzügen saßen. Kappe glaubte, Ebert, Liebknecht und Barth zu erkennen. Einige der Männer waren in Gespräche vertieft, andere wandten sich den Rücken zu. Einer trat ans Podium und schlug eine Glocke an. Und obwohl Kappe den Glockenschlag kaum hören konnte, erstarb wie auf Kommando jegliches Geräusch. Kappe sah sich um. Die Ränge waren schwarz von Menschen. Alle Blicke waren gebannt auf das Podium gerichtet. Luise starrte durch ein Opernglas nach vorne. Nach ein paar scheinbar einleitenden Worten gab der Mann das Podium für einen anderen frei. Luise stieß Kappe in die Seite und drückte ihm das Opernglas in die Hand. Ihr Mund formte das Wort «Ebert». Kappe schaute durch das Glas, und sein Blick verfing sich zunächst in den Reihen der Soldaten, die so diszipliniert dasaßen, als wären sie gefroren. Sein Blick tastete sich weiter zum Podium. Im Opernglas erschien ein dunkelhaariger vierschrötiger Mann, dessen Kopf fast halslos auf dem tonnenförmigen Oberkörper aufsaß. Das Gesicht beherrschte ein dunkler Schnurrbart, ergänzt durch einen Kinnbart in der Form eines Kommas. Ebert sah genauso aus, wie Kappe ihn von den Zeitungsphotos her kannte. Seine Körpersprache war behäbig. Kappe konnte die Worte «Einigung der sozialistischen Parteien» von seinen Lippen lesen. Er setzte das Opernglas ab und sah, dass Trampe sich, das Gesicht vor Konzentration verzogen, die Hände an die Ohren hielt, um besser zu hören. Kappe gab das Opernglas an ihn weiter.

Ebert redete noch eine ganze Weile. Plötzlich brandete in den unteren Rängen Applaus auf. Die Rede war beendet. Der Applaus pflanzte sich fort bis in die letzten Ränge. Ein anderer Mann erklomm das Podium. Kappe erkannte das schmale Gesicht mit dem gewaltigen Schnurrbart. Es war Haase, der Vorsitzende der Unabhängigen. Nun teilten sich Margarete und Luise das Opernglas. Beide waren angespannt, und diejenige, die hindurchsah, erklärte der anderen, was sich in der Manege abspielte. Obwohl die Akustik im Zirkus eigentlich gut war, waren die Stimmen zu schwach, um bis in alle Ränge zu dringen. Kappe konnte wie die meisten anderen weder die Reden verstehen noch genau sehen, was passierte. Seine Blicke wanderten über die gefüllten Ränge bis hin zur Kaiserloge. Die roten Samtvorhänge waren zugezogen. «Für dich ist die Vorstellung ein für alle Mal vorbei», dachte Kappe wütend. «Du gehst einfach nach Holland, und wir müssen sehen, wie wir aus dem Kladderadatsch wieder rauskommen.»

Vor anderthalb Jahren war er mit Klara hier gewesen, als die Pantomime *Die versunkene Stadt* uraufgeführt worden war. Hungrig und frierend waren sie durch den Schneematsch gestapft, und die fahle Februarsonne war ihnen genau so ausgelaugt vorgekommen wie sie selbst. Im Zirkus war es warm vor Menschen gewesen. Die beiden hatten das erste Mal seit Wochen nicht gefroren. Klara hatte aufgeregt Ausschau nach dem Kaiser gehalten, doch schon damals war die Loge leer gewesen. Aber auch ohne Kaiser war der Besuch ein Erlebnis gewesen. Klara und er hatten die kunstvoll aufgebaute Stadt Vineta, die Artisten und die dressierten Tiere bestaunt, die die Bewohner der Stadt darstellten, und waren überwältigt, als sintflutartige Wassermassen die Stadt samt Mann und Maus versenkten – Kappe las Klara später aus dem Programmheft vor, dass das künstliche Vineta in satten 30 000 Litern Spreewasser untergegangen war. Kappe musste lächeln, als er an Klara dachte. Sie hatte fast vergessen zu atmen. Als die Artisten nach einigen Augenblicken nicht auftauchten, hatte Kappe seine Taschenuhr herausholen müssen, und beide hatten mit ungläubigem Staunen gesehen, wie ganze sechs Minuten vergingen, bis Stadt, Menschen und Tiere wohlbehalten und unter dem Strahlen einer mächtigen Scheinwerfersonne wiederauftauchten – gerettet von der Wassernixe Elna, die dafür ihr Herz in die Flut geworfen hatte. Kappe und Klara hatten noch oft gemeinsam darüber gerätselt, wie Menschen und Tiere sechs Minuten lang unter Wasser bleiben konnten. Und obwohl Kappe das Stück mit seinem zuckrigen Symbolgehalt ziemlich aufdringlich fand, hatte er sich doch glänzend amüsiert.

Kappe schüttelte unbewusst den Kopf. Tatsächlich war er in den letzten Tagen Zeuge einer Art Wiederauferstehung geworden. Aber die hatte nichts mit einer guten Fee zu tun, die ihr Herz geopfert hatte. Im Gegenteil. Diese Wiederauferstehung war das Ergebnis von Kriegstreiberei und nationaler Überschätzung, die im Ruin geendet hatte. Und selbst wenn jetzt alles neu und besser wurde, fühlte sich Kappe doch wie jemand, der niedergeschlagen worden war und dem nichts anderes übrigblieb, als aufzustehen und weiterzulaufen.

Das Scheppern der Glocke riss ihn aus seinen Gedanken. Kappe schreckte hoch. Einer der Politiker hatte sie einem anderen ins Kreuz geschlagen, um ihn am Reden zu hindern. Die Zuschauer schrien durcheinander. «Einigkeit! Einigkeit!», brüllten die Soldaten in Sprechchören. Dann stürmten sie nach vorne, und die Manege verwandelte sich in ein Meer von grauen Uniformen. Schlägereien brachen los. Das Wort «Militärherrschaft» wurde durch die Reihen geraunt. Die Gesichter auf den Rängen waren ratlos, schockiert, hilflos. Kappe sah zu Trampe und Margarete, die heftig mit Luise und den anderen Sitznachbarn diskutierten. Die Glocke erklang noch einmal. Die Kontrahenten in der Manege ließen voneinander ab und zogen sich zu aufgeregten Beratungen zurück.

Dietrich Mazurat beobachtete das Durcheinander in der Manege und stieß verächtlich die Luft durch die Nase. Nichts anderes hatte er von dem Pöbel erwartet. Die fiebrigen, hilflosen Diskussionen um ihn herum – nichts als elende Naivität. Mazurat betrachtete die Diskutierenden. Rohe Gesichter, eingebrannter Schmutz, Elend.

Mazurat hasste die Art von Menschen, die er hier sah. Dummes Volk, von gleichmacherischen Theorien aufgehetzt und verblödet. Trotzdem war er froh, dass er hierhergekommen war. Gestern, als ganz Berlin auf den Beinen gewesen war und Revolution gemacht hatte, war er in den Tempelhofer UFA-Studios gewesen, hatte gearbeitet und von alldem nichts mitbekommen. Das hatte ihn geärgert, denn er liebte es, informiert zu sein. Heute war er wie ein hungriges Tier auf der Jagd hierhergekommen. Er hatte drehfrei. Sogar seine Angst vor der Grippe hatte er niedergekämpft.

Mazurat strich sich mit seinen manikürten Händen die Haare glatt. Für ihn war der Zirkus Busch mit seinen tobenden, schreienden und diskutierenden Menschen ein mit menschlichen Forschungsobjekten prall gefülltes Bestiarium. Ganz nebenbei hielt er Ausschau nach bekannten Gesichtern. Man wusste nie, wozu man so eine Information brauchen konnte. Mazurat sah niemanden, den er kannte, beobachtete aber trotzdem alles, gleichzeitig fasziniert und abgestoßen. Er sammelte Gesichter, Kleider, Gesten. Knollennasen, Hängenasen, Spitznasen, wulstige Lippen, Tränensäcke – er saugte die Physiognomien in sich auf: den gedrungenen, blassen Blonden schräg vor ihm mit dem Schnauzbart und den wässrigblauen Augen, der aus jeder Pore Niedergeschlagenheit auszuschwitzen schien. Der Blonde diskutierte mit einer Bernsteinaugenschönheit, die jederzeit Schauspielerin hätte werden können, wenn sie nicht diese Ausstrahlung von kompromissloser Rechtschaffenheit gehabt hätte. Langweilig. Der Blonde sah wie ein Polizist aus. Mazurat fragte sich, was er hier wollte. Er beobachtete die kleine Verblühte neben der Schönen, deren dickliche Kinnpartie bereits zu hängen begann, was auch durch die pfundweise aufgetragene Schminke nicht kaschiert wurde. Wahrscheinlich war sie Verkäuferin. Oder der Mann, der neben ihm saß: ein kahlköpfiger Riese mit stumpfer Haut und schlechten Zähnen, der mit offenem Mund gebannt auf das Geschehen in der Manege starrte. Mazurat fand, dass er aussah wie ein Kind, das sich in einen Erwachsenenkörper verirrt hatte. Um den Ärmel seines kümmerlich geflickten

Jacketts trug er die rote Armbinde. Die Ärmel waren notdürftig verlängert.

Der Kindriese drehte sich zu ihm um. «Janz schönet Durcheinanda, wa?» Mazurat nickte kurz und schaute dann demonstrativ in die andere Richtung. Aber der Kindriese ließ sich nicht abschütteln. «Für wen bist du hier, Jenosse?»

Mazurat schien es besser, dem Mann etwas vorzulügen. «Für die Filmkünstler.»

«Solidarität von die Künstler.» Er stand ergriffen auf und nahm Mazurats Hand. «Nie hätt icks jedacht, aba dit janze Volk steht zusammen.» Meyer pumpte Mazurats Hand. Dabei schob sich sein Ärmel weit über das Handgelenk zurück und gab einen schmutzigen Unterarm frei. «Jestatten, Paul Meyer, Borsigwerke.»

Mazurat hatte das Gefühl, dass die Schwielen und der Dreck an der Hand des Mannes sich in seine Handflächen einbrannten. Hass flammte in ihm auf. Er atmete tief durch. «Da unten spielt die Musik.» Mit einem Blick auf die Manege bedeutete er Meyer, still zu sein.

Meyer sah ihn schuldbewusst an. «Recht haste. Dafür sind wa ja ooch hier, oder?» Er setzte sich und sah folgsam in Richtung Manege. Mazurat nickte. Die Soldaten hatten sich inzwischen wieder auf die Ränge verzogen. Nur Einzelne von ihnen diskutierten noch in Grüppchen mit den Politikern. Die meisten Politiker saßen bereits wieder an den Tischen. Schließlich kehrten alle wieder an ihre Plätze zurück. Im Saal wurde es ruhig.

Der Mann, der den anderen vorhin mit der Glocke angegriffen hatte, verkündete irgendetwas. Außer den unteren Rängen konnte auch jetzt niemand etwas verstehen. Die Neuigkeiten brauchten eine Zeit, um sich in einer Art Flüsterpropaganda durch die Ränge zu arbeiten. Schließlich raunte ihm Meyer etwas von einem Vollzugsrat der Arbeiter- und Soldatenräte zu und dass die Reichsregierung bestätigt sei und nun «Rat der Volksbeauftragten» heiße. Mazurat war das alles völlig egal. Dieser Blödsinn würde am nächsten Tag sowieso in den Zeitungen stehen. Er würde ihn nicht einmal zu Geld machen können. Er roch Meyers sauren Atem. Es widerte ihn an. Als alle im Saal aufstanden, um die Internationale zu singen, drängte er sich in Richtung Ausgang. Er durchquerte die Eingangshalle, die unter den fast dreitausend Stimmen vibrierte, und ging hinaus. Die Flügeltüren schlugen hinter ihm zu und kappten den Gesang. Das Schwappen von Wasser war zu hören – die Spree. Eine S-Bahn quietschte. Mazurat hielt im Lichtkegel der Eingangsbeleuchtung inne und schaute in das Schwarz, das die Stadt war. Dann betrachtete er im wächsernen Licht der Lampe etwas, das er in seiner Hand hielt. Es war ein Skalpell. Und die Armbinde, die er Meyer unbemerkt vom Arm geschnitten hatte. Er steckte sein Skalpell und das rote Stück Stoff in die Brusttasche seines maßgeschneiderten Anzuges. Dann strich er sein Haar nach hinten, setzte seinen Hut auf und verschwand in der Dunkelheit. Wind kam auf.

Der Wind griff nach der Stadt wie eine große unsichtbare Hand. Er spielte mit den Bäumen und glitt durch die menschenleeren Straßen. Unter den Linden seufzten die roten Fahnen auf und blähten sich. Er trieb im Tiergarten die letzten Herbstblätter vor sich her und ließ sie achtlos vor dem Reichstag fallen. Im geldsatten Tiergartenviertel rüttelte er an den Fensterläden eines Stadtpalais. Ein Laden schlug gegen die Hauswand. Das Licht einer Schreibtischlampe rann in die Dunkelheit. Heinrich von Brettin schreckte aus den Überlegungen für seinen Kommentar hoch. Eine Nachlässigkeit des Dieners. Er überlegte kurz, ihn zu rufen. Dann stand er selbst auf und schloss den Laden. Der Kommentar duldete weder Störung noch Aufschub. Sein Blick fiel auf den Rotwein auf seinem Schreibtisch. «Rot», dachte er mit Abscheu. Er klingelte nun doch nach dem Diener. Nur wenige Augenblicke später stand wohltemperiert ein Weißwein vor ihm.

Heinrich von Brettin nippte kurz und genießerisch. Dann versenkte er sich wieder in seine Arbeit. Spätestens zum Umbruchschluss musste der Text in der Redaktion sein. Die morgige Extra-Ausgabe des *Reichskurier* würde mit einem Kommentar erscheinen, der nicht nur die Umtriebe der letzten Zeit minutiös und elegant decouvrierte, sondern auch den Verrat der Roten am Reich, seinen tapferen Soldaten und dem sicheren Sieg offenlegte. Da konnte der Plebs dreimal das Zeitungsviertel besetzen. Heinrich von Brettin gab nicht auf. Das war er dem Reich und seiner Zeitung schuldig.

Kappe lag fröstelnd im Bett. Der Wind pfiff durch den kalten Kachelofen und rüttelte an den Fenstern. Kappe stand auf und drückte die Fenster fest zu. Dann rückte er die dicken Karl-May-Bände, die seit der Beschlagnahmung der Fenstergriffe durch die Metallsammelstelle dazu herhalten mussten, das Fenster geschlossen zu halten, wieder dicht an den Rahmen. Er schaute in den dunklen Hinterhof und dachte daran, wie oft er die Bücher auf dem Fenstersims schon durch Steine hatte ersetzen wollen. Er war nie dazu gekommen. Kappe überlegte, ob seine Fenstergriffe wohl irgendeinem armen Kerl auf irgendeinem Schlachtfeld das Leben gekostet hatten. Der Gedanke machte ihn traurig. Nach diesem Abend, den vielen Menschen und hitzigen Diskussionen im Zirkus Busch kam er sich noch einsamer vor als sonst. Es fühlte sich an, als hätte er einen Kater. Wenn es nicht so unsinnig gewesen wäre, wäre er aufgestanden und zum Krankenhaus gelaufen.

Noch auf dem Nachhauseweg hatten Margarete, Trampe und er geredet. Trampe war ungewöhnlich gereizt gewesen. «Eine Gegenregierung, das war mit diesem Aktionsausschuss beabsichtigt. Wenn Ebert das nicht bemerkt hätte, wäre das Reich im Chaos versunken. Und ihr Unabhängigen wärt noch begeistert gewesen.»

«Hör doch auf, Trampe! Die SPD hat die Soldaten instrumentalisiert. Die haben keine politische Bildung, wollen weitermachen wie bisher. Wie soll sich denn was ändern, wenn wir dem alten Reich nur einen neuen Kopf aufsetzen?»

«Warum regt ihr euch eigentlich so auf?», hatte Kappe, dem das Ganze allmählich zu versteigen wurde, gefragt. «Wir haben jetzt eine Demokratie, und wenn da Entscheidungen fallen, muss man sie annehmen, oder nicht?» Margarete und Trampe hatten Kappe angestarrt, als wäre er verrückt geworden. «Mal ehrlich. Was nützt es denn, wenn wir hier alles umkrempeln und nichts läuft mehr?» Kappe war nun nicht mehr zu bremsen. «Überlegt doch mal. Als sie das Polizeipräsidium gestürmt haben – was wäre passiert, wenn sie uns alle rausgeschmissen hätten? Die Banditen hätten gefeiert. So, wie es jetzt ist, können wir arbeiten. Die politischen Häftlinge sind frei, die politische Polizei ist weg, und der Kriminelle kriegt, was er verdient. Man kann eben nicht alles umstürzen.»

«Hör auf den Herrn Kommissar», hatte Trampe zu Margarete gesagt. Die war einige Zeit schweigend neben den beiden her gelaufen. «Ich hoffe, ihr irrt euch nicht», hatte sie schließlich gesagt. Kappe tastete nach den leeren Umrissen von Klaras Kopfkissen. Überall waren Fronten. Zwischen seinen Freunden. Innerhalb der neuen Regierung. Zwischen den Revolutionären. Die Einzigen, die bisher fehlten, waren die Anhänger des Kaiserreichs. Wo waren die? Kappe dachte an sein Büro. Auch hier gab es Fronten. Zwischenmenschliche. Politische. Und er hatte das Gefühl, dass er sich zwischen allen befand.

In Wedding ging Paul Meyer die acht ausgetretenen Stufen zu der Kellerwohnung hinunter, in der er und seine Familie lebten. Begleitet von einer Art Hochgefühl, war er den ganzen Weg vom Zirkus Busch über die Oranienburger und die Chausseestraße bis zum Sparrplatz gelaufen. Während er das hakelnde Schloss der Wohnungstür aufschloss, musste er an den Künstler denken, den er getroffen hatte. Komischer Typ. Aber immerhin – wer hätte gedacht, dass sogar die Künstler einen Bevollmächtigten schicken würden?

Das Schloss ging auf, und der Geruch nach Moder, Rauch und ungewaschenen Menschen schlug ihm entgegen. Er zog den Kopf ein, denn die Decken waren so niedrig, dass er nur gebückt gehen konnte. Dann zündete er die kleine Karbidlampe an. Sein Schatten flackerte über die schrundigen Wände, von denen sich die Tapeten abpellten, um schwarze Placken von Schimmel freizugeben. Es war eiskalt. Er quetschte sich vorbei am Feldbett des schnarchenden Schlafgängers in die Stube, wo das Ehebett stand, in dem sein Bruder Franz schlief. In drei vorsichtigen Schritten war er in der Küche. Das Licht der Lampe strich über die Gesichter seiner beiden schlafenden Söhne, die sich das Sofa teilten. Dann leuchtete er in das Bett neben dem Sofa. Auch seine Frau, seine Tochter und das Baby schliefen. Das Baby hustete. Meyer zog sich zurück in den Raum, in dem das Ehebett stand. Er begann sich auszuziehen. Plötzlich merkte er, dass er seine Armbinde verloren hatte. Meyer schüttelte seinen Mantel. Doch die Armbinde hatte sich nicht in seinem Mantelärmel verfangen. Er leuchtete auf den Boden, doch nur das übliche Sammelsurium von Töpfen, Holzresten, Flaschen und Lumpen leuchtete auf. Das Licht fing sich in den gusseisernen Ranken der Nähmaschine, auf der seine Frau Säcke nähte. Meyer dachte an die Raten, die sie für die Maschine noch zu zahlen hatten.

In einer Ecke glitzerte das Glanzpapier, aus dem seine Frau und die Kinder Knallbonbons gefertigt hatten, bis es im Krieg die Rohstoffe nicht mehr gab. Die Armbinde blieb verschwunden. Sein Magen knurrte, und er war völlig erschöpft. Er beschloss, am Morgen noch einmal zu suchen, zog sich bis auf die Unterwäsche aus und legte sich vorsichtig neben seinen Bruder. Die Bettdecke war klamm. Franz stöhnte und begann einen gehetzten Singsang in einer unverständlichen Sprache. Bevor sich der Singsang zu Schreien steigern konnte, stand Meyer auf und suchte auf der anderen Seite des Bettes nach dem abgegriffenen Katzenfell. Es war das Einzige, was Franz beruhigen konnte. Er fand es und umwickelte die krampfenden Hände seines Bruders damit. Franz wurde ruhig. Meyer schlüpfte wieder unter die Decke, und seine Gedanken kreisten zum tausendsten Mal um die Frage, was Franz im Krieg erlebt haben musste. Meyer erinnerte sich genau an den August im Jahr 1914, in dem der Bruder freudig ins Feld gezogen war. «Wirst sehn, Paule, Weihnachten sitzen wa alle zusamm' untam Baum, und ick erzähl euch meine Abenteuer», hatte Franz damals gesagt. Drei Jahre später war er zurückgekommen, blind und ohne sein rechtes Bein. Erzählt hatte er nie etwas. Meyer rieb sich die brennenden Augen. Das Baby hustete wieder. Die rote Armbinde war vergessen.

Samstag, 16. November 1918

DIETRICH MAZURAT zuckte instinktiv zurück. Eine Fratze grinste ihn an. Tiefliegende Augen. Augenränder. Falten, die wie eingegraben aussahen. Mazurat hatte in den Spiegel geschaut. Die Tatsache, dass er dabei erschrocken war, machte ihn hochzufrieden: Sein Gesicht war zu einer Leinwand geworden, auf die er ein Wesen projiziert hatte, das ihn zugleich mit Schaudern und Glück erfüllte. Es war ein Wesen aus seiner Sammlung.

Schicht für Schicht hatte er sich in den anderen verwandelt. Hatte sorgfältig Schatten und Lichter gesetzt, die Augenhöhlen dunkel und das Oberlid hell geschminkt und damit den Eindruck der völligen Erschöpfung erzeugt. Seine eher schmale Nase verwandelte er in eine Kartoffelnase, seine glatte Haut ließ er mit Faltenpaste um Jahre altern. Die Haare waren verschwunden. Zum Schluss hatte er verbrannten Kork als Rußstaub über sein Gesicht gepudert. Es sah aus, als klebte in jeder Pore Schmutz.

Um die Verwandlung komplett zu machen, musste er sich umziehen. Im Fundus hatte er sich alte Kleider besorgt. Aber vorher brauchten seine Zähne noch den letzten Schliff. Er griff nach dem Zahnlack und trug die Tinktur vorsichtig auf. Er beugte sich weit zu dem mit Glühlampen umrahmten Spiegel vor und bleckte die Zähne. Fäulnis starrte ihm entgegen. Mazurat fühlte sich unantastbar. Energie pulsierte durch seinen Körper. Er war bereit.

Heinrich von Brettin hatte gute Laune. Geradezu formidable Laune. Wie immer, wenn ein Stelldichein mit seiner Geliebten bevorstand. Während er um den Potsdamer Platz flanierte, dachte er an die exquisiten Freuden, die ihn erwarteten. Er lächelte. Allein die Tatsache, dass er auf sie warten musste, erhöhte die Spannung ins Unermessliche. Von Brettin suchte nach einer literarischen Beschreibung seines Zustandes. Er fühlte sich, ja, er fühlte sich wie eine gespannte Saite, vibrierend vor Erregung. Von Brettin war begeistert: Diesen Satz musste er in seinem Journal festhalten.

Er ging am Café Josty vorbei. Wie immer versetzte ihm der Ort einen Stich, denn er wusste, dass man sich dort über ihn und seine Zeitung das Maul zerriss. Dabei war er ein Flaneur – genau wie all diese Tucholskys und Kerrs auch, ein Freund der brillanten Formulierung, ein Mann des Wortes. Nur dass diese bornierten Bohemiens dies einem Mann, der bis ins Mark preußisch war und sein Leben für den Kaiser gegeben hätte, nicht zugestehen wollten. Sie würden schon sehen, was sie davon hatten. Er sah zum Haus Vaterland hinüber. Direkt vor ihrer Nase hatte er seine Macht bewiesen, dachte er triumphierend. Die Umbenennung des ehemaligen «Café Piccadilly» in «Haus Vaterland» kurz nach Kriegsbeginn hatte ihn nur einen einzigen pointierten Kommentar im *Reichskurier* gekostet. Auch dies war ein schlagendes Argument gewesen, um seine Herren, ja man konnte eigentlich sagen, seine Kampfgefährten, auf das Propagandastahlgewitter einzuschwören, mit dem er die unselige Republik hinwegschmettern würde. Er würde das unwürdige Regime mit seinen eigenen Mitteln schlagen. Das passierte eben, wenn man die Pressefreiheit ausrief und die Zensur abschaffte. Sogar seine Gefährten, die weit archaischere Pläne gehegt hatten, hatten ihm schließlich zugestimmt. Von Brettin seufzte. Das Einzige, was ihm jetzt noch Sorge bereitete, war seine Ehefrau. Ihr teures Hobby, ihre fixen Ideen – es war ein ständiger Kampf. Aber er würde auch diesen Kampf aufnehmen. Ach, die Frauen! Von Amelie schwangen seine Gedanken zurück zu seiner Geliebten. Seiner Tigerin. Das angenehme Prickeln kehrte in seine unteren Körperregionen zurück. Er schaute auf seine goldene Taschenuhr. Höchste Zeit!

«Baron von Brettin?»

Von Brettin schreckte aus seiner Vorfreude auf. Im Halbdunkel vor ihm hatte sich ein Proletarier der übelsten Sorte aufgebaut.

«Guter Mann, ich habe keine Zeit.» Er lief schneller.

Der Mann ließ nicht locker. «Bitte, Herr Baron, nur einen Augenblick. Ich soll Ihnen eine Nachricht überbringen.» Die Stimme klang unterwürfig.

Er musterte den Mann. Er sah aus wie der Kerl, der gestern in sein Redaktionsbüro gestürmt war. Doch gestern war von Unterwürfigkeit keine Spur gewesen. Im Gegenteil: Der Prolet hatte ihn aufdringlich beschworen, seine Zeitung endlich «die Wahrheit» berichten zu lassen. Als ob sie das nicht täte. Und jetzt dieser Sinneswandel? In seinen Ärger mischte sich Neugierde. Von Brettin beschloss, den Mann anzuhören. Er gab seiner Stimme den schneidenden Ton, mit dem er unbotmäßige Diener und aufmüpfige Angestellte maßregelte: «Aber wehe, die Nachricht ist die Verzögerung nicht wert! Zusammen mit dem, was Sie sich gestern geleistet haben, Mann ...» Er brach den Satz ab, damit er noch bedrohlicher klang. Er war hocherfreut, als er für einen Augenblick Unsicherheit auf dem Gesicht des Proleten aufflackern sah.

«Sie ist es. Mein Wort.» Der Mann lächelte duckmäuserisch.

Heinrich von Brettin durchfuhr Stolz. Er hatte dieses Individuum in die Schranken gewiesen. Und das in Zeiten, in denen der Plebs sich sicher an der Macht glaubte. Von Brettin war nun wirklich gespannt, was der Mann ihm zu sagen hatte. «Dann mal raus mit der Sprache», sagte er. «Obwohl ich auf Ihr Wort nichts gebe.»

Es fing an zu nieseln.

Kappe saß im Büro und starrte auf das Telefon wie das Kaninchen auf die Schlange. Am Morgen hatten bei Klara die Wehen eingesetzt. Kappe war so verwirrt gewesen, dass Schwester Hedwig ihn dreimal auffordern musste zu gehen. Sie hatte versprochen, ihn anzurufen, wenn das Kind auf der Welt war. Als er im Büro angekommen war, war er vor Aufregung bei Galgenberg mit der Neuigkeit herausgeplatzt. Der hatte nur irgendeinen Allgemeinplatz gemurmelt und sich noch tiefer über seinen *Reichskurier* gebeugt. Seitdem saß Kappe wie festgenietet vor dem Apparat.

Es wurde dunkel. An den Fenstern tränte Nieselregen herab. Immer noch kein Anruf. Langsam fiel ihm das Warten auf die Nerven. Es war unerträglich still. Vor dem Krieg hätte Galgenberg ihn mit seinen dummen Sprüchen abgelenkt. Jetzt sprach er nur mit Kappe, wenn er etwas gefragt wurde. Er sah kurz zu ihm hinüber. Galgenberg brütete noch immer über seiner Zeitung. Er sah aus wie eine missgünstige Krähe. Früher hätte er den *Reichskurier* nicht einmal mit Handschuhen angefasst, dachte Kappe. Er versuchte, Galgenberg aus der Reserve zu locken. «Sie müssten die Zeitung doch langsam auswendig können.»

«Sie erwarten doch 'nen Anruf.» Galgenbergs Blick war so provozierend, dass Kappe wie unter Zwang nickte.

«Na also.» Galgenberg vertiefte sich wieder in die Zeitung und blätterte demonstrativ raschelnd um. Das Geräusch des Regens machte Galgenbergs Schweigen noch tiefer und beklemmender.

In diese Stille hinein explodierte das Telefon. Kappe stieß vor Schreck beinahe den Apparat vom Schreibtisch. «Was ist es geworden?» Seine Stimme überschlug sich. «Ich meine, ist es ein Junge oder ein Mädchen?» Kappe schaute irritiert. «Wie? Ach so. Bis gleich.» Er ließ den Telefonhörer langsam auf die Gabel sinken. «Mord am Potsdamer Platz», sagte er zu Galgenberg.

Der Potsdamer Platz war so spärlich beleuchtet, dass die drei Kriminalbeamten zunächst Mühe hatten, den Tatort zu finden. Doch dann sahen sie den Menschenauflauf. Soldaten der Volksmarinedivision hielten die Schaulustigen zurück.

Kniehase zündete die Acetylenlampen an. Sie spien zischend kaltes Licht aus. Kniehase begann zu photographieren. Kappe umrundete den Toten. Er lag auf dem Bauch, den linken Arm angewinkelt nach oben, den rechten seitlich in Schulterhöhe, die Hand zur Faust geballt. Wie ein Kind, dachte Kappe. Wie ein Kind, das einfach umgeschubst wurde. Das rechte Auge war offen und starrte mit einem Ausdruck grenzenloser Überraschung in den bewölkten Himmel. Das linke Auge existierte nicht mehr. Blut hatte sich kreisförmig um den Kopf des Toten ausgebreitet. Die Lampen verwandelten es in einen Heiligenschein aus Mennige. Das Blut war noch nicht geronnen.

«Galgenberg, würden Sie bitte die Schaulustigen befragen?»

Galgenberg zog wortlos ab. Die Regentropfen auf den Kleidern und den blutverschmierten Haaren des Toten funkelten im Licht der Lampen wie Diamanten. Schließlich packte Kniehase seine Photoausrüstung ein. Dann begann er, den Toten zu untersuchen. Er sah Kappe an. «Genickschuss. Austritt des Geschosses durch das linke Auge.»

«Und die Waffe?»

«Nicht bei der Leiche.»

«Würden Sie bitte nach der Waffe suchen?» Kappe deutete auf zwei junge Volksmarinesoldaten. «Nur mit Handschuhen anfassen, wenn Sie sie finden.» Die Soldaten traten salutierend ab.

Ein anderer Soldat kam auf Kappe zu. In der Hand hielt er einen Hut. «Weggerollt», sagte er und übergab ihn Kappe.

Kappe drehte den Hut um und las das Etikett. «Haben Sie den Mörder gesehen?» Aus dem Augenwinkel beobachtete Kappe, wie Kniehase sich an der rechten Hand des Toten zu schaffen machte.

«Bedaure. Haben den Schuss gehört, sofort angehalten und den Tatort gesichert. Täter muss bereits weg gewesen sein.»

«Wann war das?»

«16.30 Uhr.»

Kniehase kam zu Kappe. Ein zusammengeknüllter Stofffetzen klemmte in seiner Pinzette. Er war blutrot. Kappe bedankte sich bei dem Soldaten. Er ging mit Kniehase zu dem Polizeiklapptisch und nahm seine eigene Pinzette aus seinem Etui. Vorsichtig entrollten sie den Stoff.

«Und? Schon stolzer Vater?»

«Als die Meldung reinkam, war ich's noch nicht.»

«Sein Sie froh. So einfach ist das nicht.»

«Na, Sie machen mir Mut.»

Der Stoff lag nun ausgerollt vor ihnen. Es war eine Armbinde. *Arbeiterrat* stand darauf.

«Es lebe die Revolution», sagte Kniehase.

«Das war sicher nicht seine.»

«Stimmt. Nicht bei der Kledage.»

Kappe gab ihm den Hut. Kniehase pfiff durch die Zähne. «Noch nobler, als ich dachte.»

Beide wandten sich wieder dem Toten zu. Kappe betrachtete den gutgeschnittenen Mantel mit dem Pelzkragen, die handgefertigten Schuhe. Was im Leben teuer gewesen war und auch so ausgesehen hatte, wirkte nun wie Lumpen. «Merkwürdig, wie der Tod alles klein und armselig macht.»

«Jetzt werden Sie aber philosophisch.»

«Wissen wir, wer es ist?»

«Noch nicht.» Kniehase schüttelte ein kleines Asservatendöschen aus Metall. Es klapperte. «Aber sein Siegelring wird es uns verraten.»

In diesem Moment knallte Galgenberg sein Protokollheft auf den Tisch. «Die drei Affen.» Kappe sah ihn verständnislos an. Galgenberg verdrehte die Augen. «Nüscht jesehen, nüscht jehört, nüscht zu sagen.»

«So weit, so schlecht also. Kniehase, sind Sie durch mit dem Tatort?»

Kniehase nickte.

«Galgenberg, Sie haben alles aufgenommen? Auch die Personalien?»

«Ick bin zwar bei weitem nich so schlau wie der Herr Kommissar, aber die Grundzüje beherrsch ick.»

Kappe seufzte. Er ordnete an, dass der Leichnam ins Leichenschauhaus transportiert werden würde. Die Soldaten hatten die Waffe nicht gefunden. Sie würden am nächsten Tag zusammen mit den Schutzleuten des Reviers noch einmal suchen müssen.

Kurz bevor sie losfuhren, blieb Kappe stehen. Er schaute sich um. Sein Blick fing sich an einer stuckverzierten Prunkfassade. «Sehr gut», murmelte er. Er wandte sich zu seinen Kollegen. «Kniehase, Sie fahren mit der Leiche zum Leichenschauhaus. Aber vorher geben Sie mir den Ring.» Kniehase übergab ihm das Metallkästchen. «Galgenberg, Sie kommen mit mir.»

«Und wohin?»

«Ins Hotel.»

«Na, vielen Dank auch.»

Kappe ignorierte ihn und stapfte los.

Eine halbe Stunde später tasteten sich Kappe und Galgenberg die dunkle Bellevuestraße entlang. Auf dem Kemperplatz ließen sie den Roland, der schemenhaft wie ein Geist auf seinem Brunnen stand, rechts liegen und bogen links in die Tiergartenstraße ein. Zwischen alten Bäumen reihte sich Villa an Villa. Keiner von beiden sprach ein Wort. Es roch nach feuchtem Laub.

Im Hotel Kaiserhof hatte ihnen ein Portier, der so übertrieben zwischen Diskretion und Eilfertigkeit schwankte, dass Kappe fürchtete, der Mann würde sich noch um sich selbst winden und schließlich verknoten, das Adelshandbuch des Hauses übergeben. Kappe und Galgenberg hatten darin geblättert und anhand des Wappens auf dem Siegelring die Identität des Toten als die des Freiherrn von Brettin ermittelt. Ein zusätzlicher Blick in das Berliner Adressbuch hatte ihnen die Adresse in der Tiergartenstraße verraten, wo sie nun vor einem großen Grundstück standen, das von einer hohen Mauer umfasst war. Ein mächtiges, schmiedeeisernes Tor gab die Sicht auf ein zweistöckiges Stadtpalais frei, das weiß in der Mitte des Grundstücks schimmerte. Die monumentale Freitreppe, die in der Mitte des Hauses zum Eingang führte, zeigte, dass der Bau keines der neuen Häuser war, bei denen es Mode geworden war, die Eingänge an die Schmalseite zu legen. Außer dem Geräusch des Regens, der von den kahlen Ästen der großen Bäume tropfte, war es still. Galgenberg wollte die Hand zu dem Messingknopf der Klingel ausstrecken, aber Kappe hielt ihn zurück. «Sie haben noch gar nicht gesagt, wie Sie die Sache sehen.»

«Wie soll ick det sehn? Roter bringt Reichen um die Ecke.»

Kappe seufzte «Ja, so sieht das wohl aus.»

«Na dann.» Galgenberg drückte auf die Klingel.

Kurze Zeit später standen sie in einer großen Eingangshalle, von der mehrere Türen abgingen. Hinter einer von ihnen war der Diener, der sie hereingelassen hatte, verschwunden. Er hatte sie aufgefordert zu warten, bis Freifrau von Brettin bitten lasse. Kappe schaute sich um. Trotz ihrer Größe wirkte die Halle bedrückend. Braungoldene Tapeten mit großen Ornamenten gaben ihr einen dämmrigen Ton. Dunkle, schwere Möbel hockten wie missgelaunte große Tiere in den Ecken. Die Fenster waren mit Kaskaden von dunkelrotem Samt verhüllt. Vor ihnen welkten zwei Palmen in ihren hochglanzpolierten Messingtöpfen. Es müssen eben doch nicht alle ihre Metalle abgeben, dachte Kappe. Und frieren muss auch nicht jeder.

Es war warm. Zu warm, wie Kappe fand, der seit Wochen kaum freiwillig seinen Mantel auch nur aufgeknöpft hatte, ihn jetzt aber am liebsten ausgezogen hätte. Er merkte, wie der nasse Stoff in der Wärme unangenehm nach altem Hund zu riechen begann.

Kappe in seinem merkwürdig riechenden Mantel, den Hut in der Hand, stand da und schwitzte, als die Tür, hinter der der Diener verschwunden war, aufflog. Er hielt die Person, die ihnen entgegenkam, zunächst für einen Jungen. Ihre Haare waren kurz und in einer Art Jungenhaarschnitt geschnitten. Sie war schmal, mittelgroß und steckte in einem Overall, wie er ihn nur von Automobil-Monteuren kannte. Sie trug Stiefel. Erst als sie seine Hand schüttelte, bemerkte er, dass eine Frau vor ihm stand.

«Amelie von Brettin. Was gibt es?»

Kappe war perplex.

«Freifrau, wir müssen Ihnen leider ...»

«Verkneifen Sie sich die Formalitäten! Frau von Brettin reicht völlig», unterbrach sie ihn.

«Ihr Herr Jemahl wurde tot auf dem Potsdamer Platz aufgefunden, Frau von Brettin», sagte Galgenberg ohne jedes Feingefühl. Kappe hätte ihn ohrfeigen mögen.

Amelie von Brettin verschränkte die Arme vor der Brust. Ihre Daumen massierten unbewusst ihre Armbeugen. «Wie ist das passiert?», fragte sie. Ihre Stimme war ruhig.

«Er ist erschossen worden», sagte Kappe. «Mein Beileid.»

«Werte Amelie, das ist ja furchtbar!», sagte eine Stimme, die sich anhörte, als würde jemand durch die Tülle einer Gießkanne sprechen. Der zu der Stimme gehörige Mann war wie aus dem Nichts aufgetaucht. Er trug eine graue Uniform, deren Brust furniert mit Orden war. Er war drahtig und kleiner als Kappe, hielt sich aber so gerade, dass seine mangelnde Körpergröße niemandem auffiel. Kappe sah die geflochtenen Schulterstücke mit den zwei Sternen. «General ...?»

«Von Tronten. Und das hier», er zeigte auf einen zweiten Mann, «ist Glombigk.»

Glombigk war anderthalb Köpfe größer als der General. Unter seinem maßgeschneiderten Anzug, an dessen Revers ein Eisernes Kreuz am weißen Bande hing, zeichnete sich ein wohlgenährter Körper ab. Er war glattrasiert und hatte ein weiches Gesicht. «Adolf Glombigk.» Seine Stimme war so weich wie sein Gesicht. Er schüttelte Kappe die Hand. Kappe sah ihm in die Augen, die im Gegensatz zu Gesicht und Stimme überraschend hart waren.

Amelie von Brettin kniff unwillig die Augen zusammen. «Wieso sind Sie beide hier?»

«Wir waren um halb fünf mit Heinrich verabredet», sagte der General.

«Und da er es manchmal nicht so genau nimmt mit der Pünktlichkeit, haben wir hier in der Bibliothek gewartet.» Adolf Glombigks Stimme hatte einen entschuldigenden Ton angenommen.

«Da Heinrich nicht mehr kommt, können Sie beide ja nun gehen.»

«Aber Amelie, vielleicht brauchen Sie unseren Beistand. Oder die Herren von der Polizei unsere Hilfe», sagte der General.

«Mit Sicherheit nicht.» Ihre Stimme war abweisend. «Aber wenn die Kommissare Fragen an Sie haben ...?» Sie sah Kappe und Galgenberg an.

«Wenn wir dürfen.»

«Bitte.» Sie wandte sich an den Diener, der unsicher im Raum stand. «Christoph, führen Sie die Herren wieder in die Bibliothek. Und wenn Sie etwas von mir wollen, sagen Sie Christoph Bescheid.» Der letzte Satz hatte Kappe gegolten. Amelie von Brettin drehte sich auf dem Absatz herum und verschwand in der Tür, aus der sie auch gekommen war.

Die Befragung in der Bibliothek brachte nicht viel Neues, obwohl die Herren von Tronten und Glombigk bereitwillig Auskunft gaben. Sie gaben sich als langjährige Freunde des Hausherrn zu erkennen, die sich mit ihm zu einem Glas Cognac und einer Partie Billard verabredet und mittlerweile ungeduldig auf ihn gewartet hatten. Man hatte bereits Visitenkarten ausgetauscht und war bei der Verabschiedung, als Glombigk noch eine Frage äußerte. «Glauben Sie, dass der Mord etwas mit seinem Beruf zu tun hatte?»

«Seinem Beruf?»

«Na, dem Mann gehört der *Reichskurier*. Ach, was sage ich: Er ist der *Reichskurier*», tönte der General. «Wussten Sie das nicht?»

Kappe warf Galgenberg, der in das knisternde Kaminfeuer starrte, als ob es dort einen wichtigen Hinweis auf den Täter geben würde, einen Seitenblick zu. Er war sich sicher, dass Galgenberg die ganze Zeit gewusst hatte, wer Heinrich von Brettin war.

«Wir ermitteln in alle Richtungen», sagte Kappe ausweichend.

«Ich glaube ja, dass die sozialistische Richtung reicht», sagte Glombigk mit seiner Sofakissenstimme.

«Ganz Ihrer Meinung, lieber Glombigk», stimmte der General ihm zu. Er wandte sich an Kappe. «Gibt es noch Fragen?»

«Im Moment nicht. Wir melden uns.»

«Jederzeit, die Herren. Jederzeit.»

Hände wurden geschüttelt, und Glombigk und von Tronten gingen.

Selbst wenn er gewollt hätte, Kappe hatte keine Gelegenheit, Galgenberg anzusprechen, denn der Diener stand sofort wieder da und wollte wissen, ob sie noch Fragen an die Freifrau hätten. Kappe wollte sie noch einmal sprechen. Vorher fragte er jedoch den Diener, wo sie sich den Nachmittag über aufgehalten hatte.

«Sie war hier. Wir haben für Johannisthal gepackt.» Der Diener führte sie in einen kleinen Salon, wo Amelie von Brettin wartete. Kappe fand, dass sie irgendwie entspannter aussah als vorhin.

«Was machen Sie in Johannisthal?», fragte Kappe sie.

«Fliegen. Jetzt, wo Frieden ist, kann ich endlich wieder fliegen.» Sie lächelte.

«Wir würden gerne das Arbeitszimmer des Freiherrn sehen. Wäre das möglich?»

Amelie von Brettin führte sie selbst zu dem Zimmer, betrat es aber nicht, sondern blieb mit verschränkten Armen in der Tür stehen.

Hindenburg und Wilhelm II. sahen aus ihren Ölgemälden auf den Schreibtisch Heinrich von Brettins herab. Kappe las den Entwurf zu dem Kommentar für den nächsten Tag. Von Schandfrieden und Verrat war die Rede. Und von einem Aufstand der anständigen Preußen, dessen es bedurfte, um das Regime der sozialistischen Vaterlandsverräter hinwegzufegen. Heinrich von Brettin forderte Blut. Das Wort *Novemberverbrecher* stand als Überschrift über allem. Kappe schüttelte den Kopf. «Und so etwas lesen Sie?», fragte er leise.

«Na und?» Galgenberg gab sich verächtlich.

Amelie von Brettin trat nun doch in das Zimmer. Sie nahm den Entwurf und überflog ihn. «Von Brettin hat gerne gezündelt.» Sie legte die Papiere wieder auf den Tisch. «Schade, dass das schon im Druck ist.»

Kappe überlegte. «Bedeutet das auch, dass in der Redaktion niemand auffällt, dass er tot ist?»

«Bis morgen Nachmittag nicht.»

Das gab ihnen mehr Zeit, bevor der öffentliche Druck losging. «Ich weiß, es ist viel verlangt, aber würden Sie bis morgen darüber Stillschweigen bewahren?»

«Wenn es hilft, den Täter zu finden.»

«Gut. Ich glaube, wir sind dann erst mal fertig.»

Nachdem Kappe sich die Johannisthaler Adresse Amelie von Brettins hatte geben lassen, verließen sie die Villa und gingen zurück zum Potsdamer Platz. Der Regen hatte aufgehört. Kappe war sauer. Galgenberg sabotierte mit seinem Verhalten nicht nur ihn, sondern auch die Ermittlungen. Aber er haderte noch mit sich, wie er ihn am besten darauf ansprechen sollte.

Der Eingang zum U-Bahnhof Leipziger Platz tauchte vor ihnen auf. Galgenberg machte Anstalten, wortlos darin zu verschwinden. Kappe nahm seinen ganzen Mut zusammen und hielt ihn fest. «Warum haben Sie mir nicht erzählt, dass von Brettin den *Reichskurier* macht?»

Galgenberg zuckte mit den Schultern. «Sie haben's ja auch ohne mich rausjefunden.» Er machte sich los.

«Und wo wollen Sie jetzt so einfach hin?»

«In die Charité.»

«Was wollen Sie denn da?»

«Meine Hilde liegt da seit drei Wochen mit der Grippe», sagte Galgenberg und lief die Treppe hinunter.

Kappe sah ihm nach, bis er ihn aus den Augen verlor. Hilde war Galgenbergs vierzehnjährige Tochter. Er fühlte sich, als habe er eine Ohrfeige bekommen. Er wäre nie auf den Gedanken gekommen, dass Galgenberg außer seinem Groll auch noch Probleme in seiner Familie haben könnte. Er begann einfach zu laufen, tauchte unter in dem Meer von heimkehrenden Soldaten, Glücksrittern und Frauen, die von der Kartoffelnachlese aus dem Umland kamen und nun erschöpft ihre paar dürftigen Fundstücke nach Hause trugen. Er wusste nicht, wie er mit Galgenberg umgehen sollte. Dass er ihn in Zeiten wie diesen nicht nach seiner Familie gefragt hatte, ließ ihn vor Scham fast in den Boden versinken. Kein Wunder, dass er ver-

bittert war. Und nun gefährdete Galgenbergs persönliches Leid, gemischt mit seiner Verbitterung, die Ermittlungen. Kappe fühlte sich
völlig hilflos. Es gab niemanden, mit dem er über Galgenbergs Verhalten reden konnte, ohne den Kollegen in eine prekäre Situation
zu bringen. Und das wollte er nicht. Jetzt erst recht nicht. Kappe atmete tief. Es gab keine Lösung. Jedenfalls keine einfache. Er würde
abwarten, wie sich die Sache entwickelte. Früher hätte er gerne mit
Galgenberg den Fall diskutiert, mit ihm über Amelie von Brettin gesprochen – eine echte Nonkonformistin. Kappe fand sie irritierend.

Inzwischen war er am Haus Vaterland angekommen. Eine
Lichtspielreklame fiel ihm ins Auge, die groß einen Film mit der
Magno avisierte. Kappe kam der Zusammenstoß mit der Diva in
den Sinn. Und plötzlich fiel ihm Klara ein. Er konnte es kaum fassen: Er hatte Klara vergessen. Klara und das Kind. Vielleicht war es
schon da. Kappe schaute auf die Uhr und fluchte. Er spurtete zum
U-Bahnhof.

Als er schließlich in Kreuzberg ankam, lag das Krankenhaus
dunkel da. Kappe blieb nichts anderes übrig, als nach Hause zu gehen.

Unter der Fußmatte vor seiner Wohnungstür steckte ein Zettel. *Herzlichen Glückwunsch. Mutter und Kind wohlauf. Rate mal, was es
geworden ist! Gruß Margarete.* Typisch, dachte Kappe. Frustriert schloss
er die Tür auf. Er hängte seinen feuchten Mantel auf und ging ins
Bett.

Sonntag, 17. November 1918

«SCHÖN SCHREIEN kannst du!» Die Schwesternschülerin schaute liebevoll auf das rot angelaufene Etwas in ihren Armen. Nachdem er die ganze Nacht vor Aufregung nicht geschlafen hatte, stand Kappe morgens um sieben der Schwesternschülerin gegenüber, die ihm lächelnd einen schreienden Säugling präsentierte. «Ich bring sie jetzt wieder zurück», sagte sie. Kappe nickte. Er war fast ein wenig froh, als sie mit dem schreienden Bündel verschwand. Erst hatte ihm Schwester Hedwig gesagt, dass er eine Tochter habe. Und all seine Vorstellungen von Fußballspielen, von kleinen Raufereien und gemeinsamen Entdeckungstouren, mit denen er sich die Zeit, in der er sich rastlos im Bett umherwälzte, vertrieben hatte, waren mit einem Mal zerplatzt. Dann hatte ihm die Schwesternschülerin ein Kind gezeigt, das sich nicht ruhig und still umhertragen ließ, sondern wie am Spieß schrie. Kappe wusste plötzlich, was Kniehase gestern gemeint hatte. Einfach war das wirklich nicht. Nicht einmal Karl May würde er ihr später vorlesen können, denn das waren Bücher für Jungen. Er hätte nicht gedacht, dass er so enttäuscht sein würde. Und er wusste nicht, ob er seine Enttäuschung Klara gegenüber überspielen konnte.

Im Krankenzimmer überschütteten ihn die anderen Patientinnen mit Glückwünschen. Klara lag stolz wie eine Königin in ihren Kissen. Sie strahlte ihn an. «Hast du sie gesehen? Ist sie nicht wunderschön?»

«Vor allem ist sie laut.» Kappe versuchte, humorvoll zu klingen.

«Männer!» Klara lachte. «Sie ist richtig kräftig. Das hätte keiner gedacht.»

«Wie wollen wir sie denn nennen?»

«In ein paar Tagen können wir zu dir nach Hause. Schön, oder? Dann sind wir eine richtige Familie.»

«Bertha, nach meiner Mutter? Oder Frieda wie meine Patentante? Na ja, die Frauennamen in meiner Familie sind nicht gerade klangvoll.»

«Margarete hat sie auch schon gesehen. Sie sagt übrigens, dass es bald Wahlen gibt. Und dass Frauen jetzt auch wählen dürfen.»

«Jetzt vergiss doch mal den politischen Quatsch!»

Klara zog einen Flunsch.

«Klara, wir brauchen doch einen Namen.»

Klara richtete sich in ihren Kissen auf und sah ihn von oben herab an. «Sie hat schon einen Namen.»

«Tatsächlich?»

«Sie heißt Margarete.»

In Kappe stieg eine saure Mischung aus Überraschung, Ärger und Enttäuschung auf. «Gut, wenn das schon entschieden ist, kann ich ja auch gehen.» Er verließ das Krankenzimmer. Doch schon als er die Tür mit einem Ruck hinter sich geschlossen hatte, hätte er sich ohrfeigen können. Margarete war nicht der schlechteste Name. Und er mochte Margarete Klump. Trotzdem, sein Stolz war verletzt. Klara hätte ihn wenigstens fragen können. Gleichzeitig überlegte er, wie er sein Verhalten wiedergutmachen konnte. Gerade jetzt wollte er keinen Streit mit Klara. Sogar als er in seinem Büro angekommen war, kämpfte er noch mit seinen widerstreitenden Gefühlen. Die Nachricht, dass von Unverth zu einer Fallbesprechung in sein Büro gerufen hatte, war für ihn deshalb wie eine Erlösung.

Im Herrenzimmer, wie Kappe das Büro des Regierungsrates nach seinem letzten Besuch insgeheim nannte, beglückwünschten ihn von Unverth und von Canow zur Geburt seiner Tochter. Galgenberg schloss sich den Glückwünschen säuerlich an. Kappe fühlte sich ihm gegenüber unbehaglich. Er sah, dass von Unverth Galgenberg mit einem nachdenklichen Blick musterte. Dann zog der

Regierungsrat eine Kiste Zigarren aus seinem Schreibtisch hervor. «Zur Feier des Tages», sagte er und hielt die geöffnete Kiste in die Runde. Kurze Zeit später kräuselte sich der Rauch aus vier Zigarren blau an der Zimmerdecke. Danach wurde von Unverth geschäftlich. Er beugte sich über einen Pharus-Plan und deutete auf den Potsdamer Platz. Dass er sogar an einem Sonntag ins Präsidium gekommen war, zeigte, wie wichtig er den Fall nahm. Das Büro füllte sich langsam mit Zigarrennebel.

«Was hat der Mann denn dort gewollt?»

«Das wissen wir noch nicht, Herr Regierungsrat», sagte Kappe.

Galgenberg blätterte in seinen Notizen. «Wir haben mit General von Tronten und Adolf Glombigk zwei Zeugen, die uns versichern, dass er ungefähr zur Tatzeit mit ihnen verabredet war. Und zwar in seiner Villa, wo sie auf ihn warteten.»

«Dieser Glombigk, ist das der Stahlbaron?», fragte von Canow.

«Das eherne Herz des Reiches», zitierte Kappe den Werbespruch der Glombigk-Hütten, den er auf der Visitenkarte von Adolf Glombigk gelesen hatte. «Genau der.»

«Höchst einflussreiche Männer, der General und dieser Glombigk.»

«Das gilt auch für von Brettin mit seiner Zeitung», sagte Kappe.

«Und diese Amelie von Brettin?», fragte von Unverth.

«Sieht aus wie ein Junge. Fliegt. Ist nicht gerade das Abziehbild einer trauernden Witwe, hat aber ein Alibi.»

«Was ist mit der Armbinde? Kann das Opfer sie dem Täter vom Arm gerissen haben?» Von Unverth sah Kappe fragend an.

«Das nehmen wir stark an.»

«Ein politischer Mord also», sagte von Canow.

Von Unverth sog laut Luft durch die Nase ein. «Freiherr von Brettin, Besitzer, Herausgeber und politischer Kommentator einer äußerst konservativen Zeitung, wird von einem Arbeiterrat niedergeschossen. Und das in Zeiten, in denen das Kaiserreich zwar untergegangen ist, die Konturen und die Richtung des neuen Reiches aber noch nicht fest gefügt sind. Das gefällt mir nicht.»

Von Canow überlegte. «Die ganz Linken könnten es als Fanal sehen. Als Aufruf zum Mord am politischen Gegner.»

Kappe sah eine andere Gefahr: «Für die Konservativen gilt das ganz genauso.»

«Das hat Sprengkraft, meine Herren. Wahre Sprengkraft!» Von Unverths Schnurrbart zitterte. «Ich erbitte mir sorgfältigste Ermittlungen.» Nacheinander fixierte er Kappe, Galgenberg und von Canow. In seinem Blick lag Besorgnis. «Meine Herren, an die Arbeit!»

Die drei verabschiedeten sich. Als Kappe hinausgehen wollte, hielt von Unverth ihn zurück. Er schloss die Tür und setzte sich hinter seinen burgartigen Schreibtisch. Mit einer knappen Geste bot er Kappe Platz in einem der Ledersessel an, die vor dem Schreibtisch standen. Kappe setzte sich abwartend. Von Unverth tauchte kurz hinter dem Schreibtisch ab und kam mit zwei Kristallgläsern und einer Karaffe wieder zum Vorschein.

«Cognac?» Ohne Kappes Reaktion abzuwarten, goss er ein und schob das Glas zu Kappe hinüber, dann nahm er sein Glas, prostete ihm zu und trank einen großen Schluck. Kappe fühlte sich gezwungen, sein Glas ebenfalls zu erheben. Von Unverth stellte sein Glas mit einem Knall ab. «Kappe, ich weiß, dass Sie es nicht leicht haben in der Abteilung.»

Kappe sagte nichts.

«Ihr Schweigen zeigt mir, dass Sie der Ehrenmann sind, für den ich Sie immer gehalten habe.» Von Unverth nahm noch einen Schluck und strich sich über den Bart. «Ich halte viel von Ihnen. Sehr viel.» Er machte eine Pause. «Halten Sie mich auf dem Laufenden.»

«Aber das ist doch selbstverständlich, Herr Regierungsrat.»

«Ich meine, über alles. Alle Details, alle Richtungen, die die Ermittlung nimmt, die ich im Übrigen bei Ihnen in den besten Händen weiß.»

«Vielen Dank», sagte Kappe unsicher.

«Gut.» Von Unverth zog eine Akte hervor und vertiefte sich in sie. Die Audienz war offensichtlich beendet. Kappe stand auf und ging. Er hatte beinahe die Tür hinter sich geschlossen, als von Unverth noch einmal rief: «Kommissar Kappe!»

«Ja, Herr Regierungsrat?»

«Kopf hoch! Nächstes Mal wird's ein Stammhalter.»

Kappe schloss die Tür. Er fühlte sich ein wenig ertappt. Eigentlich hatte er geglaubt, seine Enttäuschung über die Geburt einer Tochter nicht gezeigt zu haben. Er war außerdem überrascht, wie weit von Unverths Wissen über die Situation in seiner Abteilung zu gehen schien. Und über das Verständnis, dass der Regierungsrat ihm entgegenbrachte. Nachdenklich ging er zu seinem Büro. Als Nächstes stand der Besuch in der Redaktion des *Reichskurier* auf dem Programm.

Mit dem Besuch in der Redaktion wurde es so schnell nichts, denn die zwei jungen Soldaten der Volksmarinedivision, die er am Vorabend losgeschickt hatte, um die Mordwaffe zu suchen, standen mitten im Raum. Vor ihnen hatte sich die «Bulldogge» mit verschränkten Armen und hochrotem Gesicht postiert und machte ihrem Spitznamen alle Ehre. Einer der Soldaten wollte etwas sagen, doch Böhlke, die Bulldogge, fuhr dazwischen.

«Diese Herren wollen Meldung über einen Waffenfund machen.» In seiner Stimme lag Verachtung.

Kappe wusste, dass die meisten Schutzmänner die Soldaten der Volksmarinedivision, die sich dem neuen Polizeipräsidenten Eichhorn als revolutionäre Ordnungsmacht unterstellt hatten, als ungebetene Eindringlinge und revolutionäre Vaterlandsverräter betrachteten. Die Bulldogge gehörte offensichtlich zu ihnen. Auch hier eine Front, dachte Kappe. Er sah die Soldaten an, die zwischen Stolz und Angst hin und her gerissen waren. Sie waren so jung, dass es Kappe fast weh tat. «Wie heißen Sie eigentlich?»

Der Kleinere trat vor und salutierte. «Volksmarinesoldat Schnitkoweit.»

«Volksmarinesoldat Katzler, Herr Kommissar», sagte der andere zackig.

«Dann lassen Sie Ihren Fund mal sehen, meine Herren.»

Böhlke trat unwirsch zur Seite. Kappe sah, dass die Ader an seiner Schläfe pochte. Katzler ließ vorsichtig eine Pistole auf den Schreibtisch gleiten. Die Waffe machte ein metallisches Kratzen. Kappe ließ sich mit Kniehase verbinden und bat ihn zu kommen. Dann wandte er sich wieder den Soldaten zu. «Wo haben Sie sie gefunden?»

«In einem Laubhaufen neben dem Tatort.»

Kappe sah sich die Waffe an. «Eine 08.» Er war enttäuscht. Die Pistole 08 von Luger war die Standardwaffe der Reichswehr. «Die gibt es jetzt in Berlin wahrscheinlich an jeder Ecke.»

«Vielleicht ist ja der Einfachheit halber ein Name einjraviert», ätzte Galgenberg.

«Fingerspuren täten es auch.» Kniehase war gerade eben eingetreten. Mit einem Schritt war er beim Schreibtisch, hob die Pistole mit einem Bleistift auf und schnupperte an ihrem Lauf. «Eindeutig. Damit wurde vor kurzem geschossen.» Er nahm die Pistole an sich. «Ich bin im Labor.»

«Los, abtreten!», bellte Böhlke. Er wollte die unliebsame Konkurrenz sichtlich so schnell wie möglich aus dem Revier bekommen. Die Soldaten traten unschlüssig von einem Bein aufs andere.

«Haben Sie noch etwas auf dem Herzen?», fragte Kappe.

«Wir haben gestern vergessen, Ihnen etwas Wichtiges zu sagen, Herr Kommissar», sagte Schnitkoweit.

«Und das wäre?»

«Wir haben einen Blitz gesehen. Kurz nach dem Schuss.»

«Blödsinn. Als ob et jestern jewittert hätte», bellte Böhlke.

«Nicht wie ein Gewitter. Eher wie eine sehr helle kleine Explosion. Gerade als wir anhielten», widersprach Katzler.

«Haben Sie eine Ahnung, was das gewesen sein könnte?»

Die Soldaten schüttelten den Kopf.

«Wir werden dem auf jeden Fall nachgehen. Vielen Dank, meine Herren.»

Die Soldaten salutierten und gingen. Böhlke zischte ihnen hinterher, als wolle er sichergehen, dass sie auch wirklich das Präsidium verließen.

Kappe wandte sich an Galgenberg. «Was halten Sie davon?»

«Vielleicht Mündungsfeuer, vielleicht Hirnjespinste. Wat weeß icke, wat in diese revolutionären Jehirne so rumgeistert.»

Kappe hätte am liebsten mit der Faust auf den Tisch gehauen. Doch dann kam ihm Galgenbergs kranke Tochter in den Sinn. Außerdem konnte er nicht noch einen Streit gebrauchen. «Lassen Sie uns in die Redaktion gehen», sagte er stattdessen müde.

«Hatte Freiherr von Brettin irgendwelche Feinde?», fragte Hermann Kappe. Er und Galgenberg saßen Zwängelt, dem Chefredakteur des *Reichskurier*, gegenüber. Zwängelt war ein schwabbeliger Mann in den Vierzigern, der ununterbrochen mit dem Daumen seiner rechten Hand den Nagel seines linken Zeigefingers massierte. Er trug eine schwarze Trauerbinde um den Arm, die er sich sofort umgebunden hatte, als er den Grund des Besuchs von Kappe und Galgenberg erfahren hatte.

Redaktion und Druckerei der Zeitung lagen mitten im Zeitungsviertel in der Krausenstraße. Hugenberg, Mosse, Ullstein, der *Vorwärts* – alle hatten ihre Redaktionen und Verlagshäuser hier. Die Luft brummte vom Vibrieren der Druckmaschinen. Um in das Gebäude zu gelangen, hatten sich die beiden Kriminalbeamten durch ein merkwürdiges Häuflein Uniformierter schlagen müssen, deren Kommandant sie erst passieren ließ, nachdem er ihre Erkennungsmarken minutiös studiert hatte.

«Der Baron war ein Ehrenmann. Der Vater unseres Verlages. Wir alle haben ihn geliebt.» Zwängelts Augen wurden feucht.

Kappe fand den Mann unangenehm. «Und diese Truppe da unten?»

«Das Freikorps?»

«Genau.»

«Die schützen uns. Heinrich von Brettin war ein Mann mit Visionen, müssen Sie wissen. Ein Mann, der an die Zukunft Preußens glaubte.»

«Jab et Drohungen?», schaltete sich Galgenberg ein.

«Sie haben doch die Aufrufe gegen die bürgerliche Presse gelesen. Wir werden ständig bedroht. Besonders eine Zeitung wie unsere, die die Wahrheit ausspricht. Aber das ist nicht alles. Eins dieser linken Subjekte hat sich bis in das Büro des Freiherrn geschlichen und ihn angegriffen. Seitdem schützen die Männer von Oberst Mendel das Gebäude.»

«Wurde er verletzt?»

«Nein. Der Mann hat davon gefaselt, dass der Herr Baron ein Brandstifter sei.»

«Wann war das?»

«An dem Tag, an dem der USPD-Pöbel das erste Mal seine Lügenpostille herausgebracht hat.»

«Sie meinen *Die Freiheit*?», fragte Kappe, der das Blatt auf Klaras Krankenhausbettschränkchen gesehen hatte. Ganz offensichtlich ein Mitbringsel von Margarete.

«Ganz genau. Und das war vor zwei Tagen. So gegen sieben Uhr abends. Der Freiherr war gerade erst gekommen.»

«Am 15. November also», notierte Kappe. «Wieso haben Sie nicht die Polizei geholt?»

«Der war so schnell draußen, wie er hereingekommen ist.»

«Wie sah er aus?», fragte Galgenberg ungeduldig.

«Ziemlich groß.»

«Und sonst?» Zwängelt machte Kappe langsam nervös.

«Ich erinnere mich nicht genau. Kahlköpfig. Und ziemlich ärmlich. Arbeiter.»

«Wie kommen Sie darauf, dass es ein Arbeiter war? Hatte er vielleicht eine rote Armbinde?»

«Ich weiß es nicht. Ich war mit den Artikeln der aktuellen Ausgabe beschäftigt. Der Baron hat dem Kerl ziemlich den Marsch geblasen. Ich habe die Tür aufgerissen, weil ich das gehört habe. Da kam der Mensch schon an mir vorbei zum Ausgang gestürmt.»

Kappe und Galgenberg versuchten es noch weiter – doch mehr war aus Zwängelt nicht herauszuholen.

Am Abend lud Trampe ihn auf ein Bier ins «Max und Moritz» ein. Kappe war froh, dass er inmitten der laut aufeinander einschreienden Menge nicht auf Margarete traf. Obwohl sie nichts für den Namenszwist zwischen Kappe und Klara konnte, hätte er nicht gewusst, wie er sich ihr gegenüber hätte verhalten sollen. Trampe gratulierte ihm zu seiner kleinen Margarete. Kappe nahm die Glückwünsche an, erzählte aber nichts von seinem Streit mit Klara. Er nahm einen tiefen Zug. Das Bier traf seinen leeren Magen wie ein Faustschlag. Er musterte die Gesichter. Kleine Angestellte, ein paar Künstler, Boxer, Arbeiter. Ob einer von ihnen der Mörder war? Aber es war kein Kahlkopf dabei.

Trampe erzählte, dass die Extrazuschläge für kriegswichtige Betriebe eingestellt worden waren, seitdem der Waffenstillstand herrschte. Die Versorgung mit Nahrungsmitteln hatte sich nun selbst für die DeTeWe-Leute von schlecht zu kaum vorhanden gewandelt. Außerdem wurden Leute entlassen. Auch die Grippe forderte weitere Opfer. «Besonders die Jungen», sagte Trampe. «Es ist eine Schande.»

«Selbst die Tochter von meinem Kollegen hat es erwischt», sagte Kappe eher automatisch. Er dachte immer noch an den Arbeiter, der im *Reichskurier*-Gebäude aufgetaucht war. «Kannst du dir eigentlich vorstellen, dass einer von deinen Leuten einen reichen rechten Pressefritzen ermordet?»

«Geh nach Hause, Hermann», sagte Trampe. Und als Kappe ihn verständnislos anschaute, setzte er nach: «Die Rechten haben endgültig verloren, weil Ebert an der Macht ist. An denen macht sich keiner die Finger schmutzig. Die Einzigen, die im Moment zu fürchten sind, sind die Unabhängigen und diese Spartakus-Leute. Und die bringen eher uns Ebert-Leute um.»

Montag, 18. November 1918

KLARA wandte Kappe demonstrativ den Rücken zu. Kappe war sich seinerseits nicht sicher, ob er nicht auch noch wütend auf Klara war. Die anderen Patientinnen taten so, als ob sie sich überhaupt nicht für Klara und ihn interessierten. Aber Kappe wusste, dass in Wirklichkeit alle Ohren gespitzt waren.

«Ich habe die kleine Margarete gesehen. Alle sagen, dass ihr beide so kräftig seid, dass ihr Morgen nach Hause könnt», sagte er beiläufig.

Klara drehte sich zu ihm um. «Margarete war wenigstens da.»

«Klara, ich hab einen Mordfall.» Kappe zupfte nervös an dem Stapel Zeitschriften, der windschief auf Klaras winzigem Bettschränkchen balancierte.

«Das hast du doch immer», meinte Klara schnippisch.

«Warum hast du mich nicht wenigstens gefragt?»

«Wie denn?» Sie verdrehte die Augen. «Außerdem dachte ich, der Name würde dir auch gefallen.»

Der Stapel rutschte ab. Zeitungen, Zeitschriften und ein ganzer Packen Bildpostkarten landeten auf dem Boden.

«Entschuldige.» Kappe sammelte gereizt alles auf. Er sah die Postkarte, die Margarete gekauft hatte, als sie im Zirkus Busch waren. Er schaute sich die anderen Postkarten an: alles Berliner Revolutionsmotive der letzten Tage. Plötzlich stutzte er. «Woher hast du die?» Er hielt Klara eine Karte entgegen.

«Von Margarete. Aber die sind doch jetzt nicht wichtig.»

«Hat sie dir gesagt, wo sie die gekauft hat? Bei welchem Postkartenhändler?»

«Was ist denn jetzt mit dem Namen? Gefällt er dir gar nicht?»

«Klara!»

«Ich weiß es nicht, Hermann. Sie kauft sie, wo immer sie über einen von diesen Postkartenhändlern stolpert. Damit ich wenigstens einen kleinen Eindruck von der Welt da draußen bekomme, in der du und sie und alle anderen herumlaufen dürfen, während ich hier wie eingemauert liege.» Die schnippische, kleinmädchenhafte Klara war plötzlich wie weggeblasen. Stattdessen starrte ihn eine wütende Frau an.

Sosehr Kappe das schnippische Mädchen auf die Nerven fiel, so verwirrte die andere ihn nun. Er hatte nie darüber nachgedacht, dass Klara sich eingesperrt fühlen könnte. Er hatte geglaubt, dass sie sich im Krankenhaus sicher fühlte, nachdem sie gemerkt hatte, dass sie hier gut aufgehoben war. Und er hatte geglaubt, dass das Kind sie nun völlig ausfüllte. Dass sie im Gegenteil sogar froh war, nicht in die Wirren da draußen mit hineingezogen zu werden.

Klara sah ihn abwartend an. Er hätte sie so gerne getröstet. Hätte ihr alles erklärt. Von seiner Begegnung mit der fremdartigen Amelie von Brettin erzählt. Aber in Berlin lief ein Mörder herum, der ein Pulverfass zum Explodieren bringen würde, wenn er ihn nicht schnell dingfest machen konnte. Und gerade in diesem Moment hatte er eines der bisher wichtigsten Puzzlestücke in diesem Fall gefunden. Er steckte die Postkarte ein und küsste Klara vorsichtig auf die Stirn. «Entschuldige. Ich muss los.»

Sobald er aus dem Zimmer war, brandete unter den Patientinnen wie auf ein Stichwort eine laute Diskussion über die sogenannten Herren der Schöpfung auf. Klara Kappe beteiligte sich nicht daran.

«Da haben Sie Ihr Mündungsfeuer, Ihre revolutionären Hirngespinste.» Kappe knallte die Bildpostkarte auf Galgenbergs Schreibtisch. «Natürlich: Es war schon zu dunkel. Warum bin ich bloß nicht darauf gekommen?»

Galgenberg ließ den *Reichskurier*, auf dessen Titelseite die

Überschrift *Feiger Mord – Noch immer läuft der linke Mörder frei herum* prangte, sinken und betrachtete die Postkarte. In der Bildmitte lag der tote von Brettin. Die Blutlache um seinen Kopf herum sah aus wie eine schwarze Pfütze. Sie war kleiner als bei der Tatortbesichtigung. Um ihn herum, fast wie ein antiker Chor, die gaffende Menge. Keine Soldaten. Links unten stand in ungelenker Schreibschrift: *Revolutionstoter am Potsdamer Platz.*

«Der Blitz, den die Soldaten gesehen haben, war Weißfeuer. Er brauchte Licht, um zu photographieren.» Kappe nahm Galgenberg die Karte aus der Hand und betrachtete sie nun mit einer Lupe.

«Von Brettin. Tot. Und?»

«Herrje, Galgenberg, ich weiß, dass Sie Sorgen haben, aber hören Sie doch mal auf mit Ihrer Nummer! Sie wissen doch, wie das mit dem Photographieren funktioniert. Der Mann muss da eine ganze Weile mit seiner Kamera gestanden haben.»

«Ein photographisch festjehaltener Mord.» Die Ironie in Galgenbergs Stimme war kurz verschwunden, um dann umso ätzender zurückzukehren. «Dit is ja fast so jut wie 'ne Namensgravur an der Waffe.»

«Was ist so gut wie eine Gravur an der Waffe?» Kniehase war hereingekommen.

«Wir haben eine Photographie, die nur wenige Sekunden nach dem tödlichen Schuss aufgenommen wurde.» Kappe streckte ihm die Postkarte entgegen.

Kniehase betrachtete die Karte interessiert. «Tatsächlich. Der muss alles beobachtet haben. Aber er war eindeutig nicht mehr da, als wir kamen.» Er gab Kappe die Karte zurück.

«Warum ist er abgehauen?», fragte Kappe nachdenklich. «Wir müssen ihn dringend finden.» Er legte das Photo beiseite. «Aber Sie sind wahrscheinlich wegen etwas anderem gekommen.»

«Ich habe etwas gefunden.»

«Fingerabdrücke?»

«Nicht direkt. Die Waffe wurde abgewischt. Aber es gibt einen Teilabdruck auf einer der Kugeln.»

«Dann arbeiten Sie sich bitte durch die Kartei.»

«Dabei könnte ich durchaus Hilfe gebrauchen.» Kniehase klang beleidigt.

«Tut mir leid. Das müssen Sie alleine machen», erwiderte Kappe.

«Meiner Meinung nach geht es wesentlich schneller, wenn ich nicht alleine die Kartei durchgehe.»

«Ist Ihnen eigentlich klar, dass der Mörder den Photographen genauso interessant finden könnte wie wir? Was ist, wenn er ihn vielleicht sogar schneller findet?»

«Ich kümmere mich um die Abdrücke.» Kniehase hatte verstanden.

«Und wir loofn Hunderte von Postkartenhändlern ab?»

«Nein, wir befragen die, von denen die Händler ihre Ware bekommen. Das sind deutlich weniger.»

«Na dann, bringen wir et hinter uns.» Galgenberg knallte das Berliner Adressbuch auf seinen Schreibtisch. Er blätterte. «Ajenturen, Postkartenverlage, Bildredaktionen. Trotzdem ziemlichet Programm.»

Kappe und Galgenberg waren den ganzen Vormittag die Adressen, die sie zuvor herausgesucht hatten, abgelaufen. Überall hatte man die Bildpostkarte gemustert und den Kopf geschüttelt. Lehrjungen waren in die Archive geschickt worden und mit leeren Händen wiederaufgetaucht. Das Motiv war nicht bekannt und der Photograph erst recht nicht. Zum Schluss war nur noch die Berliner Illustrations-Gesellschaft in der Königgrätzer Straße übriggeblieben. Hier standen sie nun einer sehr hübschen Dame gegenüber, die, in einen alten Pelzmantel gewickelt, die Bildpostkarte musterte. Ein leichter Hauch von Essig und anderen Photochemikalien durchzog den großen, vornehm eingerichteten Empfangsraum. Botenjungen zischten an ihnen vorbei nach draußen, große Umschläge unter den Arm geklemmt, in denen sich Pressephotos befanden, auf die die Redaktionen schon warteten. Stativjungen holten sich die Anweisungen, wo sie wann die Stative für welchen Photographen aufzustellen hatten. Ab und an wehte einer der Photographen herein und genauso schnell wieder hinaus, die schwere Tasche mit der Nettel-Deckrullo und den Glasnegativen über der Schulter, immer auf der Suche nach dem aktuellsten Motiv.

Es war so kalt in den Räumen, dass Fräulein Jenn, die Dame im Pelz, die Lupe, mit der sie das Photo betrachtete, immer wieder unter ihrem Mantel anwärmte, damit sie nicht beschlug, wenn sie sie ans Auge hielt. «Wenn's doch mal wieder Briketts gäbe», seufzte sie. Sie ließ die Lupe sinken und sah Kappe an. Kappe erwischte sich bei dem Gedanken, auch gerne einmal unter diesen Pelzmantel zu schlüpfen. Er rief sich sofort wieder zur Ordnung. «Der Mann hat ein sehr gutes Auge, aber sehen Sie hier – nicht sauber entwickelt.» Sie deutete auf eine schwarz verlaufene Bildstelle am linken Rand, die Kappe vorher nicht aufgefallen war. «Könnte auch Absicht sein. Ist aber schlecht gemacht. Und das Handwerk verstehen unsere Photographen alle. Das muss ein Amateur sein. Erstaunlich.»

«Wat für 'ne Absicht?», fragte Galgenberg.

«Manchmal werden am Bildrand Bildstellen, die nicht so gut geworden sind, bei der Entwicklung abgedeckt. Wenn etwas unwichtig ist. Oder verwackelt. Woher stammt die?»

«Das wüssten wir selber gerne», sagte Kappe.

«Verdammt. Allet reine Sohlenschinderei», meckerte Galgenberg.

Fräulein Jenn gab Kappe die Karte zurück. «Tut mir leid, meine Herren. Das Einzige, was mir einfällt, wären die Postkartenhändler. Die bekommen manchmal Photos von Privaten angeboten.»

«Und von denen gibt's ziemlich viele», sagte Kappe.

«Da könnte leicht ein neues paar Schuhe fällig werden.» Sie zwinkerte Kappe zu, der eine leichte Röte in sein Gesicht aufsteigen fühlte. Er bedankte sich. Die beiden Kriminalbeamten verließen die Agentur. Während sie die Treppenstufen zur Königgrätzer Straße hinuntergingen, fasste Kappe einen Plan. Er würde Galgenberg zurück ins Präsidium schicken, wo er Kniehase beim Durchforsten der Fingerspurenkartei helfen konnte. Er selbst würde zum Bahnhof Börse fahren, wo Margarete, Trampe und er den Postkartenhändler, der Margarete aufgeholfen hatte, getroffen hatten. Das wäre immerhin ein Anfang.

Der Zirkus war verwaist. Der Metalladler schaute missmutig über einen leeren Platz. Kappe ging an einer alten Frau vorbei, neben der eine ausgemergelte Dogge trottete. Die Dogge zog einen kleinen Wagen, auf dem ein paar kümmerliche Stücke Brikettbruch lagen. Kappe erinnerte sich, dass es vor dem Krieg viele dieser Hundegespanne gegeben hatte. Sie dienten zum Verkauf von Obst und Gemüse oder für kleinere Transporte. Es fühlte sich an, als hätte diese Zeit in einem anderen Leben stattgefunden. Hinter ihm ratterte die S-Bahn. Von dem ambulanten Postkartenhändler war weit und breit nichts zu sehen.

Kappe beschloss, zum Bahnhof Friedrichstraße zu fahren. Hier waren früher ebenfalls Postkartenhändler gewesen. Er fuhr die eine Station mit der S-Bahn. Die Bahn spuckte ihn im rußigen Gewölbe des Bahnhofs wieder aus. Auf dem Nachbargleis fuhr quietschend eine Dampflok ein. Ströme von Menschen ergossen sich aus dem Zug. Er zwängte sich durch das Getümmel die Treppen hinunter zur Friedrichstraße. Er hatte Glück. Am Fuß der Treppe stand der Postkartenverkäufer vom Zirkus Busch.

«Mensch, Sie such ich! Sie waren doch neulich am Zirkus Busch.» Kappe zückte seine Marke.

Der Händler studierte ihn misstrauisch. «Ist das jetzt verboten?»

«Ganz und gar nicht. Ich wollte Ihnen was zeigen.» Kappe zückte seine Postkarte.

«Reklamationen gibt's nicht», sagte der Mann und wollte weitergehen. Kappe hielt ihn zurück. «Ich will nicht reklamieren, ich suche den Photographen.»

Der Postkartenhändler sah die Karte kurz an und gab sie ihm zurück. «Was wollen Sie denn von dem?»

«Haben Sie nicht gesehen, was auf dem Photo ist? Der Mann ist Zeuge in dem Mordfall.»

«Wer sagt mir, dass er nicht eher Schwierigkeiten mit Ihnen kriegt?»

«Sie kriegen gleich Schwierigkeiten, wenn Sie mir nicht sagen ...»

«Bildpostkarten! Hervorragende Souvenirs.» Der Mann drehte sich um und lief die Friedrichstraße hinunter in Richtung Unter den Linden. Die brodelnde Menschenmasse hatte ihn schon beinahe verschluckt. Kappe fluchte und trabte hinterher. Er holte ihn nur ein, weil ein Paar den Mann anhielt, um die Postkarten zu betrachten. Die Frau zeigte kichernd auf die Karten. Ihr übertriebener Hut wackelte dabei. Kappe hörte, wie ihr Begleiter ihr zuflüsterte: «Ich kauf dir alles, mein Zuckerschnütchen.» Sie kicherte, und er zückte seine Geldbörse

Kappe wartete, bis der Kavalier bezahlt hatte. «Hören Sie: Ich will den Mann ja nur befragen. Er muss den Mörder gesehen haben.»

«Was geht mich Ihr Mörder an?»

«Stellen Sie sich vor, der Mörder findet ihn vor mir.»

Der Mann überlegte. Schließlich gab er sich einen Ruck. «Eigentlich darf ich den Namen nur verraten, wenn von den Bildagenturen jemand fragt. Aber gut. Anton heißt er. Anton Kummer. Ganz kleiner Kerl, das. Eigentlich ein Kind. Trägt immer 'ne Baskenmütze und ein rotes Hemd.»

«Wo finde ich den?»

«Treibt sich viel im Scheunenviertel rum und photographiert.»

«Danke.»

«Hoffentlich muss ich das nicht bereuen», rief der Postkartenhändler ihm hinterher.

Auf der Suche nach Anton Kummer kämpfte sich Kappe durch das Scheunenviertel mit seinen zerlumpten Menschenmassen. Es roch nach Hunger, nach Kot und nach Wanzen. Er stieg über ausgestreckte Prothesen und wich Bettlern aus, die ihn am Ärmel zupften. Fliegende Händler boten billigste Waren feil. In der Gormannstraße blieb er in dem Auflauf stecken, der sich vor dem Arbeitslosenamt gebildet hatte. Lange Schlangen von Menschen schoben sich durch den Eingang. Diejenigen, die mit ihrem Arbeitslosengeld wieder hinauskamen, wurden von Stühlen und Tischen empfangen, an denen um Geld gewürfelt wurde. In der Hoffnung, aus ein paar Mark Arbeitslosengeld auf einen Schlag ein kleines Vermögen zu machen, prügelten sich die Männer fast um die Plätze. Qualm und Wut hingen in der Luft. Wer keinen Platz gefunden hatte, konnte sich mit Bier und Ersatzkaffee stärken.

Kappe beobachtete die Würfelspieler. Es war klar, dass die Würfel gezinkt waren. Eigentlich hätte er seine Kollegen holen und mit dem ganzen Elend aufräumen müssen. Aber er musste den Anton Kummer finden. Er sah sich suchend um. Und plötzlich fiel ihm die Kamera auf. Sie stand nur zwei Meter entfernt. Er hätte sie und den Photographen eigentlich die ganze Zeit sehen müssen. Dieser trug einen abgeschnittenen Militärmantel, der wie ein Zelt an ihm herabhing. Darunter blitzte ein schmutziges rotes Hemd hervor. Auf seinem quadratischen Schädel saß eine Baskenmütze. Er hob sich deutlich von den Menschen um ihn herum ab. Verraten hatte ihn jedoch einzig die Bewegung, mit der er eine neue Glasplatte in die Kamera einlegte. Kappe sah, dass Anton Kummer winzig war. Er schätzte ihn auf ungefähr zehn Jahre.

Mit acht Jahren hatte Anton Kummer die wichtigste Begegnung seines Lebens gehabt. Mit den anderen Kindern der Straße umringte er einen fliegenden Händler, der Hosenträger verkaufte. Der Mann hatte Gustav, Antons großen Bruder, dazu auserkoren, das eine Ende der Hosenträger festzuhalten, und lief, das andere Ende der Hosenträger in der Hand, Schritt für Schritt den Bürgersteig entlang, um die, wie er anzupreisen nicht müde wurde, sagenhafte Dehnkraft seines sogenannten Gummiwunders zu demonstrieren. Fast drei Meter betrug schließlich der Abstand zwischen Gustav und dem Händler. Während die anderen Kinder gebannt zusahen und Wetten abschlossen, ob die Hosenträger im Falle des Reißens Gustav oder dem Händler ins Gesicht schnalzen würden, hatte Antons ganze Aufmerksamkeit einem Mann gegolten, der die Szene photographierte. Der Mann war eher klein, trug einen Anzug, ein rotes Hemd mit Krawatte und eine Baskenmütze. Trotz dieser auffallenden Aufmachung war er wie mit der Umgebung verschmolzen. Selbst Anton wusste nicht, seit wann er dort stand und wann er das große Stativ und die Kamera aufgebaut hatte. Anton hatte schüchtern immer wieder zu dem Mann gesehen, der ihn schließlich mit einer kleinen Bewegung zu sich herwinkte. Er stellte sich Anton als Willy Römer vor. Willy Römer erklärte ihm die Kamera. Er gab ihm die Adresse seiner Bildagentur und versprach ihm einen Abzug.

Als Anton nach Tagen des Haderns schüchtern bei der Agentur auftauchte, hatte Römer tatsächlich das Bild für ihn hinterlassen. Anton starrte auf die Photographie. Im Vordergrund stand Gustav, dem die Haare nach allen Seiten abstanden, die straff gespannten Hosenträger in den Händen, die sich von der linken Bildhälfte bis ins beinahe Unendliche zu dem Händler dehnten. Anton war damals gar nicht aufgefallen, dass unter den Ärmeln seines Jacketts große Schweißflecken prangten. Jetzt sah er sie. Um Gustav, den Händler und das Gummiwunder drückte sich staunend und feixend die Traube von Kindern. Anton war, als habe Römer den Augenblick nicht nur für immer festgehalten, sondern auch auf zauberische Weise echter gemacht. Seitdem wusste er, dass er Photograph werden wollte. Und Willy Römer wurde sein großes Vorbild. Wo er konnte, versuchte er heimlich, Zeitungen und Illustrierte auf der Suche nach seinen Photos durchzublättern. Das verblichene rote Hemd, das er anhatte, hatte er einem Lumpensammler stibitzt. Die Baskenmütze hatte ein junger Mann, der aussah wie ein Maler, auf einer Parkbank vergessen. Beides trug er seitdem ununterbrochen, egal, wie sehr die anderen Kinder lachten und seine Mutter schimpfte. Aber er war zu schüchtern, um bei der Bildagentur nach

Willy Römer oder gar einer Lehrstelle zu fragen. Er traute sich nicht einmal, sich als Stativjunge zu bewerben. Dass er trotzdem an eine Kamera gekommen war, grenzte an ein Wunder. Um nichts in der Welt hätte er sie aufgegeben. Aber genau das hätte er tun müssen, wenn er nun vor dem Mann, der ihm zielstrebig entgegenkam, weglaufen würde. Die Kamera war viel zu schwer, um mit ihr wegzurennen. Und sie war aufs Stativ gesetzt. Anton hatte gerade eine Glasplatte eingeschoben, um die Arbeitslosen zu photographieren, die ihr Geld in Bier und Glückspiel umwandelten, als er den Mann entdeckte, der ihn beobachtete. Er war froh, dass es nicht der Mann vom Potsdamer Platz war. Aber er sah auch nicht aus wie der langersehnte Agent einer Bildagentur. Anton Kummer beschloss zu tun, was er immer in unberechenbaren Situationen tat: abwarten.

Kappe sprach den Jungen an: «Bist du Anton Kummer?»

Anton nickte.

Von nahem sah Kappe, dass er sich getäuscht hatte, was Antons Alter betraf. Er musste ungefähr vierzehn sein. Kein richtiges Kind mehr. «Ich bin Kriminalkommissar Kappe, und ich brauche deine Hilfe.» Er zeigte Anton die Postkarte. «Die hast du photographiert, oder?»

Eine halbe Stunde später standen sie im rötlichen Dämmerlicht von Anton Kummers winziger Dunkelkammer, die sich versteckt im Keller des dritten Hinterhofs einer elenden Mietskaserne in der Ackerstraße befand. Kappe sah sich um. Der Raum war vollgestopft mit Kisten und Chemikalienkanistern. Eine schmale Ablage bog sich unter den Schalen für die Entwicklung der Abzüge und einem kastenförmigen Apparat, der anscheinend zum Entwickeln der Glasnegative diente. Die Dämpfe der Photochemikalien ließen Kappes Hals schmerzen.

Alles war tapeziert mit Antons Photos: Im roten Licht der Kammer starrten Kappe erblindete Augen an, verkrüppelte und amputierte Gliedmaßen streckten sich ihm entgegen. Gesichter voller Gier wandten sich ihm zu, Schutzpolizisten schlugen lustvoll auf Kinder ein, die Essen gestohlen hatten, während grellge-

71

schminkte Damen sich ihm lockend darboten. Kappe fühlte sich in eine Vorhölle verfrachtet. Er hörte Ratten huschen. Er wandte sich Anton zu, der in seinen Kisten vorsichtig nach dem Negativ des Potsdamer-Platz-Bildes suchte. «Woher hast du eigentlich die Ausrüstung?»

«Jeerbt», murmelte Anton.

«Wie – geerbt?»

«Von Vorderhaus-Schulze. Is jefallen. Bei Verdun oder so.»

«Und der vererbt dir das einfach so?»

Anton griff rasch unter die Ablage und zog ein Photo hervor, auf dem eine dralle Frau neckisch in die Kamera schaute. Die Frau war vollkommen nackt. Kappe legte das Bild erschrocken auf die Ablage.

«Dafür hatta die Ausrüstung jebraucht. So wat vererbt man nich seina Alten.» Anton sah sich das Bild kopfschüttelnd an. «Ick weeß jar nich, wieso darum so'n Jewese jemacht wird. Wolln Se's? Ick schenks Ihnen.»

«Dafür kannst du ins Gefängnis kommen.»

«Aber Sie werden ma jetzt doch nich verhaften, oder? Ick war zwar Schulze sein Assistent jewesen, aber ick mach dit ja nich. Nur Abzüje, janz manchma, wenn Muttern Jeld braucht. Oder Justav. Oder icke neuet Material.»

Anton schien erst jetzt klarzuwerden, in welche Situation er sich gebracht hatte. Er sah Kappe mit vor Schreck weit aufgerissenen Augen an.

Er tat Kappe leid. «Ich will eigentlich nur wissen, was du am Potsdamer Platz gesehen hast.»

«Nüscht jenauet. Voll wars. Der Typ in die teure Klamotte is da langjebummelt, dann hat ihn eener anjesprochen. Dann hälta ihm wat ins Jenick, und plötzlich knallt et, und ick drück vor Schreck aufn Auslöser, und der Klamottenheini ist hin.»

Kappe war plötzlich hellwach. «Wie sah der Mann aus, der den anderen mit den teuren Kleidern angesprochen hat?»

«Deswegen such ick doch dit Negativ.»

Kappe ließ sich auf eine Holzkiste fallen. «Der ist auf dem Photo?», fragte er ungläubig.

«Genau.»

Kappe wartete angespannt. Er betrachtete Antons Quadratschädel, die O-Beine, den eingefallenen Brustkorb, während der in den Kisten wühlte. Ein rachitischer Junge, der Reportagen aus der Hölle lieferte und nun vermutlich den Täter photographiert hatte.

Anton zog ein Glasnegativ hervor. Er hielt es ans Licht. «Da haben Sie Ihren Mörder, Herr Kommissar.»

Kappe betrachtete das Negativ. Er sah, dass der Bildausschnitt, den Anton für den Abzug gewählt hatte, kleiner war. Auf dem Negativ war noch ein Mann zu sehen. Genau dort, wo der schwarze Fleck auf der Postkarte war.

«Warum bist du damit nicht zu uns gekommen?»

«Die Bullen hätten ma doch hopsjenomm, wenn se det hier jesehen hättn.» Er nickte mit dem Kopf zur Dunkelkammer hin. Dann sah er erschrocken zu Kappe. «Nichts für unjut, Herr Kommissar.»

«Da hast du vielleicht sogar recht. Aber hast du nie dran gedacht, dass der Mörder dich suchen könnte?»

«Deswegen hatt ick ihn abjedeckt. Und weil det Bild so spektakulär is, dacht ick, dass vielleicht eener von die Bildajenturen die Bildkarte sieht. Und dann hätt ick vielleicht 'ne Lehre ...» Anton ließ die Schultern hängen und schaute auf den Boden aus gestampfter Erde.

Kappes Blick fing sich in Antons Photographien. Er dachte daran, was Fräulein Jenn über das Talent des Photographen gesagt hatte. «Ich kenne jemanden bei der Berliner Illustrations-Gesellschaft, der glaubt, dass du sehr begabt bist. Wenn der Fall gelöst ist, bring ich dich hin.»

«Zur Agentur von Willy Römer?» Anton Kummer strahlte. «Is dit versprochen?»

«Versprochen.» Kappe gab Anton die Hand. Dann packte er das Negativ vorsichtig in seine Tasche und ging.

«Das ist ja sagenhaft», sagte von Unverth. Der Regierungsrat und von Canow beugten sich über das Bild.

«Ganz besonders, weil wir bei den Fingerabdrücken leer ausgegangen sind», ergänzte Kniehase.

Der Mann auf dem Photo war kahl. Er sah direkt in die Kamera. Sein Blick schien überrascht, sein Gesicht sah müde und verbraucht aus. Sein Anzug war geflickt. Das Photo war nicht besonders scharf, aber es reichte aus. Kniehase hatte gleich mehrere Abzüge von Antons Negativ gemacht.

«Könnte das der Mann sein, den dieser Zwängelt beschrieben hat?», fragte Kniehase.

Galgenberg musterte das Photo. «Glatze hatta, Proletarier issa.»

«Fragen wir Zwängelt doch», sagte Kappe.

«Gute Arbeit, meine Herren», lobte von Unverth. Dann zog er sich in sein Büro zurück.

Von Canow nickte bestätigend. «Hoffen wir mal, dass er der Mann aus der Redaktion ist. Viel Erfolg!»

Es hatte angefangen zu graupeln. Kappe und Galgenberg fuhren in die Krausenstraße, wo Chefredakteur Zwängelt aufgeregt nickte und den Nagel seines Zeigefingers massierte, als sie ihm das Photo zeigten.

Dienstag, 19. November 1918

PAUL MEYER entdeckte sein Photo auf dem Weg zur Arbeit. Ein Zeitungsjunge streckte den Passanten die neuste Ausgabe des *Reichskurier* entgegen. Auf der Vorderseite prangte dreispaltig das Gesicht von Paul Meyer herab. *Fünftausend Reichsmark Belohnung: Wer kennt den feigen Mörder?*, stand in dicken Lettern über seinem Konterfei.

Paul Meyer verstand die Welt nicht mehr. Wie ein waidwundes Tier zog er sich in den Schatten eines Hauseingangs zurück und überlegte. Aber sosehr er auch nachdachte, in seiner Panik fiel ihm nichts Besseres ein, als umzukehren und sich in der schimmelverseuchten Kellerwohnung am Sparrplatz zu verstecken. Außer dem Schlafgänger bemerkte niemand, wie er in die Wohnung schlich: seine Frau nicht, die im Dämmerlicht über die laut ratternde Nähmaschine gebeugt Säcke nähte, sein Bruder Franz nicht, der in der Küche saß und ungeschickt die Beinprothese anschnallte, um auf dem Nettelbeckplatz vor dem S-Bahnhof Wedding betteln zu gehen, seine Söhne nicht, die in der Küche mit Franz' Krücken herumalberten, bis sie den Onkel zum S-Bahnhof führen konnten, und auch seine Tochter nicht, die der Mutter das Sackleinen zuschnitt und ab und an nach dem Säugling schaute. Er fühlte fast sein Herz zerreißen, als er seine Familie so sah. Meyer, der Riese, krümmte sich unter das Ehebett und hoffte, dass man ihn nicht finden würde.

Drei Stunden später saß er im Polizeipräsidium am Alexanderplatz.

Der Schlafgänger, ein schlesischer Tagelöhner, der seine Stelle verloren hatte, weil der Betrieb, bei dem er Lagerarbeiter gewesen war, nun keine kriegswichtigen Güter mehr produzierte und nichts mehr einzulagern hatte, und der Meyer das Geld für die gesamte letzte Woche schuldete, hatte ihn verraten.

«Mensch, geben Sie es doch zu, dass Sie es waren! Erleichtern Sie Ihr Gewissen.»

Kappe saß im Nachbarraum und beobachtete von Canow, der seit einer Stunde versuchte, Paul Meyer mit scharfer Stimme beim Verhör zum Geständnis zu überreden. Mit hängendem Kopf, wie ein Delinquent auf dem Weg zum Schafott, hatte Paul Meyer mit leiser Stimme geleugnet, am Potsdamer Platz gewesen zu sein. Auf die Frage, warum er dann auf dem Photo zu sehen sei, murmelte er immer wieder: «Ich weiß es nicht.»

Chefredakteur Zwängelt war inzwischen vorbeigekommen und hatte Paul Meyer eindeutig als den Mann identifiziert, der Heinrich von Brettin am 15. November in dessen eigener Redaktion bedroht hatte. Von Canow hatte Meyer die Aussage Zwängelts an den Kopf geworfen. Der war noch tiefer zusammengesackt. Kappe war klar, dass von Canows Verhörversuche nicht fruchten würden. Er wartete sehnlich auf eine Gelegenheit, sich in das Verhör einschalten zu können.

Galgenberg kam herein. «Meyer ist Arbeiterrat bei Borsig.»

Kappe nickte zu Meyer hin. «Ein Rat, der seine Armbinde nicht trägt?» Er nahm die Binde, die der tote Heinrich von Brettin in der Hand gehalten hatte und die nun vor ihm auf dem Schreibtisch lag. «Gut. Ich versuche, von Canow abzulösen.»

Er ging ins Verhörzimmer. Meyer hockte da wie ein zusammengeknülltes Stück Papier und starrte seine Hände an. Sie waren noch immer schwarz von der Fingerabdrucktinte.

Kappe flüsterte von Canow die neue Information zu. «Darf ich das Verhör weiterführen, Herr Kriminalinspektor?», fragte er.

«Wenn Sie wollen. Versuchen Sie Ihr Glück.» Von Canow stand auf, und Kappe nahm seinen Platz ein.

«Ist das Ihre?» Kappe legte das rote Stück Stoff auf den Tisch.

Paul Meyer sah nicht einmal auf. Kappe betrachtete ihn. Unter Meyers Verbrauchtheit glimmte etwas Kindliches, das Kappe rührte.

«Herr Meyer, Sie sind doch stolz auf Ihre Position als Arbeiterrat», sagte Kappe ruhig.

Meyer reagierte nicht.

«Sie sind stolz auf das, was Sie und Ihre Genossen bisher geschafft haben. Die Revolution, meine ich. Und auf die neue Regierung.»

Meyer schwieg.

«Wissen Sie, ich war am Zehnten im Zirkus Busch.»

Meyer sah kurz auf.

«Ich war beeindruckt. Denn da waren lauter Leute, die hocherhobenen Hauptes für ihre Sache einstanden. Und ich kann mir vorstellen, dass das, was von Brettin geschrieben hat, für sie völlig unerträglich war.»

«Ick wollte nur, dass er die Wahrheit schreibt. Und nich allet in den Dreck zieht, der Brandstifter.»

«Warum tragen Sie ihre Armbinde nicht?» Kappe schob das Stück Stoff zu ihm herüber. «Vielleicht, weil das hier Ihre ist?»

Meyer schüttelte den Kopf. «Ick weeß et nich. Ick hab meene am Abend vom Zirkus Busch verlorn.»

Kappe sah Meyer an. Die Sache mit der verlorenen Armbinde war ein weiteres Indiz, das gegen den Mann sprach.

«Die janze Revolution lief ohne jroßet Blutverjießn. Wer bin ick denn, da hinzujehn und een umzubringn? Und wenn et noch so'n Saupinsel war.»

Kappe fand sein Gegenüber schwer einzuschätzen. Vielleicht war seine Kindlichkeit doch nur aufgesetzt. «Herr Meyer, wo waren Sie am Samstag, dem 16. November, so zwischen sechzehn und siebzehn Uhr?»

«Samstags bin ick imma im ‹Seemann›. Mit meim Bruder. Direkt am Sparrplatz.»

«Wir werden das jetzt überprüfen. Aber ganz ehrlich: Es sieht nicht gut aus für Sie.»

Er wandte sich an die «Bulldogge», die die Tür bewachte: «Wachtmeister Böhlke, Sie bringen Herrn Meyer jetzt in die Arrestzelle.»

«Herr Kommissar, ick war det nich. Bitte, ick kann nich in'n Arrest. Ick muss Jeld verdienen. Sonst reicht et für die Familie nich.»

Die Bulldogge nahm Meyer mit einem harten Griff am Arm und führte ihn ab. Beim Rausgehen fiel Kappe auf, dass Meyer den Kopf einziehen musste, um nicht am Türrahmen anzustoßen. Er stand auf und ging ins Nebenzimmer, wo von Canow, Galgenberg und Kniehase, die das Ganze von dort aus verfolgt hatten, auf ihn warteten.

«Der Kerl soll gestehen, und Sie fassen ihn mit Samthandschuhen an!» Von Canow war gereizt.

«Immerhin hat er überhaupt geredet», sagte Kappe.

«Hat ja wahnsinnig was jenützt», nuschelte Galgenberg in sich hinein.

«Was ist mit den Fingerabdrücken?», fragte Kappe.

«Nicht seine. Das heißt aber nichts. Waffe und Patronen sind wahrscheinlich durch mehrere Hände gegangen», dozierte Kniehase. «Die Abdrücke können von einem der Vorbesitzer stammen. Wahrscheinlich hat Meyer sie einfach nicht erwischt, als er die Waffe abgewischt hat.»

«Dass er die Armbinde ausgerechnet ein paar Tage vor dem Mord verloren haben will, das ist doch ein Märchen.» Von Canow stand auf. «Wir haben das Photo, die Zeugenaussage bezüglich des Angriffs auf von Brettin und die Armbinde. Ich werde dem Herrn Regierungsrat berichten und das Ganze an den Staatsanwalt weiterleiten. Meine Herren, ich denke, wir haben das Ding im Sack.»

Er verschwand erhobenen Hauptes durch die Tür, streckte aber gleich darauf den Kopf noch mal herein. «Sagen sie, Kappe, waren Sie wirklich im Zirkus Busch?»

«Ja, war ich.»

«So was», sagte von Canow kopfschüttelnd und ging.

Kappe wandte sich an seine Kollegen. «Ich widerspreche Herrn von Canow nur ungern, aber das Alibi müssen wir noch überprüfen. Herr Galgenberg?»

«Hätt ick ma denkn könn.»

«Na, dann viel Spaß im roten Wedding», sagte Kniehase trocken.

Sie fuhren mit der Straßenbahn die Chausseestraße hoch, bis diese zur Müllerstraße wurde. An der Gerichtstraße stiegen sie aus, gingen die Triftstraße hinunter und bogen von dort aus links in die Sparrstraße. Das ganze Gebiet war im Zuge einer Bauspekulationswelle in den 1910er Jahren mit billig und schnell hochgezogenen Mietskasernen bebaut worden. Trotz der Billigbauweise hatten sich nicht wenige der Bauherren verspekuliert und viele kleine Handwerksbetriebe mit sich in die Pleite gerissen. Im Süden grenzte das Viertel an den ehemaligen Kohlenbahnhof und den Nordhafen, nordwestlich lag das Virchow-Klinikum. Dahinter erstreckten sich die Wälder der Jungfernheide.

Die Sparrstraße mündete nach wenigen Metern in den unbefestigten Sparrplatz. Kappe und Galgenberg stapften durch den Matsch des kahlen Platzes, bis sie rechts die Kneipe «Zum Seemann» sahen. Sie öffneten die Tür. Der Geruch von Bier, Rauch und altem Urin schlug ihnen entgegen. Sämtliche Gespräche verstummten sofort. Die Kneipe war winzig. Kappe schätzte, dass höchstens fünfzehn Mann in den Gastraum passten. Und diese fünfzehn umlagerten am Nachmittag bereits den Tresen. Fünfzehn Augenpaare richteten sich auf Kappe und Galgenberg. In die eisige Stille krakeelte jemand: «Ejal wer oben is, unsereins landet imma im Knast. Imma.»

«Halt die Schnauze, Erich», sagte eine weibliche Stimme, die klang, als hätte sie jahrelang in Schnaps gebadet. «Wat wolln Se?» Hinter dem Tresen stand eine Frau, die aussah, als wäre sie in einem Backofen gedörrt worden. Sie blickte Kappe und Galgenberg geringschätzig an. Kappe zog seine Erkennungsmarke hervor.

Die Wirtin zog verächtlich die Augenbrauen hoch. «Den brauchen Se ma nich zeign. Det riech ick, wer ihr seid.»

«Na, dann könn' wa ja anfangn», sagte Galgenberg. «War Paul Meyer am 16. November zwischen vier und sechse am Nachmittag in dem Loch hier?»

Die Männer starrten ihn an.

«Los, Jungs! War Paule hier, am 16. November zwischen vier und sechse?» Die Wirtin ahmte Galgenberg perfekt nach.

«Klar wara hier», kam es wie aus einem Mund. Die gesamte Mannschaft salutierte anzüglich.

«Hören Sie, so helfen Sie dem Meyer doch nicht.» Kappe war gereizt.

«Jetzt hören Sie mal. Der Paul ist hier rejelmäßig. Und imma am Samstag, da bringta den Franz mit. Die komm' um vier und jehen um sieben. Und det kann ick schwörn. Noch Fragen?»

Kappe schüttelte den Kopf.

«Na, denn is ja jut.»

Kappe und Galgenberg verließen den «Seemann».

«Ick habs jesagt. Wir landen im Knast, imma», hörten sie Erich noch krakeelen, als die Tür schon hinter ihnen zugefallen war.

«Mensch, Galgenberg, sind Sie eigentlich von allen guten Geistern verlassen?» Kappe konnte seinen Ärger nicht unterdrücken.

«Wie naiv sind Sie eijentlich?» Galgenberg setzte sich in Bewegung. Er schaute sich zu Kappe um, der stehen geblieben war. «Die Aussagen, die sind doch keen Pfiffaling wert.»

Galgenberg hat recht, dachte Kappe. Was war die Aussage eines mit dem Verdächtigen befreundeten Haufens Trinker wert? Er lief Galgenberg hinterher. «Und wo gehen Sie jetzt hin, wenn ich fragen darf?»

«Zu Meyer nach Hause. Bringt zwar jenauso wenig, aber dann jeben Sie endlich Ruhe, und ich kann ins Krankenhaus.»

Wenige Augenblicke später standen sie in Meyers Kellerwohnung.

Die Dame im orientalischen Gewand lag wie hingegossen auf einer Chaiselongue inmitten eines kostbaren arabischen Salons. Sie nahm einen juwelenbesetzten Becher von dem niedrigen Alabastertisch vor sich und trank. Plötzlich verzerrte sich ihr violett umrahmter Blick. Sie bäumte sich auf. Das gelbe Gesicht verzog sich zu einer Explosion von Schmerz, der blutrote Mund öffnete sich zum Schrei, die violetten Augen rollten. Sie wankte von der Chaiselongue, warf den Kopf in den Nacken, so dass die lackschwarzen Haare ihren Po berührten, schraubte ihren linken Arm nach oben, die Hand abgeknickt wie ein toter Vogel, während der andere spiegelbildlich nach unten rauschte, und brach zusammen. Die Magno war in ihrem Element.

Mazurat stand an der Sperrholzrückseite der golden und schwarz ornamentierten Wand des arabischen Salons. Obwohl die Diva sich schon zum achten Mal in ihren exzentrischen Totentanz geschraubt hatte, genoss er das Zusehen. Ihre Bewegung erschien ihm wie eine wunderbare Dramatisierung der Geste, mit der von Brettin den Kopf in den Nacken gelegt hatte, als er die Pistole spürte, und schließlich hatte er in gar nicht so unähnlicher Position auf dem nassen Pflaster des Potsdamer Platzes gelegen.

«Aus!», brüllte der Regisseur, ein kleiner Mann, dessen Zigarre im Mundwinkel klebte, als wäre sie angewachsen, durch seine Flüstertüte.

Die Magno sank zusammen, als hätte man ihr die Luft herausgelassen. Dann stampfte sie auf. «Was war jetzt wieder?»

«Maske!», rief der Regisseur. Die Magno verzog das Gesicht.

Während die Beleuchter ihre tonnenschweren Scheinwerfer noch einmal genau ausrichteten, ging Mazurat mit seinen Töpfchen, Schwämmen und Pinseln zu Renee Magno. Sie streckte ihm ihr Gesicht entgegen, auf dem Schweißperlen standen. «Stümper», zischte sie ihm zu, während er sie abtupfte. Mazurat blieb ruhig. Er trug das Gelb – das Leichengelb, wie er die Farbe insgeheim nannte – auf und bepinselte ihre Lippen mit dem fast schwarzen Lippenrot.

Obwohl es nicht nötig gewesen wäre, zog er auch die violette

Augenumrahmung nach, die der Diva hier, im Licht der Scheinwerfer, das Aussehen eines perversen Waschbären verlieh, im Film
aber jenen geheimnisumflorten Blick gab, mit dem sie berühmt geworden war. Er wusste, dass sie das Violett nicht vertrug. Im Gegensatz zu sonst protestierte sie jedoch nicht einmal. Möglicherweise hat dich der Tod deines Geliebten doch etwas angeschlagen,
dachte Mazurat boshaft. Nachdem er die Farbe pastos verteilt
hatte, zog er sich wieder auf seinen Stammplatz zurück.

«Bitte!», brüllte der Regisseur durch die Tüte. Das Schauspiel
begann vor vorne, und Mazurats Gedanken kehrten zurück zum
Potsdamer Platz. Erst war er besorgt gewesen, als der Blitz sein Gesicht erhellt hatte. Instinktiv war er geflohen, hatte nicht einmal
daran gedacht, den Photographen anzugreifen. Dann hatte er
lange überlegt, ob er den Photographen nicht suchen sollte. Weil er
wusste, wie gut seine Maske war, hatte er den Gedanken letztend-
lich verworfen. Und schließlich hatten sein Instinkt und sein Können ein präzises Räderwerk in Bewegung gesetzt. Mazurat war
stolz auf sich. Auch sein Auftraggeber hatte ihn sehr gelobt.

«Aus. Gestorben. Halbe Stunde Drehpause.» Das Kommando
des Regisseurs verursachte einen wahren Volkslauf. Während alles
in die Meßter-Kantine rannte, hängte Mazurat langsam seinen weißen Kittel an einen Nagel in der Sperrholzwand. Dann ging er an
der Flucht ineinander verschachtelter Filmsets vorbei zur Poststelle im Keller. Er hatte so eine Ahnung, dass dort der nächste
Auftrag für ihn wartete. Das dicke, hässliche Mädchen in der Poststelle würde wie immer nicht bemerken, dass er sich dort umsah.

Hilde Hutmacher war eine kleine Person mit kurzer Taille, ebenso
kurzen, dicken Beinen, einem enormen Busen und dicken kasta-
nienbraunen Haaren, die zu einem großen Knoten festgesteckt waren. Mit sechzehn hatte sie ihr kleines Dorf in der Nähe von Leipzig
verlassen und war nach Berlin gekommen, um zum Film zu gehen.
Jetzt war sie zwanzig, und weiter als bis zur Poststelle im Keller der
Tempelhofer UFA, wo sie nicht nur das große Schaltbrett der Tele-

fonanlage bediente, sondern auch die Hauspost und den firmen-
eigenen Rohrpostanschluss betreute, war sie nicht gekommen.

Als Dietrich Mazurat die Poststelle betrat, die am Ende eines
langen, dunklen Gangs lag, sah er schon an Hildes Gesicht, wie sehr
sie ihn erwartet hatte. Sie stellte die Telefonanlage auf stumm. Er
umfasste sie von hinten und drückte ihr einen Kuss auf die Wange,
der ihn eine enorme Überwindung kostete. Sie drückte sich an ihn.
Seine Hände schlüpften unter ihre Bluse. Er knöpfte ihr Mieder auf
und knetete mechanisch ihre nackten Brüste, die ihn jedes Mal an
Kuheuter erinnerten. Sie stöhnte. Er zog sie von ihrem Stuhl, so dass
sie stand, drückte sie mit dem Gesicht ans Schaltbrett und schob ihr
den Rock hoch. Sie hatte ihre Unaussprechlichen schon ausgezogen
und bot ihm ihren kraterhaften weißen Hintern dar. Er knöpfte sich
die Hose auf und nahm sie von hinten. Um sich von seinem Ekel abzulenken, ließ er seine Gedanken wieder zu dem Mord am Potsdamer Platz wandern. Er hörte von Brettin winseln. Er fühlte die Pistole in seiner Hand, das kühle Metall des Abzugs. Zuerst war er
gegen die Pistole gewesen, die in einer der Rohrpostbüchsen gekommen war, denn er fühlte sich wohler mit seinem Skalpell. Aber
alles war gutgegangen. Vor seinem inneren Auge verwandelte sich
von Brettins Kopf in einen Brei aus Blut und Hirn und Schädelstü-
cken.

«Nicht so stürmisch!» Mazurat riss es aus seinem Tagtraum.
Hildes Kopf war an das hölzerne Schaltbrett gestoßen. Sie wandte
den Kopf zu ihm. Einer der Steckschalter hatte einen runden Abdruck auf ihrer Stirn hinterlassen. Fast wie der Abdruck einer Pis-
tolenmündung. «Sag mal, Dietrich, wann stellst du mich eigentlich dem Lubitsch vor?» Ihr sächsischer Dialekt hätte beinahe sein
Genital zusammensacken lassen.

«Bald, mein kleiner Maulwurf.» Er beschleunigte den Rhyth-
mus. «Sobald wir abgedreht haben.»

Sie kam mit einem unterdrückten Kiekser und machte sich
dann von ihm los. «Bin gleich wieder da, mein Puma», sagte sie,
und «Puma» hörte sich bei ihr an wie «Bumoh». Sie griff nach dem

Stoffbeutelchen, in dem sie ihre Unterwäsche verstaut hatte, und verschwand in der Damentoilette. Während Hilde Hutmacher sich frisch machte, ging Mazurat zielstrebig zur Rohrpostklappe. Er hatte recht gehabt: Es war Post für ihn da. Schnell riss er den roten Umschlag auf. Es war tatsächlich ein neuer Auftrag. Der Mord an Brettin zog weitere Kreise.

Aus Gewohnheit durchsuchte er noch die restliche Hauspost, fand aber nichts Interessantes. Dann zündete er sich eine Zigarette an und ging zurück zum Set. Die Drehpause war noch nicht einmal zu Ende.

Mazurat war längst weg, als Hilde Hutmacher nach zwei Minuten in die Poststelle zurückkam. Alle Drähte glühten mittlerweile. Sie nahm das erste Gespräch zur Vermittlung an, und ihre Stimme klang enttäuscht.

Kappe steckte den Schlüssel ins Schloss seiner Wohnungstür. Noch bevor er ihn umgedreht hatte, wurde die Tür von innen aufgerissen, und Margarete lächelte ihn an. «Klara und die Kleine sind im Schlafzimmer», sagte sie.

Kappe begrüßte Margarete reserviert und schämte sich gleichzeitig dafür. Sie konnte nichts für seinen gekränkten Stolz. Bisher hatte sie Klara und ihm immer nur geholfen. Er ging schnell an ihr vorbei ins Schlafzimmer.

Klara stand über die Wiege gebeugt und kitzelte Klein-Margarete. Laute der Wonne perlten aus der Wiege. Kappe war an der Tür stehen geblieben. Klara winkte ihn zu sich. «Guck mal, da kommt dein Vater», sagte sie.

Kappe näherte sich vorsichtig der Wiege. Doch kaum schaute er hinein, brüllte Margarete aus Leibeskräften.

«Was ist denn, mein Mäuschen? Der Mann tut dir doch nichts. Schschsch.» Klara nahm das hochrote Bündel Mensch auf den Arm, ging auf und ab und versuchte, es zu beruhigen. Es half nichts. Jedes Mal, wenn Kappe ins Sichtfeld seiner Tochter kam, steigerte sich ihr Schreien um weitere Lautstärken.

Klara warf ihm einen hilflosen Blick zu. «Am besten, du setzt dich zu Margarete in die Küche.»

Kappe nickte und verschwand. Er fühlte sich vor die Wahl zwischen Regen und Traufe gestellt. In der Küche hatte Margarete auf der lauwarmen Kochmaschine einen Ersatzkaffee gebraut. «Möchtest du?», fragte sie ihn.

Kappe nahm sich einen Becher und hielt ihn ihr hin.

«Ich hab gehört, ihr habt jemanden festgenommen in dieser *Reichskurier*-Mordsache.»

«Wo hast du das denn her?»

«Wenn ihr einen von uns festnehmt, dann spricht sich das eben rum.»

«Ach, jetzt bin ich plötzlich die Gegenseite. Weil ich deinen Genossen festgenommen habe. Der Mann ist ein Mörder, egal zu welcher Partei er gehört.»

Margarete setzte ihren Becher ab. «Hermann, nichts für ungut, aber ich kenn den Mann. Der tut keiner Fliege was zuleide.»

Das Geschrei aus dem Schlafzimmer war zu einem leisen Schluchzen geworden. Kappe dachte an die elende Wohnung, in der er mit Galgenberg gewesen war. Meyers Jüngstes hatte matt im Ehebett gelegen und nur ab und an gehustet. Außer der Frau war die ganze Familie wie versteinert gewesen. Die Frau dagegen hatte sie mit einer Schimpftirade empfangen, die sich gewaschen hatte.

«Schön, dass du das glaubst. Aber ich hab Beweise.»

«Was denn für Beweise?»

«Das darf ich dir nicht sagen. Das weißt du genau.»

Der Besuch in Wedding hatte Paul Meyer noch mehr belastet. Zwar hatten seine Frau und sein Bruder Meyers Alibi bestätigt, aber dann hatte Galgenberg Franz gefragt, ob Meyer oder er eine 08 besaßen. Franz hatte auf dem Bett gesessen, neben dem Säugling, unablässig ein abgegriffenes Katzenfell in den Händen gewrungen und gesagt: «Die ha’ ick wegjeschmissen.»

«Und wann?», hatte Kappe gefragt.

«Schon als se ma in Frankreich aus dem Lazarett entlassen

haben», hatte er geantwortet und seine milchtrüben Augen auf die Ermittler gerichtet. Kappe war sicher, dass er gelogen hatte.

«Aber dem *Reichskurier*, dem dürft ihr alles sagen.» Margarete stand auf und goss den Kaffee in den Spülstein. Sie machte das Wasser an und begann, den Becher zu spülen.

«Wie meinst du das?»

«Der stramme Nationalist von Brettin wird ermordet. Man findet als Beweisstück eine rote Armbinde. Steht im *Reichskurier*. Dann wird der Mörder auch noch photographiert. Die Portraitaufnahme landet beim *Reichskurier*. Es stellt sich heraus, dass es der Mann ist, der von Brettin angeblich kurz zuvor bedroht hat. Ein paar Stunden später habt ihr ihn geschnappt, und der Fall ist gelöst.» Sie knallte den Becher auf die Ablage. «Das ist mir zu wohlfeil, Hermann. Viel zu wohlfeil. Und ich hätte nicht gedacht, dass du bei so etwas mitmachst.» Sie nahm ihren Mantel, der über der Lehne ihres Stuhls gehangen hatte, und ging aus der Küche. Kappe hörte die Wohnungstür zufallen.

«Was ist denn hier los?» Klara war in die Küche gekommen. «Wo ist Margarete? Sag nicht, du hast sie vergrault.»

Kappe sah Klara an. «Die Welt ist eben nicht immer so, wie Margarete Klump sie gerne hätte.»

«Sie ist meine einzige Freundin», sagte Klara leise. Sie rieb sich die Augen. In ihre Stimme mischte sich ein Zittern. «So habe ich mir den ersten Tag zu Hause nicht vorgestellt.»

Kappe wusste nicht, was er sagen sollte. Er saß stumm am Küchentisch, während Klara still vor sich hin weinte.

Paul Meyer lag zusammengekauert auf seiner Pritsche. Er lauschte den Geräuschen der Nacht. Sie hatten ihn mit einem Mörder zusammengesperrt. Emil Kalischke hieß der Mann. Ein wieseliger Kerl, der niemandem in die Augen sah und seinen Schwager totgeschlagen hatte. Als Meyer in die Zelle geführt worden war, war Kalischke wie ein Preisboxer um ihn herumgetänzelt. «Na, was bist du, ein Sozialist?», hatte er mit seiner Quäkstimme gekräht. «Na, die hab ich gern. Ein Mucks, du Bolschewik, und du lernst mich kennen!» Die Wachleute hatten nur gegrinst.

Der andere, Kaiser, war ein dicker Kerl, der seine Bank betrogen hatte. Kalischke hatte ihm die Brille runtergerissen und zertrampelt, woraufhin sich Kaiser halbblind und verängstigt in die hinterste Ecke seiner Pritsche verzogen hatte, wo er nun stumm vor sich hin brabbelte.

Meyer dachte nach. Er war sein ganzes Leben lang ein ehrbarer Arbeiter gewesen. Hatte den Arbeiterbildungsverein besucht, um nicht dumm zu bleiben. Als alle den Krieg wollten, hatte er nicht mitgeschrien. Er hasste Gewalt. Er fragte sich, was jetzt aus seiner Familie werden sollte. Sein Magen krampfte sich vor Sorge zusammen. Das Ganze konnte nur ein Versehen sein. Wenn dieser Kommissar sein Alibi überprüft hatte, musste sich der Irrtum doch aufklären. Aber wie war sein Gesicht auf das Photo gekommen? Meyer starrte in die Dunkelheit. Er wusste nicht, wie lange er es in dieser Zelle noch aushalten würde. Er hatte furchtbare Angst.

Dietrich Mazurat lag in einer gusseisernen Wanne mit Löwenfüßen. Das mit feinen Ölen veredelte Wasser dampfte. Er hob seine rechte Hand aus der wohligen Wärme und betrachtete sie. Die Haut war schon ganz schrumpelig. Jedes Mal, wenn er einem Menschen körperlich nahe gekommen war, fühlte er sich besudelt. Seit der ekelerregenden Pflichtübung mit Hilde Hutmacher hatte er sich geradezu nach einem Bad gesehnt. Er musste versuchen, die Art der Nachrichtenübermittlung angenehmer zu gestalten. Doch sein Auftraggeber verbarg sich. Es gab keine Möglichkeit, mit ihm in Verbindung zu treten.

Noch einmal schrubbte Mazurat sich von Kopf bis Fuß mit einer Bürste ab. Dann tauchte er ganz unter. Er stieg aus der Wanne und hüllte sich in die flaumigen Badetücher ein, die auf einem beheizten Marmorsims bereitlagen. Für Geld konnte man alles kaufen. Selbst in dieser Zeit. Er musste lächeln. Mit seiner Nebentätigkeit war er so erfolgreich, dass er genug Geld verdiente. Es war ihm zugetragen worden, dass der Mensch, den er allein mit seiner Maskenkunst wiedererschaffen hatte, nachdem er ihm im Zirkus Busch so penetrant auf den Leib gerückt war, und dessen lächerlich wichtigtuerische Armbinde er an sich genommen hatte, verhaftet worden war.

Der Trottel war doch tatsächlich bei von Brettin gewesen und hatte ihn bedroht. Was für ein grandioser Zufall! Es war einer von den Zufällen, die es den indizienfrommen Langweilern von der Polizei unmöglich machten, auf die wahre Lösung zu kommen. Den Mann erwartete das Fallbeil. Klappe zu, Affe tot.

Mazurat zog sich an. Seinen neuen Auftrag gedachte er genauso perfekt auszuführen wie den letzten. Er berührte das Skalpell in seinem Jackett wie einen Talisman. Dann verließ er die Suite, die er nur gemietet hatte, um zu baden.

Mittwoch, 20. November 1918

ES WAR ERST HALB SIEBEN, doch schon demonstrierte vor dem Präsidium ein Grüppchen Menschen. Es war eine Abordnung von Borsig, die lautstark die Freilassung von Paul Meyer forderte. Als Kappe an ihnen vorbeilief, schrien sie noch lauter. Kappe klingelten die Ohren. Er hatte die ganze Nacht nicht geschlafen. Sobald er nur für Sekunden eingenickt war, hatte Klein-Margarete geschrien. Und als sie endlich, gegen vier, am Stück schlief, konnte er nicht mehr einschlafen. Er hatte in die Dunkelheit gestarrt und Klaras gleichmäßigen Atemzügen zugehört, im Hinterkopf immer die Angst, Klein-Margarete könne wieder aufwachen und mit ihrem Sirenengeheul alles in Aufregung versetzen. In seinem Kopf hatte sich wieder und wieder sein Streit mit der großen Margarete abgespult. Er fragte sich, ob Margarete recht hatte. Ob wirklich alles zu wohlfeil war, wie sie sich ausgedrückt hatte. Schließlich hatte es ihn nicht mehr im Bett gehalten. Er musste Margaretes Vorwürfen auf den Grund gehen. Er war leise aufgestanden und hatte sich auf den Weg in sein Büro gemacht.

Als Kappe das Büro aufschloss, kam ihm eine Welle von kaltem Rauch entgegen. Er sah, dass auf Galgenbergs Schreibtisch sorgfältig gebündelt die Ausgaben des *Reichskurier* der letzten Wochen lagen. Er stand eine Weile unschlüssig da, doch dann nahm er sich den Stapel Zeitungen von Galgenbergs Schreibtisch und suchte die Ausgaben vom 18. und 19. November heraus. Tatsächlich: Direkt von der Titelseite der Ausgabe vom 19. blickte ihm ein aufgeschreckt in die Kamera schauender Meyer entgegen. Kappe pfiff durch die Zähne. Die Zeitung hatte das Bild gedruckt, das sie

Zwängelt gezeigt hatten. Gezeigt – nicht gegeben. Kappe war am gestrigen Tag so eingespannt gewesen, dass ihm das Titelbild gar nicht aufgefallen war.

Er nahm sich die Ausgabe vom 18. November vor. Auch hier hatte Margarete recht. Die Armbinde wurde erwähnt, und Kappe wusste, dass dieses Detail bei Zwängelts Befragung nicht besprochen worden war. Zumindest nicht in seiner Gegenwart. Kappe rieb sich die Augen, die sich anfühlten, als hätte er sie in Sand gebadet. Er überlegte, wer da wohl geredet hatte. Ganz tief in ihm rumorte ein Verdacht, den er schnell unterdrückte. Er war zum Umfallen müde. Aber es half nichts. Er musste herausfinden, woher der *Reichskurier* diese Informationen bekommen hatte. Auch wenn Meyer der Täter war – und dessen war sich Kappe sicher –, der Verdacht, dass sie mit unfairen Bandagen spielten, durfte nicht aufkommen. Gerade nicht in dieser sensiblen Zeit. Er beschloss, Zwängelt einen Besuch abzustatten.

Vor dem Eingang war immer noch das Freikorps stationiert. Und Kappes Erkennungsmarke wurde genauso wichtigtuerisch kontrolliert wie beim letzten Mal.

«Was tun Sie eigentlich hier? Es besteht doch keine Gefahr mehr», sagte Kappe, dem das Ganze auf die Nerven ging.

«Nur weil wir hier sind», antwortete der Kommandant der Truppe und ließ ihn mit einem herablassenden Nicken passieren, das deutlich machte, was er von der offiziellen Ordnungsmacht in Gestalt von Kappe hielt.

«Spielen Sie sich nur nicht zu sehr auf», knurrte Kappe.

Der Kommandant salutierte mit steinernem Gesicht. Kappe betrat kopfschüttelnd das Gebäude. Eigentlich war er jetzt schon auf 180 – dieser Schlafentzug macht mich erschreckend feinnervig, dachte er –, doch im Empfangsraum blieb ihm dann wirklich die Luft weg. *Der Jude war es,* kreischte es ihm von der Titelseite der aktuellen Ausgabe entgegen, die nach Art einer Wandzeitung ausgehängt war. Darunter sah man Paul Meyers Photo mit der Bildunterschrift *Der jüdische Sozialist Meyer tötete den hochdekorierten deutschen Herausgeber des «Reichskuriers», Freiherr Heinrich von Brettin.* Daneben prangte ein Bild des Freiherrn, der mit gütiger Miene und mit allerlei Orden behängt posierte.

Kappe riss angewidert das Papier von der Wand und rannte in Zwängelts Büro. «Wer gibt Ihnen eigentlich das Recht, so etwas zu schreiben?» Er knallte Zwängelt die Zeitung auf den Tisch.

«Entspricht das etwa nicht der Wahrheit?»

«Aber die Religionszugehörigkeit steht doch in keinerlei Zusammenhang mit der Tat.»

«Das sehen Sie so. Im Übrigen möchte ich Sie bitten, leiser zu sein.» Zwängelt hörte das erste Mal, seit Kappe ihn kennengelernt hatte, damit auf, seinen Daumennagel zu massieren. Offenbar glaubte der Mann auch noch an das, was er sagte.

«Woher haben Sie überhaupt Ihre ganzen Informationen ...?» Kappe hatte den Satz noch nicht zu Ende gesprochen, als ein untersetzter Mann mit raumgreifenden Schritten hereinkam. Während seine Schläfen bereits grau wurden, glänzten seine zum Bürstenschnitt gestutzten Haare noch in einem unbestimmten Mausbraun. Er trug eine runde, dunkel gerahmte Brille. Die Augen dahinter waren klein. Der Mann erinnerte stark an einen Oberlehrer, doch dieser Eindruck verflüchtigte sich in dem Moment, in dem er sprach.

«Was ist das für ein Tohuwabohu hier? Mäßigen Sie sich!» Sein Tonfall war herrisch.

Zwängelt wurde vor lauter Unterwürfigkeit noch teigiger. Er massierte seinen Daumennagel so sehr, dass es weh tun musste. «Bitte um Verzeihung. Die Polizei ist hier, wegen des Mordes.»

«Der Täter ist doch gefasst. Was soll dann die Polizei noch hier? Ich werde mich bei Freifrau von Brettin beschweren.» Damit knallte er die Tür zu.

«War das nicht Hugenberg?» Kappe war baff. Vor vier Jahren hatte der Vorsitzende des Krupp-Direktoriums mit dem Geld der preußischen Regierung den zum Verkauf stehenden Scherl-Verlag gekauft, nur um ihn dem Zugriff der demokratischen Verleger Mosse und Ullstein zu entziehen. Seitdem war alles, was der Verlag an Zeitschriften, Büchern und Zeitungen herausgab, stramm national. Kappe hatte das Vorgehen des Großindustriellen in den Zeitungen verfolgt. Seit der Übernahme des Scherl-Verlages hatte sich der meinungsbildende Einfluss des Mannes konstant vergrößert.

Zwängelt nickte. «Er nimmt persönlich Einblick in die Unterlagen. Wir sollen verkauft werden.»

«War das schon lange geplant?»

«Das hat Freifrau von Brettin nach dem Tod des Freiherrn veranlasst.»

«Das ging aber schnell. Offensichtlich ist Frau von Brettin nicht besonders interessiert am ...» Kappe zögerte einen Augenblick, denn das nächste Wort fand er nicht einfach auszusprechen, wenn es um den *Reichskurier* ging. «... am Lebenswerk ihres verstorbenen Mannes.»

«Die Freifrau ist eben eine sehr eigenwillige Person.»

Kappe merkte an Zwängelts Tonfall, dass ihm diese diplomatische Umschreibung sehr schwer fiel. Er beschloss zu bohren. «Wie war die Ehe der beiden eigentlich?»

«Der Freiherr hat sich nie geäußert. Bis auf neulich einmal.»

«Und was hat er da gesagt?»

«Er sagte: ‹Zwängelt, seien Sie froh, dass Sie dem Stand der Ehe bisher entronnen sind.›»

«Was könnte er da gemeint haben?»

«Das entzieht sich meiner Kenntnis.» Zwängelt rieb wieder auf seinem Nagel herum. «Ich möchte Sie jetzt bitten zu gehen. Wenn wir schon nicht in Familienbesitz bleiben können, möchte ich wenigstens den Verkauf an die Hugenberg-Gruppe nicht gefährden.»

«Für die ist Ihre Zeitung ja auch so was wie ein Musterschüler», sagte Kappe und überlegte kurz, ob er nicht doch bleiben und damit den neuen Pressezar so auf die Palme bringen sollte, dass er den Kauf abbliese. Aber das waren Träume. Kappe jedoch musste in der Realität arbeiten. Und die hatte durch das, was er gerade erfahren hatte, einen neuen Aspekt gewonnen.

Er ärgerte sich auf dem ganzen Weg zurück ins Präsidium, dass er die Beherrschung verloren hatte. Vielleicht hätte er Zwängelt zumindest Andeutungen über den Informanten entlocken können. Viel wichtiger war jedoch im Moment, dass der Fall von Brettin eine neue Wendung zu nehmen schien. Er entschloss sich, mit dem Regierungsrat darüber zu reden. Unter vier Augen, solange nicht klar war, ob und wo das Leck bei ihnen saß.

Kappe hatte dem Regierungsrat vom bevorstehenden Verkauf des *Reichskurier* erzählt und auch davon, was Zwängelt über die Ehe der von Brettins angedeutet hatte. «Und bei ihrer Befragung sagte die Freifrau, dass sie jetzt endlich wieder fliegen könne. Und wieso? Ich meine, weil sie durch den Tod ihres Mannes an Geld kommt», schloss er seinen Bericht.

Von Unverth hörte nachdenklich zu. «Wenn ich mich recht erinnere, hatten Sie auch den Eindruck, dass die Dame den Tod ihres Gatten sehr gefasst, um nicht zu sagen: gleichmütig, aufnahm», sagte er.

«Genau. Verstehen Sie mich nicht falsch, Herr Regierungsrat. Ich bin immer noch der Meinung, dass Meyer der Mörder ist. Aber vielleicht wurde er von Amelie von Brettin zu dem Mord angestiftet. Vielleicht sogar dafür bezahlt.»

Der Regierungsrat schwieg. Er legte den Kopf in den Nacken und blies Rauchringe an die Decke.

«Außerdem wissen wir immer noch nicht, was von Brettin am Potsdamer Platz wollte. Wenn es ein Auftragsmord war, wurde er wahrscheinlich dorthin gelockt.»

Von Unverth musterte Kappe. «Sie sehen müde aus, Kappe. Ja, die Vaterfreuden ...»

«Herr Regierungsrat?» Kappe war irritiert.

Von Unverth tötete seine Zigarre im Aschenbecher. «Ihre Überlegungen machen einen gewissen Sinn.» Er wischte seine Hände aneinander ab. «Gut, treffen wir eine Vereinbarung. Gehen Sie der Spur nach. Aber wenn Sie zu nichts führt, gilt der Fall als abgeschlossen.»

«Abgemacht.» Kappe nickte. Wenig später befand er sich auf dem Weg nach Johannisthal.

Vom S-Bahnhof Niederschöneweide-Johannisthal aus war Kappe zunächst zu der Villa gegangen, die Amelie von Brettin ihm als ihre Johannisthaler Adresse angegeben hatte. Von dort hatte ihn ein Dienstmädchen zum Flugplatz geschickt. Nun stand er vor dem Haupteingang des mit einem weißen, weit über mannshohen, blickdichten Holzzaun umgebenen Geländes. Er bestand aus einem großen Torbogen, der von Kartenbüdchen eingerahmt wurde, auf deren Dächern die bunten Wimpel trotz des Sonnenscheins keinen fröhlichen Eindruck machten. Nur lustlos blähten sie sich in einem schalen Wind.

Vor dem Krieg waren die Johannisthaler Flugschauen und Luftsensationen echte Kassenmagneten gewesen. Sogar die Filialen von «Löser & Wolff» hatten die heißbegehrten Karten verkauft, aber mit Kriegseintritt wurde der Flughafen zum Sperrgebiet, und eine andere, eine tödliche Art von Geschäftigkeit hielt Einzug. Kappe, den die Explosion des Luftschiffes L2 auf dem Flugplatz vor fünf Jahren davon abgehalten hatte, sich eines der Luftspektakel anzuschauen – obwohl er sich brennend dafür interessierte und Klara auch immer gebettelt hatte hinzugehen –, wusste, dass fast die gesamte kaiserliche Luftflotte hier projektiert und gebaut worden war. Er fragte sich, warum aus Spaß immer Ernst werden musste.

«Wo finde ich Schuppen Zwei?», fragte er den alten Wächter, der, eingewickelt in Felldecken und mit einer abgeschabten Fliegermütze auf dem Kopf, im Kartenabreißerhäuschen saß.

«Alter oder neuer Startplatz?»

Kappe sah auf dem Zettel nach, den ihm das Mädchen in die Hand gedrückt hatte. «Alter Startplatz.»

«Zur Frau von Brettin wollen Se also.»

«Kennen Sie die?»

«Gibt ja nicht so viele Weiber hier. Ganz schön patent für 'ne Frau. Und immer freundlich. Hat wohl noch Großes vor.»

«Was denn?»

«So gut kenn ich sie nun auch wieder nicht.»

«Aber Sie haben doch bestimmt eine Idee.»

«Will Flugzeuge kaufen, munkelt man. Am besten, Se fragen se selbst.»

«Das werde ich tun, wenn ich sie sehe.»

«Na, dann gehen Se hier durch immer geradeaus bis zum Windmessturm und an dem dann rechts vorbei. Ham Se gute Schuhe?»

Kappe sah ihn verständnislos an.

«Da ham Se nämlich durchaus zu laufen. Ist der vorletzte Schuppen. Aber Sie sehn ja jung und gesund aus.»

«Wenn Sie das sagen», erwiderte Kappe. Er setzte die Frage, warum die Freifrau weitere Flugzeuge kaufen wollte, auf seine geistige Liste und marschierte los, zwischen den verlassenen Tribünen und Restaurants hindurch, bis er den Windmessturm erreichte. Das Windmessgerät auf seiner Spitze rotierte träge. Vor Kappe erstreckte sich bis zum Horizont das Rollfeld. Es verschlug ihm den Atem: Dicht an dicht lagen Flugzeugrümpfe herum. Es sah aus, als ob von einer Armee übergroßer Fluginsekten nichts als die Chitinpanzer übriggeblieben wären. Es mussten Hunderte von Flugzeugrümpfen sein, die produziert, aber nicht mehr zu Flugzeugen fertigmontiert worden waren, weil sie durch das Ende des Krieges nutzlos geworden waren. Hinter diesem Friedhof der Lüfte, an den Seiten des Rollfeldes, drängten sich haufenweise niedrige, langgestreckte Gebäude aneinander: die Flugschuppen. Auf jedem von ihnen stand in großen Buchstaben der Name der Firma oder des Konstrukteurs, die den Schuppen gemietet hatten.

Kappe ließ den Windmessturm rechts liegen. Im Vorbeigehen las er berühmte Namen wie *Rumpler* und *Benz Motorenbau*, aber auch viele ihm gänzlich unbekannte. Auf dem ganzen Areal war kaum ein Mensch zu sehen. Der Alte hatte recht gehabt: Es war eine ordentliche Strecke. Kappe war schon ziemlich außer Atem, als das Ende der Schuppenreihe endlich in Sicht kam. Vor dem vorletzten Schuppen stand ein Flugzeug. Jemand ging langsam darum herum.

Als Kappe endlich am Schuppen angekommen war, sah er, dass es Amelie von Brettin war. Sie überprüfte sorgsam die Verstrebungen des Eindeckers. Die Baronin trug eine Lederjacke und Breeches aus dem gleichen Material, über die sie Stiefel gezogen hatte. Ihr Kopf steckte in einer Fliegerkappe. Die Fliegerbrille hatte sie hochgeschoben. Die Ledermontur knarzte bei jeder Bewegung. Sie bemerkte Kappe erst, als er schon auf Armeslänge herangekommen war. In ihrem Gesicht zogen Gewitterwolken auf. «Sie haben Nerven, hier aufzutauchen.» Sie hatte einen ziemlich großen Schraubenschlüssel in der Hand. Kappe fand, dass sie beeindruckend bedrohlich wirkte.

«Wieso?»

«Versaut mir fast den Verkauf an Hugenberg und tut so, als wüsste er von nichts!»

«Warum verkaufen Sie denn überhaupt?»

«Weil ich Geld dafür bekomme.» Sie zog eine Mutter nach. «Hören Sie: Die Sonne scheint, der Wind ist in Ordnung. Ich will los. Sie haben doch den Mörder.»

«Es haben sich neue Entwicklungen ergeben.»

Kappe sah etwas wie Interesse in ihren Augen aufglimmen.

«Beantworten Sie mir doch einfach ein paar Fragen.»

«Zwei Minuten.»

«Warum behalten Sie den *Reichskurier* nicht?»

«Das Schundblatt?»

Sie überprüfte die Unterseiten der Tragflächen. Kappe folgte ihr. Ihm kam es so vor, als ob sie alles so gründlich untersuchte, weil sie einen Defekt erwartete.

«Sie scheinen die Ansichten Ihres Mannes nicht zu teilen.»

«Das sind keine Ansichten, das ist Verblendung.»

«Wenn Sie so dagegen sind, warum schließen Sie den *Reichs-kurier* nicht einfach?»

«Und schließe damit ein Forum der Verblendeten!» Sie nahm einen Schraubenzieher aus ihren Breeches und zog nun eine Schraube fest. Kappe bewunderte, wie versiert sie mit dem Werkzeug umging. «Sie scheinen ein sehr moralischer Mann zu sein, Kommissar Kappe.» Sie lächelte ein kleines Lächeln. «Aber ich muss Sie enttäuschen. Sie verlangen entschieden zu viel Idealismus von mir.»

«Sie wollen lieber das Geld.»

«Genau.» Plötzlich ließ sie den Schraubenzieher sinken. «Jetzt wird mir klar, was Ihre neuen Entwicklungen sind», sagte sie mit leisem Spott in der Stimme. Sie sah ihn an. «Sie denken, ich habe dem armen Kerl, den Sie verhaftet haben, den Auftrag gegeben, meinen Mann zu ermorden. Stimmt's?»

«Haben Sie?»

«Lassen Sie mich Ihnen etwas über meine Ehe mit Heinrich von Brettin verraten. Unsere Ehe war ausgezeichnet – jeder hat getan, was er wollte.»

«Und es gab nie Ärger? Ich meine, das, was Sie tun, ist ja ein bisschen ungewöhnlich für eine Frau.»

«Herr Kappe, Ihre zwei Minuten sind zwar um, aber wenn Sie es gut mit sich meinen, kommen Sie jetzt mit.»

Sie packte den völlig verwirrten Kappe am Ellenbogen und schob ihn mit sanfter Gewalt in den Schuppen. Zwei Minuten später kam er wieder heraus. Er trug nun eine dicke Pelzmontur. Seinen Hut ersetzte eine pelzverbrämte Fliegermütze. Auf den Augen hatte er eine Fliegerbrille. Kappe konnte in seiner Eskimomontur kaum seine Gelenke knicken. Als Amelie von Brettin, die ihre Fliegermontur ebenfalls um einen Pelzmantel ergänzt hatte, ihn in den Sitz hinter sich bugsierte, kam er sich vor wie ein alter Tanzbär mit steifen Gelenken. Seine Fliegerbrille schnitt etwas in die Haut. Amelie von Brettin schwang sich knarzend in ihren Sitz. Sie drehte sich um und gab Kappe einen alten Schal. Er wickelte ihn sich um. Der Geruch von Motorfett und Schweiß stach ihm in die Nase. Wie aus dem Nichts erschienen drei Männer. Der eine gab dem Propeller Schwung. Der Motor röhrte und knatterte, und der Propeller dreht sich immer schneller. Das Flugzeug fing an zu ziehen. Die beiden anderen Männer zerrten die Bremskeile unter den Rädern weg, das Flugzeug raste über das Flugfeld und hob ab. Auf was hast du dich mit deiner Höhenangst da bloß eingelassen, dachte Kappe, als das Flugzeug mehr und mehr an Höhe gewann.

Zuerst war ihm schlecht vor Angst. Nicht kotzen, Kappe, wiederholte er wieder und wieder. Amelie folgte dem Bleiband der Spree in Richtung Innenstadt. Und plötzlich ergriff Kappe ein echtes Hochgefühl. Die Stadt lag unter ihm wie eine Schatzkiste. Sie glitten langsam über das Schloss, fast gleichzeitig ragte ihnen die Kuppel des Doms entgegen. Wie friedlich von hier oben alles aussieht, dachte Kappe. Seine Übelkeit war vergessen.

Sie flogen die Linden entlang und kreisten über dem Reichstag. Kappe hatte das Gefühl, er könne die Spitze der Siegessäule mit der ausgestreckten Hand berühren. Kaum einen Lidschlag später zog der Potsdamer Platz unter ihnen vorbei. Amelie von Brettin flog ostwärts. Im Schuppen hatte sie ihn gefragt, wo er wohne. Nun drehte sie sich zu ihm um und deutete nach unten. Er erkannte den länglichen Mariannenplatz mit der St.-Thomaskirche und das Krankenhaus Bethanien mit seinen mittelalterlich aussehenden Türmchen. Die Waldemarstraße war kurz unter ihnen, und er war sicher, sein Haus gesehen zu haben.

Wenn Klara dich jetzt so sehen würde, die würde umkippen. Kappe hätte schreien können vor Begeisterung. Sogar der Luisenstädtische Kanal rang sich ein Glitzern ab. Das Flugzeug flog eine Rechtskurve und folgte den S-Bahn-Gleisen. Kurze Zeit später tauchte das Flugfeld wieder unter ihnen auf. Amelie von Brettin begann mit dem Sinkflug. Für Kappe sah es so aus, als stürze ihnen die Erde entgegen. Doch sie setzte das Flugzeug sanft auf. Knatternd kamen sie vor dem Flugzeugschuppen zu stehen.

Die Freifrau half Kappe aus dem Sitz. Er fühlte sich zwar etwas unsicher auf den Beinen, aber er war überwältigt.

«Und, was haben Sie gefühlt? Beschreiben Sie es ganz genau.»

«Am Anfang war ich etwas ängstlich», gab Kappe zu. «Aber dann habe ich gestaunt. Ich war begeistert. Nein: Ich hätte die Welt umarmen können.» Kappe sah Amelie von Brettin verschämt an. Er genierte sich für seinen von der Begeisterung beflügelten Gefühlsausbruch.

Sie lächelte. «Und glauben Sie, das wollen nur Männer fühlen?»

Kappe fiel nichts ein, was er dazu hätte sagen sollen. Sprachlos stand er da.

«Na los, ziehen Sie sich um, Herr Kommissar!»

Wenig später verabschiedete er sich von ihr. «Ich habe gehört, Sie wollen noch mehr Flugzeuge kaufen. Warum?»

«Ich sehe, der alte Klemm am Eingang hatte mal wieder seinen redseligen Tag.» Sie lächelte. «Aber um Ihre Frage zu beantworten: Passagierflug, Kappe. Eine eigene Flotte, die Passagiere befördert.» Kappe fand, dass sie plötzlich müde aussah. «In zwei, drei Stunden quer durch Deutschland. Das ist die Zukunft.» Sie drückte ihm fest die Hand.

«Verstehe», sagte Kappe. «Na dann.»

Amelie von Brettin ging eilig zum Schuppen. Kurz vor dem Tor drehte sie sich noch einmal zu ihm um. «Ach, übrigens», rief sie. «Wenn Ihre Theorie stimmen würde, müsste ich tot sein. Von Brettin wollte Geld von mir, nicht umgekehrt.»

Kappe wollte fragen, was sie damit meinte, aber das Tor hatte sie schon verschluckt. Er beschloss, ihr nicht hinterherzugehen. Stattdessen trabte er beschwingt und zufrieden zum Ausgang. Zufrieden war er deshalb, weil er sich sicher war, dass die Freifrau die Wahrheit sagte. Er musste zugeben, dass er sie mochte und ungern entdeckt hätte, dass sie hinter dem Mord an ihrem Mann steckte. Die leise, unzufriedene Stimme, die ihm zuflüsterte, dass er der Lösung des Falls kein bisschen näher gekommen war, verbannte er in den hintersten Winkel seines Gehirns. Schließlich war der Tag durch den Flug mit Amelie von Brettin bisher nicht nur einer seiner aufregendsten, sondern auch einer seiner besten gewesen. Was eine andere Perspektive so bewirkt, dachte Kappe gut gelaunt.

Er hatte bereits die Hälfte des Weges hinter sich, da merkte er, dass er seinen Hut vergessen hatte. Fluchend ging er zurück. Von Amelie von Brettin war nichts zu sehen. Kappe betrat den dämmrigen Schuppen. Die Taube stand bereits drinnen. Er entdeckte seinen Hut auf dem Werkzeugtisch. Er hatte ihn gerade aufgesetzt, da hörte er ein leises Klirren. Es war aus einem kleinen Raum gekommen, der mit simplen Sperrholzplatten vom Schuppen abgeteilt worden war. Eine schmale Tür führte hinein, die einen Spalt offen stand. Kappe spähte vorsichtig hindurch.

Amelie von Brettin saß mit geschlossenen Augen in einem alten Sessel. Sie hatte ihre Ledermontur ausgezogen und trug nun wieder ihren Overall. Ihr Gesicht war so entspannt, als würde sie schlafen. Kappe sah, wie sich ihr Brustkorb gleichmäßig hob und senkte. Der linke Ärmel des Overalls war hochgekrempelt, der Arm mit einem dünnen Gummischlauch abgebunden. Das Geräusch, das Kappe gehört hatte, war die Spritze gewesen, die ihr heruntergefallen war und jetzt neben ihren Füßen lag. Auf dem Tischchen vor ihr stand eine braune Flasche mit Morphium. Sie öffnete die Augen und drehte ihren Kopf zu ihm. «Hallo?», fragte sie. «Kommen Sie später wieder.»

Kappe war es fast peinlich, Amelie von Brettin in diesem intimen Moment gesehen zu haben. Er schloss langsam die schmale Holztür. Das Hochgefühl, das er bis eben noch empfunden hatte, war mit einem Schlag verschwunden. Dass die Freifrau Morphinistin war, brachte die Glaubwürdigkeit ihrer Aussagen ins Wanken. Und es war ein kostspieliges Laster.

Das Bild der selig in ihrem chemischen Traum versunkenen Amelie von Brettin verfolgte Kappe noch bis zur S-Bahn. Dort riss ihn ein Schwarzhändler aus seinen Gedanken, der Feuerholz aus zerkleinerten Flugzeugpropellern feilbot.

Kappe hockte vor der Küchenmaschine und pustete das Feuer an. Er hatte die Maschine bis oben hin befüllt. Prasselnd fraßen sich die Flammen in das Holz. Er hatte sich zwar des Schleichhandels schuldig gemacht, aber er hatte nicht die Spur eines schlechten Gewissens. Wenn er das Holz nicht gekauft hätte, wäre er sich vor Klara und Klein-Margarete in der kalten Wohnung wie ein Schwein vorgekommen.

«Guck mal.» Klara reichte ihm eine *Berliner Illustrierte*.

«Es brennt schon. Ich brauch kein ...»

«Nicht zum Anzünden, zum Lesen.»

Klara bewegte die Zeitung vor seinen Augen auf und ab. Ihre Augen blitzten. Kappe schloss die Ofenklappe, stand auf und las: *Sabotage in Tempelhof – Diva außer sich. Als UFA-Großschauspielerin Renee Magno sich in ihre Privatgarderobe zurückziehen wollte, fand sie die luxuriösen Räumlichkeiten verwüstet vor. Die Diva, die zurzeit den Streifen «Täuschungen» dreht, drohte mit Abbruch der Dreharbeiten.*

«Geschieht ihr recht, der Kuh, findest du nicht?»

«Stimmt.» Kappe legte die Zeitung beiseite und beobachtete Klara, die mit dem Kochen begonnen hatte.

Sie rührte in einer dünnen Wassersuppe. Die ganze Küche hing voller feuchter Windeltücher. Klara ging zum Küchentisch, wo eine winzige Kartoffel ihrer Bestimmung harrte. Sie zog den Kopf ein, damit ihr die Tücher nicht ins Gesicht klatschten. «Ausgleichende Gerechtigkeit nenn ich das.» Sie ließ die kleingeschnittene Kartoffel in den Kochtopf klatschen.

Kappe unterdrückte ein Gähnen und pflichtete Klara nachdrücklich bei. Das erste Mal seit langer Zeit wurde es richtig warm. Nach dem verkorksten Abend zuvor hatte sich heute ein kleiner Frieden breitgemacht, den Kappe auf keinen Fall riskieren wollte, obwohl er sich am liebsten sofort ins Bett gelegt hätte.

Margarete brabbelte in ihrer Wiege vor sich hin. «Sieh sie dir doch mal an! Sie ist schon wieder gewachsen.»

Kappe trat an die Wiege. Doch kaum war er nur am Horizont des Bettchens seiner Tochter aufgetaucht, schrie sie wie am Spieß.

Klara legte den Kochlöffel ab und nahm die Kleine auf den Arm. Sie schaukelte sie sanft. Die Sirene verstummte.

«Sie mag mich nicht», sagte Kappe.

«Ach Quatsch! Ihr müsst euch nur aneinander gewöhnen.» Klara legte die Kleine wieder in die Wiege und ging zurück an ihren Kochtopf. «Woher ist eigentlich das Holz?»

«Vom Flughafen.»

«Was hast du denn da gemacht?»

«Eine Zeugin befragt. Und geflogen bin ich. Ich hab sogar unser Haus von oben gesehen und ganz feste an dich gedacht.»

«Geflogen?!» Klara pfefferte den Kochlöffel in die Suppe. «Mit mir wolltest du damals nicht mal zum Flughafen gehen.»

Der fragile Frieden war dahin. Schweigend löffelten sie am Küchentisch ihre Suppe. Kappe kam Amelie von Brettins Spruch über die Ehe in den Sinn. Während Klara trotzig ihre Suppe aß, wanderten seine Gedanken zu dem Fall. Er musste von Brettins Bankkonten überprüfen, um zu klären, ob Amelie von Brettin die Wahrheit gesagt hatte. Und er musste herausfinden, wohin Heinrich von Brettin unterwegs gewesen war. Zwei Dinge, denen er morgen nachgehen würde. Er hoffte, dass er diese Nacht würde schlafen können.

Donnerstag, 21. November 1918

HERMANN KAPPE klingelte an der von Brettinschen Villa in der Tiergartenstraße. Er war hundemüde. Klein-Margarete hatte ihn und Klara alle zwei Stunden wachgeschrien. Klara war aufgestanden und hatte das Kind gestillt, während Kappe im Bett gelegen und verzweifelt versucht hatte zu schlafen. Wieder war er vor dem Morgengrauen aufgestanden, hatte den Küchenofen mit ein paar Propellerstücken angeheizt und war schließlich vor Dienstbeginn im Präsidium gewesen. Weil er unauffällig herausfinden wollte, bei welcher Bank von Brettin gewesen war, hatte er sich für einen Besuch in der Tiergartenstraße entschieden.

Christoph, der Diener, ließ ihn herein, ein weißes Leintuch in der Hand. Kappe sah mit Erstaunen, dass die Möbel in der großen Eingangshalle mit weißen Tüchern abgedeckt waren. Christoph bemerkte seinen Blick. «Wir ziehen nach Johannisthal.»

«Geht das alles nicht ein bisschen schnell?»

«Ich weiß nicht, was Sie damit sagen wollen.»

«Kommen Sie, Christoph! Von Brettin ist gerade mal fünf Tage tot, und alles wird aufgelöst. Ich war gestern in Johannisthal und würde gerne glauben, was Frau von Brettin mir erzählt hat. Aber es gibt Tatsachen, die mich unsicher werden lassen.»

«Unsicher, ob Frau von Brettin die Wahrheit sagt?» Christophs Stimme klang verächtlich. «Sie sind mit ihr geflogen?»

Kappe nickte.

«Wissen Sie, warum sie das Flugzeug so gründlich untersucht?»

Vor Kappes innerem Auge erschien das Bild von Amelie von

Brettin, die alles doppelt und dreifach überprüfte. «Ich dachte, das wäre normal.»

Christoph lachte auf. Es war ein trauriges Lachen. «Ihr Flugzeug wurde sabotiert. Sie ist abgestürzt und gerade so noch mit dem Leben davongekommen. Ihr ganzer Körper war zerschmettert. Und warum? Weil ihre männlichen Kollegen es nicht ertragen konnten, dass eine Frau fliegt.»

«Warum erzählen Sie mir das?», fragte Kappe.

Christoph sah Kappe wütend an. «Diese Frau hätte jeden Grund, die Männer zu hassen, und von Brettin war da keine Ausnahme. Aber das tut sie nicht. Wissen Sie, was sie zu mir gesagt hat?»

Kappe schüttelte den Kopf.

«Wer zu neuen Ufern will, muss wissen, dass es unterwegs stürmen kann.»

«Warum war von Brettin keine Ausnahme?»

«Er war von sich selbst und von seinen Ideen überzeugt. Er war launisch. Und vor lauter Einbildung hat er nie bemerkt, was die Leute wirklich von ihm dachten. Er konnte der Freifrau nicht das Wasser reichen.» Christoph machte eine Pause. «Sie ist immer aufrichtig», fügte er trotzig hinzu. «Es gibt keinen Grund, ihr nicht zu trauen.»

So viel Loyalität konnte Kappe in diesem Moment nicht erschüttern. Er beschloss, das Thema zu wechseln. «Wissen Sie, bei welcher Bank von Brettin war?»

«Die Unterlagen müssten noch im Arbeitszimmer sein.»

«Ich möchte sie sehen.»

Christoph nickte mit dem Kopf zur Treppe. «Sie kennen sich ja aus.»

Kappe hatte gerade die erste Stufe genommen, als ihm etwas einfiel. «Wissen Sie, was von Brettin am Potsdamer Platz wollte?»

«Ich habe keine Ahnung. Aber es müsste in seinem Journal stehen.»

«Was für ein Journal?» Kappe war plötzlich hellwach.

«Ein Mittelding zwischen Terminkalender und Tagebuch. Er nannte es Journal. Darin hat er immer alles eingetragen.»

«Ist es vielleicht noch hier?»

«Eigentlich hatte er es meistens bei sich. Haben Sie es nicht gefunden?»

«Nein.»

«Vielleicht hat er es im Arbeitszimmer vergessen.»

«Das werde ich überprüfen.»

Das Arbeitszimmer schien der einzige Raum zu sein, in dem alles so war, wie Kappe es vor ein paar Tagen vorgefunden hatte. Es war nichts abgedeckt, nichts in Kisten verpackt. Offensichtlich sollte hiervon nichts mit nach Johannisthal. Fieberhaft durchsuchte Kappe das Zimmer, wie schon beim letzten Mal von Hindenburg und Kaiser Wilhelm beobachtet. Er wollte von Brettins Tagebuch haben. Doch statt des Journals fand er nur ein paar dicke Notizbücher mit handgeschriebenen Gedichten, die vor blutroten Sonnenaufgängen, klirrenden Waffen und baren germanischen Brüsten trieften. Auch die Kontobücher waren weg. Dafür lag ein Schreiben der Mendelssohn-Bank, die ihre hochgeschätzte Kundschaft zu einem exklusiven Ball einlud, zwischen von Brettins Unterlagen. Kappe steckte die Einladung ein. Nun wusste er, bei welcher Bank von Brettin seine Konten hatte. Das Journal blieb verschwunden.

Kappe lief nachdenklich zum Potsdamer Platz. Er konnte die an Verehrung grenzende Loyalität Christophs gegenüber Amelie von Brettin fast verstehen. Er überlegte, ob der schwere Unfall, von dem der Diener gesprochen hatte, Auslöser für Amelie von Brettins Morphiumsucht gewesen sein könnte. Trotzdem: Er musste Klarheit über ihre finanziellen Verhältnisse haben. Und er fragte sich, warum sie ihm nichts von dem Journal gesagt hatte. Vielleicht wussten auch Glombigk und von Tronten darüber Bescheid. Er war so in Gedanken versunken, dass er den Mann nicht bemerkte, der ihm folgte, seitdem er die Villa des Freiherrn verlassen hatte. Der Mann war so unscheinbar und verhielt sich so geschickt, dass

Kappe ihn wohl auch nicht bemerkt hätte, wenn er nicht durch seine Ermittlungen abgelenkt gewesen wäre.

Vor dem Prunkbau des Hotels Esplanade machte er halt. Er beschloss, von hier aus mit der Bank und den beiden Herren zu telefonieren. Gemeinsam mit einem Blumenjungen, der gerade einen Strauß Lilien lieferte, betrat er die Eingangshalle. Mächtige Kronleuchter hingen von der stuckverzierten Decke. Kappe durchquerte die Eingangshalle zu den mit Polsterbänkchen ausgestatteten Telefonkabinen. Sein Verfolger betrat unbemerkt die Nachbarkabine. Kappe rief zunächst von Tronten an, der ebenfalls im Tiergartenviertel wohnte. Der Diener sagte ihm, dass der General im Moment außer Haus sei, aber am Mittag zurückerwartet würde.

Als Nächstes rief Kappe bei der Mendelssohn-Bank an. Ein Sekretär teilte ihm sehr bestimmt mit, dass der Herr Bankdirektor ihn erst nach dem Wochenende empfangen könne und aufgrund der Sensibilität der Angelegenheit niemand anderes für eine Befragung durch die Polizei zur Verfügung stünde. Kappe, mit nichts als einem unguten Gefühl in der Hand, musste sich geschlagen geben.

Glombigk hat bestimmt auch keine Zeit, dachte er, als er die Nummer des Industriellen wählte. Doch zu seinem Erstaunen hatte er Glombigk nicht nur direkt am Telefon, sondern bekam auch sofort einen Termin. Kappe bezahlte seine Telefonkosten und nahm die S-Bahn nach Grunewald. Der Mann, der ihn verfolgt hatte, war verschwunden. Die Fahrt war eine Katastrophe. Der Strom fiel zweimal aus, und Kappe saß frierend in der stillstehenden S-Bahn. Umsteigen konnte er nicht, da seit dem Sommer nur noch eine der Kraftomnibuslinien fuhr – und die bediente nicht die Strecke in den Südwesten.

Als Kappe endlich am S-Bahnhof Grunewald ausstieg, war er zwei Stunden zu spät. Er arbeitete sich durch das vornehme Neubauviertel zur Jagowstraße durch, wo auf einem großen Grundstück eine turmverzierte Villa im Tudorstil protzte, aus deren Schornstein Rauch quoll.

Glombigk empfing Kappe in seinem Arbeitszimmer. Ungehalten ging er hinter seinem Schreibtisch auf und ab, der so groß wie Kappes Wohnzimmer war und auf dem ein Modell einer Fabrik stand. Auch heute trug er sein Eisernes Kreuz am Revers. Von der Wand hinter ihm blickte ein weiterer Hindenburg streng auf Kappe hinunter, daneben schritt eine barbusige Germania fahnenschwingend voran.

«Wenn ich mich richtig erinnere, hatten Sie Ihren Termin vor zwei Stunden.» Glombigks Sofakissenstimme klang böse.

«Es tut mir leid. Es gab einen Stromausfall bei der S-Bahn.»

«Kein Wunder. Wenn der Mob regiert ...»

«Damit kämpfen wir schon seit drei Jahren. Ich weiß nicht, ob das schon in die Regierungszeit des Mobs fiel.» Kappe konnte sich die Bemerkung nicht verkneifen.

Glombigk musterte ihn aus seinen kalten Augen. «Ich dachte, der Fall sei gelöst?»

«Es gibt noch ein paar lose Enden. So ist zum Beispiel von Brettins Tagebuch verschwunden. Wissen Sie etwas darüber?»

«Ein Tagebuch? Nein, bedaure.»

«Kann es sein, dass von Brettin seine Gattin um Geld gebeten hat?»

Glombigk starrte einen Augenblick in die Luft, als müsste er sich zu einer Entscheidung durchringen. Dann seufzte er. «Ich sage das nur ungern, aber Amelie von Brettin ist eine Morphinistin. Glauben Sie ihr nichts, Herr Kommissar.»

«Wie könnte sie auf die Idee gekommen sein, so etwas zu behaupten?»

«Vermutungen sind nicht meine Sache. Aber von Brettin war voll von Ideen. Ich hatte den Eindruck, dass er in letzter Zeit eine Art Projekt verfolgte. Vielleicht war es mit Kosten verbunden, und Amelie hat sich in ihren Fieberträumen zu dieser Behauptung verstiegen.»

«Was für ein Projekt?»

«Ich habe keine Ahnung. Haben Sie sonst noch Fragen?»

«Könnten Sie sich vorstellen, dass Amelie von Brettin den Mord an ihrem Mann beauftragt hat?»

«Ich bin zwar überfragt, was dieses wirre Hirn betrifft, aber zutrauen würde ich es ihr.»

Kappe verabschiedete sich. Die Rückfahrt in der S-Bahn lief reibungslos. Er fragte sich, was für ein Projekt von Brettin verfolgt und ob es zu seiner Ermordung geführt hatte.

General von Trontens Villa stand in der Hildebrandstraße, nur einen Steinwurf vom kaiserlichen Marineamt entfernt. Kappe wurde von einem Diener in den Garten geführt. Schon vor dem Haus war ihm ein regelmäßiges «Plopp» aufgefallen, dem ein Schuss folgte. Nun sah er, dass von Tronten Tontauben schoss.

Der Diener sprach den General ehrerbietig an, woraufhin der seinem Adjutanten mit einer knappen Geste bedeutete, die Wurfscheibenmaschine anzuhalten. Das Gewehr in der Hand, kam er mit energischen Schritten auf Kappe zu, die Beine steif, als wären sie Zirkel. «Der Herr Kommissar», tönte er mit seiner Gießkannenstimme. «Kommen Sie, schießen Sie ein bisschen mit mir!»

Bevor Kappe überhaupt etwas sagen konnte, hatte ihm der Adjutant ein Gewehr in die Hand gedrückt. «Der Gast zuerst. Drei Einzelne, drei Doubletten. Die Doubletten Raffahle.»

Die Wurfscheiben schossen in den grauen Himmel. Die drei Einzeltauben erwischte Kappe bravourös. Bei den Doubletten schaffte er die ersten beiden. Die dritte verfehlte er. Ein Schuss peitschte, und von Tronten hatte sie pulverisiert. Kappes Ohren klingelten. «Nichts für ungut.» Von Tronten schlug Kappe auf die Schulter und lachte. Er machte dem Adjutanten ein Zeichen, und seine Wurfscheiben flogen nach oben. Mit maschinenhafter Präzision holte er sie vom Himmel. Nicht eine entging ihm. Der General übergab dem Adjutanten, der sich bereits um Kappes Gewehr gekümmert hatte, seine Waffe und führte den Kommissar ins Haus, ins Herrenzimmer.

Ein Billardtisch stand in der Mitte des dunkel getäfelten

Raums. Ledersessel in englischer Polsterung waren locker um Clubtischchen arrangiert, und an einer Wand befand sich eine üppig ausgestattete Bar. Die großen Fenster gaben die Sicht auf den Garten frei. Von Tronten drückte Kappe ein Glas Whisky in die Hand und bedeutete ihm, sich zu setzen. Kappe versank in einem der Sessel. Der General blieb stehen. «Da ich gewonnen habe, dürfte ich eigentlich den Inhalt unseres Gesprächs bestimmen», tönte er. «Aber da ich vorhin so unhöflich war, einfach Ihre Taube zu schießen, dürfen Sie mich alles fragen.» Er nahm einen Schluck Whisky. «Deswegen sind Sie doch gekommen, oder?»

«Sie waren doch gute Freunde, Heinrich von Brettin und Sie.»

«Das darf man wohl so sagen.»

«Ich habe gehört, dass der Freiherr etwas vorhatte. Wissen Sie, worum es sich dabei handelte?»

«Zu Ihnen kann ich doch offen sein?» Von Tronten sah Kappe direkt in die Augen.

«Solange Sie keinen Mord begangen haben», sagte Kappe.

Der General lachte, dass die Fensterscheiben klirrten. «Kappe, Sie sind mir einer! Aber ganz im Ernst: Leute wie wir sind in dieser neuen Zeit noch nicht ganz angekommen. Ja, wir sind fast so etwas wie Zwangsrepublikaner. Wirklich abfinden mit den neuen Verhältnissen können wir uns noch nicht. Von Brettin wollte einen Werbefeldzug für den Kaiser und unser großartiges deutsches Vaterland beginnen. ‹Propagandastahlgewitter› hat er ihn genannt. Zeitungen, Film, Magazine, Literatur, alle sollten unsere Werte, unsere preußischen Tugenden propagieren, die Massen aufrütteln und schließlich dafür sorgen, dass der ehrbare Teil unseres großen deutschen Volkes sich auf seine nationale Größe besinnt, aufsteht und zurückkehrt zur gottgewollten Ordnung.» Der General leerte sein Glas. «Jetzt wissen Sie alles.» Er sah Kappe herausfordernd an.

Kappe stellte langsam das Glas auf dem Clubtisch neben seinem Sessel ab. «Ist Freiherr von Brettin vielleicht deswegen am Potsdamer Platz gewesen?»

«Wenn wir das wüssten, hätten wir ja nicht auf ihn gewartet.»

«Sie schildern mir diesen Werbefeldzug ja sehr genau. Warum wissen Sie darüber Bescheid, aber Ihr gemeinsamer Freund Glombigk nicht?»

«Kappe, Sie werden ja ein wenig aufmüpfig! Aber ich muss Ihnen in die Parade fahren. Glombigk interessiert nur Eisen und Stahl. Selbst wenn wir Billard spielen, vergisst er manchmal, dass er an der Reihe ist, nur weil er wieder an eins seiner Walzwerke denkt. Da sind Sie baff, nicht wahr?»

«Haben Sie gewusst, dass von Brettin ein Journal, also eine Art Tagebuch schrieb?»

«Was, ein Tagebuch? Nein, so was. Und das befindet sich nun im Polizeigewahrsam?»

«Es ist leider verschwunden, bevor wir es sicherstellen konnten. Wir wissen nur, dass es ein Tagebuch geben muss.»

«Schade. Ich wüsste doch zu gern, was der gute Heinrich über uns geschrieben hat. Wenn er überhaupt über uns geschrieben hat.»

Es klopfte, und der Diener betrat den Raum. Der General stellte sein Glas ab.

«Der Club, Herr General. Ich sollte Sie erinnern.»

«Wenn Sie dann keine weiteren Fragen haben, Herr Kappe?»

«Eine habe ich noch.»

«Schießen Sie los.»

«Können Sie sich vorstellen, dass von Brettin für seinen Propagandafeldzug Geld von Amelie benötigt hat?»

«Wer hat Ihnen denn den Bären aufgebunden?» Von Tronten lachte. Dann sah er auf die Uhr. «Ich muss. Georg, bringen Sie den Herrn Kommissar zur Tür.» Er verließ das Zimmer. An der Tür drehte er sich noch einmal um. «Sehen wir uns morgen auf der Beerdigung?»

Kappe, der von dem Termin nichts gewusst hatte, überspielte seine Überraschung. «Ja, natürlich», sagte er.

Wenige Augenblicke später stand er in der schmalen Straße. Seine Ohren klingelten noch immer von den Gewehrschüssen.

Als Kappe ins Präsidium zurückkam, war das Büro leer. Er sah auf Galgenbergs Schreibtisch. Die aktuelle Nummer des *Reichskurier* lag noch nicht auf dem Zeitungsstapel des Kollegen. Der war noch gar nicht da gewesen. Wahrscheinlich ist er im Krankenhaus, dachte Kappe und nahm sich vor, Galgenberg nach Hildes Gesundheitszustand zu fragen. Er zog seinen Notizblock hervor und begann, die Ausbeute des bisherigen Tages aufzuschreiben. Zum Schluss sah er sich sein Werk an. Von den Wörtern *Propagandafeldzug* und *Geld* führte ein dicker Pfeil zu dem Wort *Motiv,* das von drei Fragezeichen umrankt war. Unter *Geld* stand *Rauschgift.* Über allem prangte in Großbuchstaben das Wort *Journal.*

Warum hatte Amelie von Brettin ihm nichts von diesem Tagebuch erzählt? Und warum hatte er nichts von der Beerdigung erfahren? Er wollte gerade in Johannisthal anrufen, als Kniehase hereinkam.

«Ich dachte schon, ich bin der Einzige, der hier arbeitet.» Kniehase hatte mal wieder seinen herablassenden Tag.

«Um was geht's denn?»

Kniehase legte demonstrativ die rote Armbinde auf Kappes Schreibtisch. Sie sah aus, als hätte er sie gebügelt. «Ich habe gerade die Indizien für die Asservatenkammer zusammengepackt. Dabei sehe ich sie mir immer noch einmal ganz genau an, und mir ist etwas aufgefallen.»

«Ja?»

«Die Enden der Armbinde passen nicht zusammen.»

Kappes Gesicht war ein einziges Fragezeichen.

Kniehase sah Kappe triumphierend an. «Wenn das Opfer dem Täter die Armbinde abgerissen hätte, müssten die Rissstellen zusammenpassen. Wie zwei Teile eines Puzzles.» Er fügte die beiden Enden zusammen. Sie passten nicht. «Es sieht aus, als wäre jedes Ende für sich abgerissen worden.»

Kappe schob die Stoffränder nun selber aneinander. «Als ob sowohl vom linken als auch vom rechten Rand etwas abgerissen worden wäre.»

«Genau meine Rede.»

«Das Ding wurde also nicht von Meyers Arm gerissen. Aber was sonst?»

«Das müssen Sie rausfinden.»

«Das werden wir. Gute Arbeit, Kniehase.» Kappe nickte ihm anerkennend zu.

«Wo ist eigentlich Galgenberg?» Kniehase steckte die Armbinde wieder ein.

«Vielleicht bei seiner Tochter», sagte Kappe.

«Also, ich bin jedenfalls in meinem Labor», sagte Kniehase huldvoll und zog die Tür hinter sich zu. Kappe sah ihm nachdenklich hinterher. Dann nahm er sein Notizblatt und schrieb mit großen Buchstaben das Wort *Armbinde* unten links auf das Papier. Von dort aus stach ein Pfeil auf die Frage: *Wie in von Brettins Hand gekommen?*

Mittlerweile war es dunkel geworden. Kappe sah sein nachdenkliches Gesicht sich blass in der Scheibe des Fensters widerspiegeln. Der Fall wurde immer verworrener. Er gähnte und wehrte sich gegen die Müdigkeit, die ihn plötzlich anfiel wie ein wildes Tier. Es half nichts. Sein Kopf fiel auf die Schreibtischplatte, und er schlief ein.

Von Unverth schaute kurz in das Büro, sah den schlafenden Kappe und zog die Tür leise zu. Als Kappe eine Stunde später aufwachte, fühlte er sich wie gerädert. Er beschloss, noch auf ein Bier im «Max und Moritz» vorbeizuschauen, bevor er sich hinter die feindlichen Linien seiner Ehe wagte.

«Und, wie sind die Vaterfreuden?»

Kappe saß am Tresen des «Max und Moritz». Neben ihm saß Theodor Trampe. Bierkrüge klirrten, und das Stimmengewirr von vielen durstigen Gästen erfüllte den Raum. «Frag nicht», sagte Kappe und nahm einen tiefen Schluck Bier.

«So schlimm?»

«Klara geht bei der kleinsten Gelegenheit in die Luft, und Klein-Margarete schreit, sobald sie mich nur sieht.»

«Wir haben's eben nicht leicht», sagte Trampe. «Prost, mein Freund.» Er stieß mit Kappe an. «Und dein Fall? Hat ja Wellen geschlagen.»

«Der Mörder sitzt.»

«Margarete bezweifelt das.»

Kappe stöhnte nur.

«Habt ihr den Fall jetzt abgeschlossen, oder arbeitet ihr noch dran?»

«Wieso fragst du?»

«Weil ich heute deinen Galgenberg gesehen habe, der mit einem ziemlich komischen Kerl gesprochen hat.»

«Wo hast du ihn denn gesehen?» Kappe gab sich Mühe, sich sein Interesse nicht anmerken zu lassen.

«Ich war auf dem Weg zum *Vorwärts* und bin bei dem Schmierblatt von *Reichskurier* vorbeigekommen. Und da stand er mit einem ziemlich abgerissenen Typen. Hab mich noch gewundert, wo du bist.»

«Wir haben da noch so ein paar lose Enden.» Kappe legte ein paar Geldstücke auf den Tresen. «Das geht auf mich», sagte er. Dann setzte er seinen Hut auf und knöpfte seinen Mantel zu. «Gute Nacht, Trampe.»

Trampe hob sein Bierglas. «Grüß Klara. Und nicht zermürben lassen. Wirst sehen, das renkt sich alles ein.»

Kappe ging durch die dunklen Straßen nach Hause. Und er fragte sich, ob hinter Galgenbergs Verhalten mehr steckte als alter Groll und die Angst um Hilde. «Was für ein Spiel spielst du, Galgenberg?», sagte er leise zu sich selbst.

Seitdem er verhaftet worden war, hatte Meyer nicht mehr geschlafen. Zum einen konnte er nicht schlafen, weil er sich zu viele Sorgen um seine Familie machte. Zum anderen wegen Kalischke. Er kannte Typen wie ihn. Sie legten es darauf an, andere zu quälen. Sie warteten einfach, bis sich eine günstige Gelegenheit ergab, und dann schlugen sie zu. Allein die Möglichkeit, jemandem weh zu tun, war Grund genug.

Paul Meyer verabscheute Gewalt. Das war schon immer so gewesen. Selbst als kleiner Junge hatte er sich aus allen Raufereien herausgehalten. Man hatte ihn immer gehänselt deswegen, aber irgendein innerer Widerstand bewirkte, dass er weder zuschlagen noch sich wehren konnte. Auch später, als er politisch aktiv wurde, hatte er immer darauf gepocht, dass alle Aktionen ohne Gewalt abliefen.

Am dritten Abend, den er auf der Pritsche lag, verwirrten sich Sorge und Angst zu einem schwarzen Strudel, der Meyer herabzog in einen Schlaf, der tief war wie eine Ohnmacht. Ein Faustschlag katapultierte ihn aus der Schwärze. Unfähig, sich zu wehren, war Meyer Kalischke völlig ausgeliefert. Tränen rannen ihm über das Gesicht.

Emil Kalischke hatte schon von klein auf eine Faszination für Gewalt gehegt. Als jüngstes von acht Kindern war er immer der Kleinste gewesen. Aber er hatte sich von Anfang an zu wehren gewusst, indem er hemmungslos zuschlug und auf alles eintrat, was sich ihm in den Weg stellte. Irgendwann war er der Schrecken des ganzen Kiezes. Die Schule hatte er nur sporadisch besucht. Stattdessen streifte er durch die Stadt, immer auf der Suche nach Opfern, die er drangsalieren konnte. Mit zwanzig, ohne Schulbildung und ohne einen Beruf, aufgehetzt von nationalistischen und rassistischen Hetzreden, die er aufsog wie ein Schwamm, war der Krieg genau das Richtige für ihn gewesen. Dass er verletzt worden war und nach Hause geschickt wurde, nahm er persönlich. Als er vom Waffenstillstand gehört hatte, hatte er geweint. Sein Schwager hatte gelacht. Fünf Minuten später war er tot.

Kalischke hatte den kahlköpfigen Bolschewisten beim Pinkeln beobachtet. Danach war ihm alles klar. In der Nacht vom 22. auf den 23. November huschte er lautlos wie eine Katze zu Meyers Pritsche. Nachdem er dem schlafenden Mann seine Faust ins Gesicht gerammt hatte, zerrte er ihn auf den Boden und trat auf ihn ein, bis ihm die Füße weh taten. «Scheißjudensozialist», krähte er. Dass Meyer wie gelähmt war, machte ihn noch wütender.

Samstag, 23. November 1918

HEINRICH VON BRETTIN wurde auf dem St.-Matthäus-Kirchhof beerdigt. Die Friedhofskapelle mit der runden Kuppel war bis auf den letzten Platz belegt. Amelie von Brettin saß in der ersten Reihe, neben ihr ein kleiner Herr mit weißem Knebelbart und runder Brille, den Kappe nicht kannte. Ein Stück daneben erkannte er Hugenberg. Von Tronten ragte ein paar Sitze weiter kerzengerade auf, neben ihm Glombigk. In der zweiten Reihe hockte zusammengesunken Zwängelt, um sich eine Gruppe, die Kappe als den Rest der Redaktion des *Reichskurier* identifizierte. Die anderen Sitzplätze waren gefüllt mit Damen und Herren der Gesellschaft, die Kappe unbekannt waren. Er hatte noch nie so viele Pelzmäntel auf einmal gesehen.

Der Pfarrer hielt eine kurze Rede, und dann sangen alle *Ein feste Burg ist unser Gott*. Kappe hörte plötzlich einen kräftigen Bariton neben sich. Er drehte sich um. Von Unverth stand singend neben ihm und warf ihm einen verschwörerischen Blick zu. Als sie zu Ende gesungen hatten und das Freikorps feierlich hereinkam, den Sarg aufnahm und mit gemessenen Schritten zum Grab trug, war der Regierungsrat inmitten der Pelzträger verschwunden.

Während Amelie mit versteinerter Miene dastand, setzten die Männer den Sarg unter den Klängen der *Wacht am Rhein* in dem Marmormausoleum der von Brettins ab. Kappe sah, dass direkt dahinter die prunkvolle Grabstätte des Meiereibesitzers Bolle lag. Für einen Augenblick dachte er, er würde Galgenberg sehen. Aber als er genauer hinschaute, stand nur ein einsamer Busch an der Stelle. Jetzt nicht überreagieren, dachte Kappe.

Lieb' Vaterland, magst ruhig sein – das zweite Mal dröhnte der Refrain über den Friedhof. Amelie von Brettin hob die Hände. «Vielen Dank, meine Herren», sagte sie mit lauter Stimme. «Ich möchte Sie bitten aufzuhören.» Es war, als wäre ein Schuss gefallen. Der Gesang erstarb. Vereinzeltes Murren war zu hören. Der Kommandant des Freikorps bedachte sie mit einem hasserfüllten Blick und zog mit seinen Männern ab. Amelie nahm ungerührt die Parade der Kondolenzbezeugungen ab. Einige gingen wortlos an ihr vorbei.

Kappe reihte sich in die Reihe der Kondolierenden ein. Er schüttelte ihr als einer der Letzten die Hand. «Sehr mutig», sagte er leise.

«Eher eine Frage des Geschmacks», erwiderte sie.

«Warum haben Sie mir eigentlich nichts über das Journal Ihres Mannes erzählt?» Kappe sah ihr in die Augen. Ihre Pupillen waren groß und schwarz.

«Welches Journal?» Sie blickte ihn einen Sekundenbruchteil irritiert an. Dann begriff sie. «Das hatte ich völlig vergessen. Hatte er es etwa nicht bei sich?»

Kappe schüttelte den Kopf. «Und von der Beerdigung haben Sie mir auch nichts erzählt.»

«Kappe, wenn Sie irgendetwas gegen mich vorbringen können, sagen Sie es. Ansonsten betrachte ich unser Gespräch als beendet.» Amelie ließ seine Hand los und wandte sich der dicken Frau hinter Kappe zu, die ihr stumm die Hand schüttelte. Ihm blieb nichts anderes übrig, als weiterzugehen. Durch das kahle Buschwerk sah er Zwängelt in Richtung Ausgang marschieren. Er ging ihm nach. An einem Grabmal, das aus einem säulengeschmückten Atrium bestand, holte er ihn ein.

«Können Sie mich nicht einmal an einem solchen Tag in Ruhe lassen?» Zwängelts Stimme klang weinerlich.

«Nur eine Frage. Wissen Sie etwas über von Brettins Tagebuch?»

«Wie oft soll ich das noch sagen? Er hatte es immer bei sich.»

Kappe war verwirrt. «Wieso? Mit wem haben Sie denn darüber gesprochen?»

«Die Polizei hat doch bei mir angerufen und mich gebeten, dass ich im Büro des Freiherrn danach suche. Ich habe zwar nachgeschaut, aber es war nicht da. Wie auch? Er trug es meistens bei sich. Das habe ich Ihrem Kollegen auch gesagt.»

«Hat der Anrufer seinen Namen genannt?»

«Nein. Aber er hat stark berlinert.» Zwängelt schoss ihm einen giftigen Blick zu. «Bei Ihnen weiß wohl die linke Hand auch nicht, was die rechte tut. Kein Wunder, dass alles bergab geht.» Er stapfte ohne ein weiteres Wort an Kappe vorbei.

Der stand da, als hätte er eine Ohrfeige bekommen. Er sah sich um. Der Friedhof hatte sich geleert. Die verbliebenen Trauergäste strebten dem Ausgang zu. Ein paar schwarze Krähen krächzten in den Bäumen. Er fragte sich, ob er vorhin doch Galgenberg gesehen hatte. Er hielt Ausschau nach von Unverth. Auch der war nicht zu sehen. Kappe hatte das Gefühl, beobachtet zu werden. Er drehte sich um und sah einen Mann, der ihn unverwandt ansah. Der Mann wandte sich ab und widmete sich einem Grabstein. Ein neugieriger Friedhofsbesucher, dachte Kappe. Es war der gleiche Mann, der Kappe unbemerkt ins Esplanade gefolgt war.

Er ging langsam zum Ausgang. Auf dem Parkplatz vor dem geschwungenen Friedhofstor stand ein schwarzer Mercedes mit laufendem Motor. Amelie von Brettin setzte sich ans Steuer und fuhr davon. Kappe traute seinen Augen nicht: Es war dasselbe Auto, in dem Renee Magno am Morgen des 9. November durch Kreuzberg gefahren war.

Eine knappe Stunde später waren Kappe, Galgenberg, Kniehase und von Canow bei von Unverth zur Besprechung einbestellt.

«Meine Herren.» Der Regierungsrat saß paffend hinter seinem Schreibtisch und forderte sie mit einer gebieterischen Geste auf, Platz zu nehmen. «Ich, Herr Kappe und, wie ich gesehen habe, auch Herr Galgenberg kommen gerade von Heinrich von Brettins Beerdigung.»

«Ach», sagte Kniehase.

Also doch, dachte Kappe.

«Der Regierungsrat hatte mich gebeten, die Stellung zu halten.» Von Canow blähte sich in seinem Sessel.

«Unsere Teilnahme an dem Begräbnis hat folgenden Hintergrund: Vor ein paar Tagen kam Herr Kappe zu mir. Er hatte eine neue Theorie, den Mord an Freiherrn von Brettin betreffend. Ich habe ihn gebeten, ein paar Nachforschungen anzustellen.»

Kappe spürte Galgenbergs Blick auf sich. Kappe erwiderte den Blick. Galgenberg hatte ein Pokerface aufgesetzt, aber es war klar, dass sich nun ein Abgrund zwischen ihnen auftat. Als ob du mit offenen Karten spielst, dachte Kappe.

«Kommissar Kappe, Sie haben das Wort.»

Kappe räusperte sich und zog sein Notizblatt hervor. «Ich bin der Frage nachgegangen, ob Paul Meyer von Amelie von Brettin zum Mord an Heinrich von Brettin angestiftet wurde.»

«Und?» Von Canow reckte sich in seinem Sessel.

«Laut von Tronten plante von Brettin einen Propagandafeldzug gegen die Republik. Er erhoffte sich davon den Sturz der Regierung.»

«Was hat das denn mit ihr zu tun?», fragte von Canow kopfschüttelnd.

«Ich weiß nicht, ob sie Republikanerin ist. Aber von Brettins Ansichten waren ihr zuwider.» Kappe schaute auf das Papier. «Dann gibt es noch das simple Motiv Geld. Amelie von Brettin will ein Passagierflugunternehmen gründen. Außerdem ist sie morphiumabhängig. Die Kontobücher von Brettins fehlten auf jeden Fall.»

«Zwei teure Hobbys», warf von Canow ein.

«Könnte sie deswegen den Mord beauftragt haben?» Von Unverth sog an seiner Zigarre.

«Ich habe leider erst nächste Woche die Möglichkeit, die Bank zu befragen ...»

«Det is doch allet nüscht als wacklije Vermutung», schaltete sich Galgenberg ein. «Woher soll die von Brettin den Meyer überhaupt kennen?»

Gute Frage, musste Kappe zugeben. Er nickte. «Es gibt noch andere offene Fragen. Wir wissen immer noch nicht, was von Brettin am Potsdamer Platz wollte. Er hat ein Tagebuch geführt, das uns möglicherweise darüber Auskunft geben könnte. Dieses Tagebuch ist verschwunden.»

«Gibt es dieses Tagebuch wirklich?», wollte von Unverth wissen.

«Christoph, der Diener, Amelie von Brettin und Chefredakteur Zwängelt haben seine Existenz unabhängig voneinander bestätigt.» Schon als von Unverth gesagt hatte, dass auch Galgenberg bei der Beerdigung gewesen war, hatte Kappe beschlossen, nichts von den Nachforschungen des Berlinisch sprechenden Polizisten zu sagen. Darüber wollte er mit Galgenberg unter vier Augen reden.

«Die Indizienlage hat sich ebenfalls geändert.» Es war das Erste, was Kniehase zur Besprechung beisteuerte. «Die Art der Abrisskanten an der Armbinde schließen aus, dass von Brettin sie dem Täter abgerissen hat.»

«Jetzt soll Meyer sie ihm ooch noch in die Hand jedrückt haben?»

«Ich weiß nicht, was das bedeutet», sagte Kappe mit einem Seufzen.

Von Unverth blickte einem der Rauchringe hinterher, die er zur Decke steigen ließ. Dann sah er in die Runde. «Ich fasse mal zusammen. Amelie gibt Meyer den Auftrag, von Brettin zu töten. Meyer drückt dem Mann eine Armbinde in die Hand. Kappe, ihr Eifer in allen Ehren, aber das macht doch keinen Sinn, wenn Meyer von Brettin erschossen hat – und davon gehen wir nach wie vor aus, oder?»

Kappe nickte.

«Dann hinterlässt er doch nicht absichtlich Indizien, die auf ihn weisen. Vielleicht hat von Brettin ihm die Armbinde aus der Tasche genommen. Und die Abrisskanten? Weiß man, was Meyer mit dem Stück Stoff vorher gemacht hat? Da gibt es doch tausend Möglichkeiten. Und das Journal kann von Brettin irgendjemand am Potsdamer Platz aus der Tasche stibitzt haben. Möglicherweise hat es sogar Meyer selbst entwendet.»

«Danach würde ich ihn gerne fragen», sagte Kappe.

«Wenn es dieses Kapitel zum Abschluss bringt.» Von Unverth stand auf. «Meine Herren, Sie haben gute Polizeiarbeit geleistet. Aber besonders nachdem ich mir heute auf der Beerdigung selbst einen Eindruck verschafft habe, glaube ich, Herr Kappe hat zu kompliziert gedacht. Kriminalfälle sind immer von bestechender Einfachheit. Meyer und nur Meyer hat von Brettin umgebracht. Aus politischen Gründen. Weitere Untersuchungen sind damit unnötig. Der Fall ist abgeschlossen.»

Noch nicht, dachte Kappe im allgemeinen Aufbruch. Er wusste nicht, wie die Sache mit dem schwarzen Mercedes in den Fall passte, aber er würde ihr auf den Grund gehen. Nachdem er Meyer noch mal befragt hatte. Auch Galgenbergs Rolle in dem ganzen Durcheinander musste geklärt werden.

«Herr Kappe?» Von Unverths Stimme drang in seine Gedanken. «Herr Regierungsrat?»

«Sie denken an unsere Abmachung?»

Galgenberg warf ihm einen spöttischen Blick zu.

«Ja», sagte Kappe. Und er gab sich alle Mühe, überzeugend zu klingen.

Als er ins Büro zurückkam, wartete dort ein stinksaurer Kniehase. «Warum sagen Sie mir eigentlich nicht, dass Sie weiter ermitteln?», fuhr er Kappe an.

«Unser Herr Kappe vertraut uns nicht. Da trifft er lieber Abmachungen mit oben.» Galgenberg saß auf seinem Stuhl und sah Kappe provozierend an.

Der Hieb saß. Aber Kappe dachte nicht daran, Galgenberg diesmal davonkommen zu lassen. Er wollte endlich klare Fronten. Ihm kam eine Idee. «Zeigen Sie mir doch bitte noch mal das Photo von Meyer, das wir bei Zwängelt dabeihatten.»

«Und wieso? Det ham Se doch selba.» Galgenberg verschränkte die Arme vor der Brust und sah ihn mit versteinerter Miene an.

«Ich würde es einfach gerne sehen.» Kaum hatte Kappe das gesagt, wusste er, dass er verloren hatte. Er hätte sich eine Notlüge ausdenken sollen. Behaupten sollen, dass er sein Photo verlegt habe.

«Wenn Sie irgendwat zu sagen haben, dann sagen Sie es.» Galgenberg drehte den Spieß um.

Verdammt, dachte Kappe. Ohne eindeutige Beweise konnte er keine Beschuldigungen gegen Galgenberg erheben. Noch dazu in Gegenwart eines Dritten.

«Was soll das denn jetzt?» Kniehase hatte die ganze Zeit böse zwischen den beiden Männern hin und her gesehen. «Was ist mit den Fakten, die ich geliefert habe? Die Risskanten, meine ich?»

«Ich gehe jetzt zu Meyer. Vielleicht ergibt sich da was.»

«Sicher», ätzte Galgenberg.

«Wissen Sie was? Solange ich nicht weiß, was hier los ist, ist der Fall für mich abgeschlossen.» Kniehase rauschte ab.

Galgenberg und Kappe sahen sich an. Einen Augenblick lang hatte Kappe das Gefühl, Galgenberg wollte noch etwas sagen. Aber der Augenblick ging vorbei, und nichts passierte.

Paul Meyer faltete sich mühselig auf den schmalen Anstaltsstuhl. Jeder sichtbare Teil seines Körpers war von Blutergüssen bedeckt, die in allen Farben schillerten. Sein Gesicht war so geschwollen, als hätte ein Boxer es als Sandsack missbraucht.

«Was ist denn mit Ihnen passiert?» Kappe war entsetzt.

«Ick bin an wat erinnert worden, wat ick eigentlich verjessen hatte.»

«Wie meinen Sie das?»

«Jibt Leute, die mögen keene, die nich ihre Reljion haben», seufzte Meyer und ließ den Kopf hängen wie ein kleiner Junge.

«Und wem hat Ihre Religion nicht gepasst?»

«Det bringt do nüscht, Herr Kommissar.»

Kappe sah ein, dass er aus Meyer kein Wort über den Schläger herausbekommen würde. Er begann, den Mann noch einmal ganz genau zu dem Fall von Brettin zu befragen. Er fragte Meyer, ob er von Amelie von Brettin angestiftet worden sei, den Mord zu begehen. Meyer verneinte. Er hatte von ihr noch nie gehört. Kappe erzählte Meyer von Kniehases Erkenntnissen zu der Armbinde. Meyer sah ihn verständnislos an. Kappe versuchte sogar, Meyer mit der Möglichkeit zu locken, dass er hereingelegt worden war. Bei Tätern, die sich in einer so ausweglosen Situation wie Meyer befanden, funktionierte das meistens. Meyer beharrte auf seinem Alibi.

Als Kappe ihm sagte, wie wenig sein Alibi wert war, sank Meyer noch mehr in sich zusammen. «Ick weeß nich, wie ick uff det Bild jeraten bin. Aber ick wars nich.» Er zog die Nase hoch. Dann räusperte er sich. «Herr Kommissar? Darf ick 'ne Bitte äußern?»

«Was denn?»

«Finden Se den, der et wirklich war. Weil … ick halt det hier drin nich mehr lange aus.»

Auf dem Weg nach draußen sprach Kappe mit den Wärtern über Meyers Verletzungen. Sie gaben sich sehr betroffen. Aber sobald er ihnen den Rücken zugedreht hatte, fingen sie an zu lachen.

Hermann und Klara Kappe saßen beim Abendessen. Klein-Margarete schlief. Kappe sah Klara an. Sie war fast durchscheinend blass und kaute langsam und schweigend auf einem kleinen Kanten Brot herum. Kappe ging der Fall nicht aus dem Kopf. Irgendetwas stimmte nicht. Und dann war da Meyer, der standhaft leugnete, den Mord begangen zu haben. Entgegen jeder Logik nagten an Kappe leise Zweifel an Meyers Schuld.

«War Margarete mal wieder hier?»

«Wir waren auf dem Amt und haben die Bezugscheine ändern lassen.»

«Und?»

«Wir bekommen mehr wegen Klein-Margarete.»

«Das habt ihr gut gemacht.»

Klara zuckte mit den Schultern. «Hat bloß nichts genützt. Die Kohlenstelle hatte keine Briketts mehr, und die Lebensmittel waren auch alle.» Klara ließ ihre Blicke durch die kleine Küche schweifen, die sie beim Einzug liebevoll ausgestattet hatte. Wochenlang hatte sie die Bordüren für die Wandborde gehäkelt, war durch die vielen Stoff- und Posamentenhandlungen und Kaufhäuser auf der Oranienstraße und der Ritterstraße gezogen, um passende Gardinen zu finden, hatte die modernsten Gewürzdosen aus Porzellan erstanden, die, wie ihr der Verkäufer versichert hatte, der *dernier cri* sogar in England waren.

Kappe beobachtete, wie Klaras Blick über die Gegenstände schweifte. Und plötzlich sah er die Küche mit ihren Augen: Alles war immer noch an seinem Platz. Die Gewürzdosen aufgereiht wie Soldaten – aber sie waren leer. Die bunten Vorhänge, die jetzt billig und abgenutzt aussahen. Die Bordüren, die grau geworden waren. Neben der Küchenmaschine stand der große Eisentopf, der überquoll von Klein-Margaretes Windeln. Im Spülstein lehnte das Waschbrett. Kappe dachte daran, dass Klara noch vor kurzem nicht nur in ihrer Putzwut gefangen gewesen war, sondern sich aus Angst vor der Ansteckung mit der Grippe auch keinen Schritt nach draußen gewagt hatte. Wie sich die Dinge in nur zwei Wochen geändert hatten!

«Hermann, in was für einer Welt muss unsere Margarete aufwachsen?», sagte Klara. Sie wischte sich mit einem Küchenhandtuch die Tränen aus den Augen.

Er nahm ihre Hände und streichelte sie. «Es kommen bessere Zeiten, da bin ich ganz sicher.»

«Und heulen hilft ja nichts.» Sie stand mit einem Seufzer auf und räumte das Geschirr ab, nahm das Waschbrett aus dem Spülstein und begann abzuwaschen. Kappe beobachtete, wie ihre Hände knallrot wurden von dem eiskalten Wasser.

«Sei froh, dass wir keine Butter haben. Die würdest du mit dem kalten Wasser gar nicht abkriegen von den Tellern.»

«Die würd ich ablecken», sagte Klara. Sie schrubbte an einem Glas herum.

Natürlich, dachte Kappe und ärgerte sich über seine Art, alles ins Positive drehen zu müssen. Sein Blick streifte den Zeitungsartikel, den Klara mit einer Nadel an dem Brett befestigt hatte. Kappe erkannte die Überschrift: *Sabotage in Tempelhof – Diva außer sich*. Plötzlich war er wie elektrisiert. «Ich glaube, du hast mir gerade einen ganz wichtigen Hinweis gegeben.»

«Wie denn das?»

Kappe deutete auf den Artikel. «Womöglich hatte der Anschlag auf die Magno etwas mit dem Mord zu tun, den ich gerade bearbeite.»

«Dann lässt du den armen Kerl, der da im Gefängnis sitzt, frei?»

«Das kann ich nicht versprechen. Aber die Sache ist noch nicht zu Ende. Das kannst du auch Margarete sagen.» Am liebsten wäre er sofort nach Tempelhof gefahren. Aber für heute war es zu spät.

Kappe musste seinen Plan, zur UFA zu fahren, verschieben. Die nächsten Wochen waren er und seine Kollegen zu beschäftigt mit anderen Dingen. Ein Toter wurde in einer Kreuzberger Fabrik gefunden. Kniehase konnte mit Hilfe seiner Laborkünste nachweisen, dass der arme Mann einem Unfall zum Opfer gefallen war. Die politischen Winde wurden wieder stürmischer. Am 3. Dezember zog die Funkerabteilung des Gardekorps in die Hauptstadt ein. Die Soldaten schwenkten vor dem staunenden Publikum die schwarzweißroten Fahnen des Kaiserreichs, während ihr Spielmannszug *Heil dir im Siegerkranz* spielte. Es kam zu einer Schlägerei zwischen republikanischen und monarchistischen Schaulustigen, bei der ein Republikaner erschlagen wurde. Der Täter wurde von Kappe und Galgenberg schnell gefasst.

Kappe hatte Galgenberg nicht mehr auf die Sache mit Meyers Photo angesprochen. Wenn er tief in sich hineinhorchte, merkte er, dass das nicht nur mit dem Mangel an Beweisen zu tun hatte, sondern auch mit einer unbestimmten Angst, dass sich sein Verdacht bestätigen würde. Kniehase hielt zu beiden Abstand. Auch ihre schnellen Erfolge änderten nichts daran, dass der Riss zwischen den drei Ermittlern tief blieb. Noch dünnhäutiger machte sie, dass nun auch das Polizeipräsidium wegen der Kohlenknappheit nicht mehr beheizt wurde. Sie saßen in ihren Mänteln im Büro und versuchten, sich selbst, die anderen und die Situation so gut es ging zu ignorieren.

An Kappe zerrte zusätzlich die Schlaflosigkeit. Am Wochenende versuchte er, möglichst gut mit Klara und Klein-Margarete auszukommen. Nach dem Abend in der Küche war eine leichte Entspannung zwischen ihm und Klara eingezogen. Von ihr ermutigt, unternahm er weitere vorsichtige Annäherungsversuche an seine Tochter, die jedes Mal in einem nicht enden wollenden Geschrei endeten. Sein Erstaunen darüber, wie ein so kleiner Mensch über Stunden eine solche Lautstärke produzieren konnte, wuchs ins Unermessliche.

Alles in allem war Hermann Kappe am Sonntagabend jedoch beinahe froh, am nächsten Tag wieder arbeiten zu können – obwohl seine Kollegen und er sich im Moment nicht besonders grün waren. Vor allem hoffte er, dass sich endlich eine Gelegenheit ergeben würde, der Magno auf den Zahn zu fühlen.

Montag, 9. Dezember 1918

ES DÄMMERTE bereits, als Kappe am UFA-Gelände ankam, doch die riesigen Glashäuser, die aussahen, als hätten Riesen geraden Industriebauten Gewächshäuser aufgesetzt, leuchteten schon von weitem. Kappe fragte sich durch und gelangte schließlich über Treppen und Gänge in den gläsernen Teil des Gebäudes. Staunend wanderte er durch die Kulissen.

«Das ist ja toll, das sieht ja aus wie echt! Da hat sich die Kostümabteilung mal wieder selbst übertroffen.» Ein kleiner Mann mit Zigarre zupfte an Kappes Mantel. «Aber hier sind Sie falsch. Sie müssen nach gegenüber zu Joe Deebs.»

Kappe sah den Mann an, als wäre ihm gerade der Mann im Mond begegnet.

«Joe Deebs. Die Detektivfilme. Deswegen sind Sie ja wohl hier. Sagenhaftes Kostüm.»

«Das ist kein Kostüm.»

«Kein Kostüm? Sagen Sie bloß, das ist echt?»

«Na ja.»

Der Mann tastete den überraschten Kappe scherzhaft ab. Plötzlich hatte er Kappes Waffe in der Hand. «Mensch, die ist ja echt», sagte er.

Kappe schnappte sich die Waffe aus den Händen des Mannes und fummelte seine Marke hervor. «Ich bin auch echt», sagte er. «Kriminalkommissar Kappe. Und Sie sind bestimmt Herr Lubitsch.»

Ernst Lubitschs Gesicht leuchtete auf. Er schüttelte Kappe enthusiastisch die Hand. «Jetzt bin ich schon polizeibekannt», strahlte er. «Und ich denk, Sie wollen zu Joe Deebs. Da müssen Sie noch hin. Heinrich Schroth als Detektiv. Kollege May macht Regie. Wird Ihnen gefallen.»

«Ich wollte eigentlich zu Renee Magno.»

«Hat sie nun endlich mal die Polente bestellt? Bisher hat sie sich ja immer geweigert und behauptet, Henny oder Pola würden hinter der Sabotage stecken. Quatsch mit Soße.» Lubitsch legte ihm vertraulich den Arm um die Schulter. «Filmdiven ... besonders alternde ...», sagte er und schob die Zigarre vom linken in den rechten Mundwinkel. «Aber das geht mich alles gar nichts an – Hauptsache, der Film wird fertig.»

Kappe war vom Redeschwall des Regisseurs überwältigt. «Wo finde ich sie denn?», fragte er schüchtern.

«In der Maske. Unter den Wunderhänden unseres Herrn Mazurat. Eine Treppe tiefer, direkt hier unten drunter.» Er stampfte zweimal mit dem Fuß auf dem Boden auf, um die Lage des Raums deutlich zu machen. «Na los, Käppchen, ermitteln Sie!» Lubitsch klopfte ihm noch einmal auf die Schulter, und dann war er auch schon verschwunden. «Und nicht Bange machen lassen», dröhnte es zwischen den Kulissen hervor.

Kappe nahm kopfschüttelnd die Treppe abwärts. Als er die Tür zur Maske öffnete, konnte er sich nur mit Mühe einen Schrei verkneifen. Vor einem Spiegel saß eine Person, die der Magno zwar entfernt ähnelte, aber in den merkwürdigsten Farben geschminkt war. Das Gesicht strahlte in fahlem Gelb, der Mund sah aus, als hätte sie Blut geschlürft. Die aberwitzigen Bühnenfarben waren für den Schwarzweißfilm notwendig, aber Kappe hatte wie alle anderen Zuschauer keine Ahnung davon, dass ihre Kinolieblinge bemalt wie Clowns vor der Kamera agierten. Ein blonder Mann war gerade dabei, schwarze Schatten um die Augen der Schauspielerin zu malen.

«Frau Magno?», fragte Kappe verunsichert.

Der blonde Mann sah kurz auf, und Kappe meinte, so etwas wie erstauntes Erkennen in seinem Gesicht aufflackern zu sehen.

«Jetzt nicht», knurrte die Magno heiser.

Kappe hatte plötzlich wieder das Bild von der Diva im Morgengrauen vor Augen. Jegliche Ehrfurcht war verschwunden. «Frau Magno, wie ist Ihre Verbindung zu Heinrich von Brettin?»

Die Schauspielerin versteifte sich, als hätte sie einen Stromschlag bekommen. Dann stieß sie den Maskenbildner zur Seite, so dass seine Pudertöpfe zu Boden fielen. «Sind Sie wahnsinnig geworden, hier einfach aufzutauchen und mich solchen Mist zu fragen?», schrie sie. «Ich kenne keinen Heinrich von Brettin.»

Es war, als wäre ein Orkan losgebrochen. Sie schlug mit den Fäusten auf den Schminktisch. Die Fläschchen und Tiegel spritzten nur so. Dann drückte sie sich aus dem Stuhl. «Wie soll ich arbeiten, wenn jeder Idiot hier reinschneit und mich völlig blödsinnige Dinge fragt?» Ihre Arme flogen nach oben und verdrehten sich in einer dramatischen Geste.

«Ich glaube, es ist besser, wenn Sie jetzt gehen», sagte Mazurat mit ausgesuchter Höflichkeit.

«Das mache ich, wenn mir Frau Magno ein paar Fragen beantwortet hat.»

Die Magno fing an, hemmungslos zu schluchzen. Violette Sturzbäche rannen über die gelben Wangen.

«Frau Magno?» Kappe beobachtete mit einer Mischung aus Erstaunen und Entsetzen, wie sie sich, eben noch Furie, nun wie ein verletztes Tier in die hinterste Ecke der Garderobe zurückzog, die Hände mit den Handflächen nach außen über den Kopf erhoben, als wolle sie sich vor Schlägen schützen. Kappe erinnerte sich, dass sie in einem der Filme, die er mit Klara zusammen gesehen hatte, genau so in eine Ecke gekrochen war. Nur war dies die Ecke einer elenden Hütte in den Bergen gewesen, in die sie von einem übellaunigen Bauern, dessen Frau sie war, verschleppt worden war.

«Hervorragend. Der Drehtag ist futsch», sagte Mazurat sauer. «Wenn sie erst in ihre Rolle aus *Gedemütigt* gefallen ist, braucht es Stunden, bis sie wieder arbeiten kann. Und Ihre Fragen werden Sie dann erst recht nicht beantwortet bekommen.»

Aus der Ecke kam ein heiseres Schluchzen. Kappe sah ein,

dass es zwecklos war. Er schrieb die Telefonnummer seines Büros auf und reichte sie Mazurat. «Rufen Sie mich an, wenn sie wieder ansprechbar ist.»

Kappe kam in ein verwaistes Büro zurück. Auf dem Rückweg waren seine Gedanken immer wieder um die Schauspielerin und Heinrich von Brettin gekreist. Er war sich sicher, dass die Magno gelogen hatte. Ihr hysterischer Anfall hatte ihn beeindruckt, aber er würde einen Weg finden, um sie zum Reden zu bringen. Möglicherweise hatte eine intime Beziehung zwischen dem Freiherrn und ihr bestanden, und das Mordmotiv hatte etwas mit Eifersucht zu tun. Er überlegte, ob die Diva den Mord in Auftrag gegeben haben könnte. Gleichzeitig beschäftigte ihn die Metamorphose, die er in den Tempelhofer Studios beobachtet hatte. Das Photo von Meyer kam ihm wieder in den Sinn. Das Photo, das Galgenberg ihm nicht hatte zeigen wollen. Es ging Kappe im Moment zwar nur um das Bild an sich, aber die Gelegenheit schien günstig, um zu überprüfen, ob Galgenberg sein Exemplar aus Trotz nicht hatte vorzeigen wollen oder ob er es vielleicht gar nicht mehr hatte. Vorsichtig näherte Kappe sich Galgenbergs Schreibtisch. Der Stapel des *Reichskurier* war weiter gewachsen. Ansonsten war der Schreibtisch leer.

Langsam, als wäre sie mit Dynamit gefüllt, zog er die Schreibtischschublade auf. Kappe schämte sich für das, was er tat, aber er konnte nicht anders. Obenauf in der Schublade lag eine ältere Nummer der *Amtlichen Nachrichten des Polizeipräsidenten,* die auf der ersten Seite vor gefälschten Anordnungen warnte, mit denen Gauner und Spaßvögel seit Neuestem telegraphisch oder telefonisch die Reviere hereinlegten. Darunter lag Galgenbergs persönliche Fallmappe. Die Fallmappen hatten sie eingeführt, um Notizen und Informationen, die zunächst nicht in die Mordakte kamen, ordentlich zu verstauen. Kappe blätterte die Mappe durch. Der Abzug des Originalbildes war da, aber das vergrößerte Photo mit Meyers Gesicht fehlte.

129

Kappe war sich nun sicher, dass Galgenberg den *Reichskurier* mit dem Photo und den anderen Informationen versorgt hatte. Er musste ihn zur Rede stellen. Aber vorher musste er dem Gedanken nachgehen, der seit seinem Besuch bei der UFA langsam, aber beharrlich an der Oberfläche seines Denkens nagte. Er dachte an Meyer und seinen erbärmlichen Zustand.

Kappe ging zu seinem Schreibtisch und zog aus seiner eigenen Fallmappe sein Exemplar des Photos hervor. Er betrachtete die körnige Ausschnittvergrößerung mit Meyers Gesicht. Ein verbrauchter Mann sah ihn mit leicht erschrockenem Blick an. Darunter lag der Abzug des ganzen Bildes, das Anton photographiert hatte und auf dem Meyer fortrannte. Er schaut sich dessen Photo noch mal an. Bis zu seinem Besuch in den Ateliers wäre es ihm unwahrscheinlich vorgekommen, aber nun konnte er sich vorstellen, dass dieser Meyer vielleicht gar nicht der echte Meyer war.

Kappe drehte das Photo in alle Richtungen und fragte sich, wie sich die beiden Doppelgänger voneinander unterscheiden konnten. Er stellte sich den verhafteten Meyer noch einmal genau vor. Plötzlich schlug er sich mit der flachen Hand an die Stirn. Es gab etwas, was man nicht einfach so verändern konnte.

Kappe fand Anton Kummer in seiner Dunkelkammer, wo er gerade Papierabzüge wässerte. Kappe sah, wie Gardefüsiliere mit Maschinengewehren in die Menge zielten. Ein Bild zeigte die zerfetzte Leiche eines Demonstranten, umringt von fassungslosen Menschen.

«War janz schön wat los.» Anton deutete auf die Abzüge, die im Wasserbad schaukelten.

Kappe erkannte im Hintergrund die Häuser Invaliden-, Ecke Chausseestraße. «Das war am letzten Freitag, oder?» An dem Tag hatten Gardefüsiliere in einen Demonstrationszug geschossen, der gegen die vorübergehende Verhaftung des Vollzugsrates durch aufständische Soldaten protestiert hatte. Es gab Gerüchte, dass der sozialdemokratische Stadtkommandant Wels die Füsiliere in die Chausseestraße beordert hatte.

«Mensch, Anton, da wird scharf geschossen. Da kannst du doch nicht rumstehen und photographieren.»

«Machen Se sich ma keene grauen Haare. Ick mach ma imma unsichtbar. Außerdem, eem wie mir passiert doch nüschte.»

«Hoffentlich», sagte Kappe. Dann erklärte er Anton, warum er hergekommen war.

«Wie groß der Mörder jewesen is?» Anton sah Kappe an. «Ick würde mal sagen, der war nich größer als Sie.»

«Bist du dir sicher?»

«Zum ein' is der zum Schluss direkt an mir und die Kamera vorbeijeloofen. Zum andern könnte man det auch ausrechnen. Wenn ick ma sage, ick war drei Meter entfernt mit die Kamera ...»

«Schon klar. Der war also eher klein.»

«Na, wie Sie unjefähr. Wenn Se det kleen nennen.»

«Würdest du das bezeugen?»

«Ehrensache.»

«Du bist eine Riesenhilfe, Anton Kummer.»

Kappe war schon fast zur Tür raus, als Anton ihm hinterherrief: «Denken Sie an die Illustrations-Gesellschaft?»

«Ehrensache», rief Kappe zurück.

Er ging auf schnellstem Weg ins Präsidium und war kurz vor der Tür zu von Unverths Büro, als er von Böhlke aufgehalten wurde. «Die Mendelssohn-Bank hat für Sie angerufen. Wegen der Sache von Brettin. Der Direktor hat jetzt einen Termin frei.»

«Das passt mir eigentlich gar nicht.»

«Er hat nur jetze Zeit. Aber Sie müssen ja selbst wissen, wie Se ihre Ermittlung führn.»

Ausgerechnet jetzt, dachte Kappe und verzog genervt das Gesicht. «Gut, danke.» Er drehte sich auf dem Absatz herum und ging in die Jägerstraße.

Meyer saß auf seiner Pritsche und beobachtete Kalischke. Seitdem Kaiser verlegt worden war, war er mit ihm alleine. Von Meyer abgewandt, saß Kalischke seit Mittag in einer Ecke und bearbeitete etwas, das Meyer nicht erkennen konnte. Ab und an drehte er sich höhnisch grinsend zu ihm um. Man konnte förmlich riechen, dass der Mann wieder etwas ausheckte. Meyer gab sich keinerlei Hoffnungen hin, auf wessen Seite die Wärter standen, wenn Kalischke wieder zuschlug. Sie kümmerten sich nicht um das, was in der Zelle vorfiel. Im Gegenteil: Kalischkes Verhalten schien ihre Billigung zu haben. Für sie war er nur ein jüdisches Sozialistenschwein. Einer von denen, die schuld daran waren, dass der Krieg verloren war, dass der Kaiser fort war und es nun eine Republik gab. Verblendet von Jahrzehnten säbelrasselnder Propaganda, begriffen sie nicht, dass die Revolution auch für sie gut war. Sie klebten an der alten Ordnung. Meyer ahnte, dass es Millionen gab, die so dachten.

«Glotz nicht so, sonst gibt's was auf die Rübe, du Itzig», sagte Kalischke.

Meyer atmete seufzend aus und ließ den Blick zu dem winzigen vergitterten Fenster schweifen. Schwärze starrte ihm entgegen. Er dachte an das letzte Mal, als er seine Familie gesehen hatte. Er sah die armselige Wohnung vor sich und seine über die Nähmaschine gekrümmte Frau, seine Kinder. Die Jungs hatten herumgealbert. Eine Woge von Sehnsucht übermannte ihn. Er fragte sich, wie es dem Baby ging. Seit gestern wusste er nicht einmal mehr, ob sie überhaupt noch in dem elenden Loch am Sparrplatz wohnten. Ein Mitgefangener hatte ihm beim Hofgang gesteckt, dass sie kurz vor dem Rauswurf standen. Wenn sich der Irrtum mit dem Photo nicht bald aufklärte, würde alles in einer Katastrophe enden. Das Einzige, was ihm etwas Hoffnung gab, war die Tatsache, dass seine Genossen vor dem Polizeipräsidium für ihn demonstrierten. Und dass der Kommissar einen vertrauenswürdigen Eindruck machte. Er hatte das Gefühl, dass dieser Kappe ihm helfen würde. Es dauerte nur so schrecklich lange. Das dumpfe Klappern der Zellentür ließ ihn aus seinen Gedanken hochschrecken. Die Luke in der Tür war geöffnet worden.

«Meyer!», bellte der Wärter.

Einen winzigen Augenblick lang hoffte er, dass Kommissar

Kappe ihn holen ließ. Aber es war nur das Abendessen. Der Wärter schob ihm den Napf mit der Wassersuppe und dem Holzlöffel durch die Öffnung. Meyer, dessen Wunden und Prellungen, die er sich bei Kalischkes nächtlichem Angriff zugezogen hatte, nur zögerlich heilten, stand stöhnend auf.

«Übrigens, Meyer, deine Genossen haben das Demonstrieren uffjegeben.» Die Stimme des Wärters war getränkt mit bösartiger Zufriedenheit. Meyer war wie vom Donner gerührt. Er wäre beinahe über Kalischke gestolpert, der hinter ihm schon auf seine Ration wartete.

«Aufpassen, sonst setzt es was!», zischte Kalischke.

«Kalischke!»

Kalischke trat vor und nahm sein Essen in Empfang. Die Klappe schloss sich mit einem hohlen Knall.

«Das sind ja tolle Neuigkeiten. Und dein Kommissar lässt dich schon seit zwei Wochen hängen», keckerte Kalischke. «Mal ganz ehrlich, Meyer: Nach dir kräht kein Hahn mehr.» Er setzte den Napf an und trank die Suppe in einem Zug. Dann wischte er sich mit dem Handrücken über den Mund und rülpste. In einem seemannsartigen Wiegeschritt bewegte er sich auf Meyer zu und zog etwas aus seinem Ärmel. «Aber sei nicht traurig. Ich hab da was für dich.»

Meyer, der die ganze Zeit wie erstarrt auf dem Rand seiner Pritsche gesessen hatte, sah, dass Kalischke einen fingerdicken Holzdorn in der Hand hielt. Es war ganz offensichtlich einer der Holzlöffel. Daran hatte er also den ganzen Tag gearbeitet.

«Den werden wir die nächsten Tage mal ausprobieren. Ich werd dich schon noch dazu bringen, dich zu wehren.»

Er ist wie ein tollwütiger Hund, dachte Meyer. Aber es war ihm plötzlich egal. Im trüben Dämmerlicht der Zellenlampe saß er einfach da und starrte durch Kalischke hindurch. Der zog sich auf seine Pritsche zurück und jonglierte den Dorn mit dem scharfen Ende auf seinem Zeigefinger.

Es hat alles keinen Zweck, dachte Meyer.

133

Kappe trat durch den großen Torbogen, hinter dem eine ungefähr zehn Meter lange überdachte Durchfahrt lag, die es den Kunden erlaubte, mit der Kutsche vorzufahren und ungesehen die Bank zu betreten. Linker Hand öffnete sich eine große, mit Schnitzereien versehene Eichenholztür, und ein livrierter Diener bat ihn einzutreten.

Eine weite, marmorgepflasterte Schalterhalle lag vor ihm, über der eine Glaskuppel mit zartfarbenen Einlegearbeiten schwebte. Bankangestellte saßen emsig arbeitend an Schreibtischen. Eine großzügig geschwungene Marmortreppe führte in den ersten Stock. Der Livrierte brachte Kappe die Treppe hinauf durch eine Flucht von Räumen. Schließlich standen sie vor dem Büro des Generaldirektors Mendelssohn. Der Direktor kam auf Kappe zu. Der erkannte in ihm den kleinen Mann mit Knebelbart und Brille, der bei von Brettins Beerdigung neben Amelie gesessen hatte. «Ein trauriger Anlass, der Sie zu uns führt.» Der Direktor schüttelte Kappe die Hand. «Was kann ich für Sie tun?»

«Ich habe bei den Ermittlungen ein paar Ungereimtheiten entdeckt, denen ich jetzt nachgehe.»

«Sie wissen, dass ich ohne richterliche Anordnung kaum detailliert zu so privaten Dingen wie Konten und Vermögensverhältnissen Stellung nehmen kann.»

«Vielleicht können Sie mir trotzdem helfen. Kann es sein, dass Heinrich von Brettin seine Frau um Geld gebeten hat?»

Mendelssohn lächelte. «Lassen Sie es mich so sagen: Amelie ist die Tochter eines – um es mit Volkes Stimme auszudrücken – Kohlenbarons aus Schlesien. Sie wurde mit Heinrich von Brettin verheiratet, damit ihr die Flausen ausgetrieben würden. Sie kennen Amelie. Sie lässt sich keine Flausen austreiben. Mal ganz abgesehen davon, dass es da gar nichts auszutreiben gibt. Sie hat sogar nach der Hochzeit durchgesetzt, dass große Teile ihrer Mitgift auf einem Konto, das ihr gehört, deponiert wurden.»

«Und von Brettin hat das unterschrieben?»

«Er hat es unterschrieben.»

«Sie hat also genug Geld?»

«Glauben Sie mir: Amelie von Brettin hat genug Geld, um allen ihren Hobbys die nächsten hundert Jahre lang zu frönen. Den legalen und den nicht so legalen.»

«Meinen Sie, dass er das Geld für seinen Propagandafeldzug brauchte?»

«Davon gehe ich aus. Ein so aufwendiger Plan erfordert Summen, über die auch jemand wie von Brettin nicht einfach verfügt.»

«Ist er damit vielleicht Hugenberg in die Quere gekommen?»

Mendelssohn winkte ab. «Hugenberg lässt nicht morden. Er lässt kaufen.»

«Wer könnte ein Interesse an von Brettins Tod gehabt haben?»

«Ich weiß es nicht. Aber eins ist sicher: Hätte Amelie von Brettin ihren Mann tot sehen wollen – und auf diese Frage läuft Ihr Besuch ja wohl hinaus –, hätte sie es selbst getan und sich, die Waffe in der Hand, gestellt.»

Das Telefon des Generaldirektors klingelte. Mendelssohn nahm ab und bat den Anrufer, einen Moment zu warten. «Ist das alles?»

«Nur noch eine Frage. Hatte von Brettin Verbindungen zur UFA?»

«Er war Anteilseigner.» Mendelssohn deutete ein abschließendes Nicken an und nahm den Hörer wieder auf. Der Livrierte erschien und führte den Kommissar nach draußen.

Kappe war froh, dass die Spur Amelie sich nun endgültig als Sackgasse erwiesen hatte. Noch mehr freute er sich, dass Paul Meyer offensichtlich unschuldig war. Beide Tatsachen machten den Fall zwar noch komplizierter, aber für Meyer war es ein Glücksfall. Außerdem hatte Mendelssohn von Brettins Verbindung zu den Filmstudios bestätigt.

Kappe sah auf die Uhr. Wenn er sich beeilte, könnte Meyer noch an diesem Abend frei sein.

«Mein Zeuge sagt aus, dass der Täter auf dem Photo nicht größer war als ich. Meyer dagegen ist ein Riese.»

Kappe war, ohne anzuklopfen, in das Büro des Regierungsrats

gestürmt. Von Unverth musterte ihn mit undurchdringlichem Blick. «Meyer hat vorhin gestanden.»

Kappe ließ sich in einen der Sessel fallen. «Das kann nicht sein», sagte er. «Ich werde noch mal mit ihm reden.»

«Das wird wohl schwer möglich sein.»

«Wieso?» Kappe blickte irritiert auf.

«Er hat sich vor einer Stunde in seiner Zelle aufgehängt. Aufgeknüpft mit dem Bezug seiner Matratze.»

Kappe schlug die Hände vor das Gesicht. «Als ich in der Bank war», flüsterte er.

«Wie dem auch sei. Wenn das kein Schuldeingeständnis ist …» Von Unverth schenkte zwei Gläser Cognac ein. Er stand auf und drückte Kappe ein Glas in die Hand. Dann stellte er sich ans Fenster, Kappe seinen massigen Rücken zuwendend. «Der Fall ist abgeschlossen, Herr Kappe.»

Kappe wollte protestieren, kam aber nicht weit.

«Der Fall ist abgeschlossen. Wir hatten eine Vereinbarung. Sie haben sie gebrochen.»

«Meyer war nicht der Täter. Wir müssen das Ganze neu aufrollen.»

«Wie lange haben Sie nicht geschlafen, Kappe?»

«Wieso?»

Von Unverth drehte sich zu ihm um. «Sie sind völlig übermüdet. Kein Wunder, Sie sind ja auch gerade Vater geworden. Nehmen Sie ein paar Tage Urlaub.»

«Ich kann keinen Urlaub nehmen. Es gibt eine Spur, die in die UFA führt. Das müssen wir überprüfen. Die Indizien …»

Von Unverth setzte sein Glas mit einem Knall auf der Fensterbank auf. «Kommissar Kappe, Sie zwingen mich zu etwas, was mir zutiefst zuwider ist. Gerade bei einem so guten Beamten wie Ihnen. Aber Sie widersetzen sich meinen Anordnungen. Sie stürmen ohne jegliche Umgangsformen hier herein. Die Absurdität der Spuren, die Sie finden, steigt mit dem Grad ihrer Übermüdung. Und zu all dem Unglück kursiert bei den Schutzleuten das Gerücht, Sie hätten sich beim Sturm des Präsidiums wie ein Feigling in der Besenkammer versteckt.»

Böhlke, dachte Kappe. Er begann einen Erklärungsversuch. «Das war doch nur ein …»

«Ich will nicht wissen, was es war. Es war jedoch sicher nicht die nervenaufreibende Sache mit Ihrer Frau, von der Sie uns damals erzählt haben. Aber das nur ganz nebenbei.»

Kappe stellte sein Glas vorsichtig auf dem Schreibtisch des Regierungsrates ab. «Und jetzt?»

Gemessenen Schrittes ging von Unverth zu seinem Schreibtisch. «Kommissar Kappe, ich suspendiere Sie vom Polizeidienst. Über die Dauer der Suspendierung werde ich mich mit von Canow und dem Polizeipräsidenten besprechen. Sie geben mir nun bitte Ihre Dienstwaffe, Ihre Handschellen und Ihre Erkennungsmarke.»

Kappe zog langsam die Waffe und die Marke hervor. Er legte alles auf den Schreibtisch. Die Pistole machte ein metallisches «Klock». Er biss sich auf die Lippen.

«Sie können dann gehen», sagte von Unverth.

Kappe ging in sein Büro. Er fühlte sich wie um tausend Jahre gealtert. Er griff in seine Schreibtischschublade, wo seine Fallmappe lag. Er wollte seine Überlegungen und Notizen nicht an einem Ort lassen, wo sie als Hirngespinste eines übermüdeten Feiglings belacht werden würden. Galgenberg warf ihm einen langen Blick zu, sagte aber nichts.

Kappe ging nach Hause, auf der Suche nach Trost. Er schloss leise die Tür auf. Klara spielte mit Margarete, die fröhlich gluckste. Das Bild war von solcher Innigkeit, dass Kappe sich völlig ausgeschlossen fühlte. Er machte auf dem Absatz kehrt und ließ sich durch die Stadt treiben. Er fühlte sich ungeliebt, ein Sandkorn im Getriebe der Stadt, unwichtig und vergessen. Als er zurück zu Klara und Klein-Margarete kam, war die Polizeistunde schon lange vorbei und Kappe ziemlich betrunken.

Dienstag, 10. Dezember 1918

MAZURAT hatte Henny Porten in der Maske, die zusammen mit Pola Negri ein weiterer großer Star der UFA war und sich allein durch die Tatsache, jünger als die Magno zu sein und mindestens genauso von den Zuschauern geliebt zu werden, den unbändigen, eifersuchtsgetriebenen Hass der Magno zugezogen hatte. Bei allen Gelegenheiten, bei denen die drei Damen zusammentrafen, spie die Magno Gift. So erzählte sie jedem, dass an «den Zwischenfällen», wie sie es nannte, die beiden Konkurrentinnen schuld seien. Mazurat fragte sich, ob sie wirklich nicht wusste, was gespielt wurde. Dass er hinter der Sache steckte, vermutete sie mit Sicherheit nicht. Aber dass ihr nicht klar war, dass sie etwas besaß, was ein anderer – nämlich sein Auftraggeber – wollte, das konnte er sich bei dem bösartigen Weibsstück nicht vorstellen.

«Au, Sie ziepen, Dietrich!»

«Verzeihung.» Er hatte beim Kämmen der Porten an deren Haaren gezogen.

«Sie machen das doch sonst so gut. Was ist denn los mit Ihnen?»

«War nur in Gedanken, Henny.»

«Frisch verliebt?» Sie wackelte neckisch mit dem Zeigefinger.

«So etwas Ähnliches», sagte Mazurat.

«Ts, ts, ts», machte die Porten und vertiefte sich wieder in das Buch, das sie las.

Ts, ts, ts, äffte Mazurat sie in Gedanken nach. Blöde, oberflächliche Kuh. Aber er musste vorsichtig sein. Er durfte sich nichts anmerken lassen. Dabei wusste er das erste Mal in seinem Leben nicht, was er tun sollte. Er hatte seinen Auftrag noch nicht erfüllt. Und außerdem war dieser Kommissar aufgetaucht. Mazurat bezweifelte, dass Kappes Besuch mehr war als das übliche Stochern im Nebel. Aber schon die Tatsache, dass er aufgetaucht war, gab ihm ein ungutes Gefühl. Er fragte sich, was Kappe wohl in die UFA geführt hatte. Der Ausdruck auf seinem dümmlichen Gesicht, als die Magno mit ihrer Nummer losgelegt hatte, war köstlich gewesen. Eines musste er ihr lassen: Sie konnte grandios sein. Besser hätte er den Kommissar auch nicht in die Flucht schlagen können. Trotzdem. Es war höchst beunruhigend, dass dieser Kappe hier gewesen war. Grund genug, seinen Auftraggeber zu kontaktieren. Aber die Kommunikation mit ihm lief immer nur einseitig. Die Anweisungen kamen anonym per Rohrpost. Er hätte am liebsten laut geflucht. Stattdessen streifte er der Porten nun sanft ein Haarband über, das ihre Haare eng am Kopf zurückhielt. Und stülpte ihr die turmhohe Rokokoperücke auf.

«Wunderbar, Dietrich», zwitscherte die Diva, raffte die Röcke ihres Kostüms und verschwand aus der Garderobe.

Mazurat setzte sich vor den Schminkspiegel und fixierte sein Ebenbild. Feine Linien hatten sich in sein Gesicht eingegraben. Er arbeitete schon zu lange in der Filmbranche. Er hatte bei Fern Andra in deren Studios in der Chausseestraße angefangen. Fern Andra war vor ihrer Karriere als Filmschauspielerin Zirkusartistin gewesen. Mazurat, der unter Schaustellern groß geworden war, hatte sie irgendwann kennengelernt und war Maskenbildner geworden. Dass er noch andere Talente hatte, musste sich bei den wichtigen Leuten herumgesprochen haben. Kurz nachdem die UFA im Haus des Generalstabes mit dem Geld und dem Einfluss der Militärs und der Reichen aus der Industrie gegründet worden war, hatte man sich bei ihm gemeldet. Die Firma von Fern Andra war wie die meisten anderen Filmfirmen in der UFA aufgegangen, und er war übernommen worden. Seitdem hatte er Spitzeldienste geleistet – in Kriegszeiten waren das Militär und die Industrie besonders daran interessiert, keine Abweichler an ihrer Brust zu nähren – und den einen oder anderen unauffällig aus dem Weg geräumt. Nie hatte er versagt. Nie war es nötig gewesen zu wissen, wer ihn beauftragte. Aber jetzt wollte er einen Rat. Doch der Auftraggeber konnte überall sitzen. Bei der Industrie, beim Militär, vielleicht sogar auf dem Studiogelände selbst.

Kappe war wie immer früh aufgestanden. Er hatte Klara nichts von seiner Suspendierung erzählt, sondern war wie üblich mit seiner Aktentasche in der Hand aufgebrochen. Hatte die Fassade gewahrt, als wäre nichts geschehen. Doch es war viel zu viel geschehen. Während er durch die Häuserschluchten streifte, quälte er sich mit Selbstvorwürfen. Er war Ankläger und Richter in einem und befand sich für schuldig: Er war verantwortlich für Meyers Tod. Das Photo hatte ihn sämtliche polizeiliche Umsicht vergessen lassen. Hätte er Anton gleich nach der Größe des Täters gefragt – «das kleine Einmaleins der Ermittlungsarbeit, Kappe», schalt er sich selbst –, wäre der Mann noch am Leben. Wie hatte es Margarete ausgedrückt? «Alles zu wohlfeil.» Sie hatte recht gehabt. Er hatte einen riesigen Fehler gemacht. Vielleicht hatte von Unverth recht daran getan, ihn von dem Fall abzuziehen. Aber sobald dieser Gedanke sein Gehirn kreuzte, verwarf er ihn. Es war falsch, ihm die Ermittlungen wegzunehmen, dachte er mit einer Wut, die ihm wie ein Messer in den Körper schnitt. Genauso falsch, wie die Ermittlungen einzustellen. Wie kam von Unverth überhaupt darauf? Ein Passant rempelte Kappe an und riss ihn aus seinen schwarzen Gedankengängen. «Passen Sie doch auf, Sie Idiot», zischte er.

«Verzeihung.» Der Mann war völlig verdattert und machte, dass er wegkam. Kappe blieb stehen. Jetzt wirst du langsam gemeingefährlich, dachte er. Er bemerkte, dass er vor einem Lichtspielhaus stand. Weil er nicht wusste, was er sonst tun sollte, und sich irgendwie ablenken wollte, beschloss er hineinzugehen. Er war viel zu früh dran. Im Saal brannte noch das Deckenlicht. Im feierlichen Dämmerlicht der Saalbeleuchtung hätte der Raum vermutlich prächtig gewirkt mit seinen blausamtenen Reihen von Kinosesseln, den Stuckputten, die neckisch auf die Zuschauer herab-blickten, und den Kristalllüstern. Jetzt aber wirkte er nur wie eine billige Kulisse. Der blaue Samt war abgenutzt, den Putten waren die Zehen abgebrochen, und den Kristalllüstern fehlten so viele der Kristallanhänger, dass sie wie ein zahnloses Lächeln wirkten.

Kappe nahm in der mittleren Reihe Platz. Es war kalt, und es roch nach nassem Hund. Zwei Reihen vor ihm saß ein einzelner Mann. Er trug einen Abendanzug. Kappe kam kurz der Gedanke, dass der Mann noch von der letzten Vorstellung übriggeblieben war, fand es dann aber wahrscheinlicher, dass er wie er selbst eine Zuflucht gesucht hatte. Der Mann schnarchte. Kappe wickelte sei-nen Mantel enger um sich, und als der Film begann, war er eben-falls eingeschlafen.

Riesengroß hing Meyer über ihm. Der Mann war nackt. Sein Gesicht war leichengelb. Die Augen geschlossen, sein Körper über-sät mit Blutergüssen, pendelte er am gestreiften Überzug seiner Gefängnismatratze leise vor sich hin. Meyers Zunge quoll aus dem Mund. Kappe stand unter ihm und starrte, sah das aus dem Über-zug gemachte Seil, den festgeknüpften Knoten am Gitter des Zel-lenfensters. Das Gitter verzog sich, als wäre es aus Gummi. Plötz-lich riss Meyer die Augen auf und stierte Kappe an. Die Erde begann zu beben. Kappe schrak hoch.

«So wachen Sie doch auf!» Der Mann im Anzug schüttelte ihn.

Von merkwürdigen Lichtblitzen durchzuckte Dunkelheit umgab Kappe. Er glaubte sich in einer Art Vorhölle. «Wo bin ich?»

«Sie sind im Kino, Mann. Sie haben geschrien.»

Langsam erinnerte er sich daran, wo er war. Er sah nach vorne. Auf der Leinwand lief noch der Film. «Was habe ich denn geschrien?»

«Irgendwas von ‹Gefängnis› und ‹Ich habe ihn auf dem Ge-wissen›.» Der Mann zog einen Flachmann aus seiner Anzugjacke und reichte ihn Kappe. Kappe nahm einen tiefen Schluck. Er fühlte sich, als wäre er vor dem Ertrinken gerettet worden. Er gab den Flachmann zurück und sah den Mann dankbar an.

«Ihre Träume möchte ich nicht haben.» Der Mann setzte die Flasche an und trank sie in einem Zug leer. «Geht es wieder?»

Kappe nickte.

«Nichts für ungut, aber ich würde gerne den Film zu Ende sehen.» Er schwenkte den Flachmann in Richtung Leinwand. «Joe Deebs. Mein absoluter Favorit.»

«Natürlich», sagte Kappe. «Vielen Dank. Und bitte entschuldigen Sie.»

«In diesen Zeiten haben wir alle unser Päckchen zu tragen», sagte der Mann und setzte sich wieder auf seinen Platz.

Kappe war aufgewühlt. Nicht nur wegen seines furchtbaren Traums, sondern auch, weil er ausgerechnet in einem Joe-Deebs-Film gelandet war. Einer der Streifen, der für die Verwechslung bei Lubitsch gesorgt hatte. Dabei war er einfach in das Kino gegangen. Ohne zu wissen, was für ein Film gezeigt werden würde. Vielleicht soll dir das etwas sagen, dachte Kappe und versuchte, sich auf den Film zu konzentrieren. Joe Deebs, der Detektiv, ermittelte in einem Fall, bei dem er mehrfach Identität und Maske wechselte, um seinen Fall lösen zu können. Kappe, der den Anfang nicht gesehen hatte, hatte bald völlig die Orientierung verloren. Aber er merkte, dass die ganze wilde Ermittlungsjagd auf der Leinwand wie ein Jagdhund an ihm zerrte, ihn ins Leben zurückzog. Schließlich war er auch ein Detektiv. Egal ob mit oder ohne Marke – er musste wissen, was hinter dem Mord an von Brettin steckte. Das war er Paul Meyer schuldig.

Vor der Kellerwohnung der Meyers prügelte sich ein Grüppchen verlotterter Gestalten um ein paar zerbrochene Möbel und Lumpen. Die Leute schrien und gingen sich an die Gurgel. Kappe hatte das Kino verlassen und sich entschieden, zunächst nach Meyers Familie zu sehen. Jetzt, am Sparrplatz, kam es ihm so vor, als wäre er aus der undurchsichtigen Welt des Kinos mitten in ein Rudel tollwütiger Hunde geraten. Im Hintergrund bemerkte er einen Mann in Mantel und Melone, der auf jemanden zu warten schien. «Was ist denn hier los?», fragte Kappe ihn.

«Das Pack in seinem Element.» Der Mann verzog angewidert das Gesicht. «Und Leuten wie denen muss man heutzutage seine Wohnungen vermieten.» Er zog seine Taschenuhr hervor und stieß die Luft verächtlich durch die Nase aus. «Eigentlich sollten die Neuen schon da sein, aber Pünktlichkeit ist ja zu viel verlangt beim Plebs. Na, kommen die nicht, kommen andere. Berlin ist voll, die Bleiben knapp.»

«Aber hier wohnen doch die Meyers.» Kappe bemerkte jetzt, dass es sich bei den klapprigen Sachen, um die sich die Leute stritten, um die traurigen Überreste des Meyerschen Mobiliars handelte.

«Denen hab ich fristlos gekündigt. Will doch keiner mit so einem Mörderpack unter einem Dach wohnen. Und dann noch der irre Bruder. Erschreckt mit seinem Gebrabbel und Geschrei das ganze Haus.»

Kappe fühlte die Galle in sich hochsteigen. «Und wo sind die jetzt?»

«Da, wo das Gesocks hingehört.» Der Mann sah noch einmal auf seine Uhr. «Tja. Das war's dann», sagte er und verschwand im Haus.

«Wissen Sie was? Das sind keine Wohnungen, die Sie vermieten, sondern Löcher. Elende Löcher. Man sollte Sie anzeigen!», brüllte Kappe ihm hinterher, aber der Mann blieb verschwunden. Dafür kam plötzlich Ruhe in das Häufchen Streitender. «Wissen Sie, wo die Meyers sind?», fragte Kappe.

«Wiesenburg», sagte eine Frau, die ein verfilztes Wolltuch um Kopf und Schultern geschlungen hatte. Und wie auf ein Kommando ging das Gezerre und Geschrei um die wenigen Habseligkeiten der Meyers wieder los.

Kappe wusste, was mit «Wiesenburg» gemeint war. Die Wiesenburg war ein Obdachlosenasyl, das an der Wiesenstraße im Wedding lag – nicht weit vom Sparrplatz entfernt. Vor etwas mehr als zwanzig Jahren vom Asylverein für Obdachlose, einer Vereinigung engagierter Bürger, gegründet, bot es Platz für elfhundert Menschen: Siebenhundert Männer und vierhundert Frauen lebten hinter den roten Ziegelmauern des verspielt aussehenden Gebäudekomplexes. Da der Verein an ständiger Geldnot litt, war seit Kriegsbeginn zusätzlich eine Armeekonservenfabrik auf dem Gelände angesiedelt, und die Obdachlosen mussten noch enger in dem Labyrinth von Aufenthaltsräumen, Ess- und Schlafsälen zusammenrücken. Jeder wusste, dass trotz all des guten Willens, den die couragierten Bürger zeigten, die Zustände erbärmlich waren. Kappe war klar, dass die Familie dort dem Untergang preisgegeben war. Sie würde nach männlichen und weiblichen Familienmitgliedern getrennt und hineingezogen werden in einen Sud aus Verwahrlosung, Kriminalität und Gewalt. Kappe hätte dem Vermieter am liebsten die Hölle heißgemacht. Irgendetwas, das gegen das Gesetz verstieß, hätte er bestimmt gefunden. Aber er war nicht mehr Polizist. Kappe seufzte. Ohne seine Marke fühlte er sich wie amputiert. Er dachte an die beiden Jungen und den blinden Onkel, er dachte an Meyers schimpfende Frau, seine Tochter und das hustende Baby. Keiner von ihnen würde lange in der Wiesenburg durchhalten. Aber wer einmal dort gelandet war, für den bot das Leben keine großen Chancen mehr. Kappe fühlte sich verantwortlich. Er überlegte, wie er das Schicksal der Familie herumreißen könnte. Vielleicht gab es eine Möglichkeit, eine Versorgung und eine Wohnung für die Meyers zu beantragen, wenn amtlich festgestellt würde, dass Meyer unschuldig war. Er musste diesen Kriminalfall lösen. Möglichst schnell. Aber noch nie hatte er sich so hilflos gefühlt. Er überlegte, wo er den Faden der Ermittlung am besten wiederaufnehmen könnte. Und er hatte bereits eine Idee.

Mazurat war wütend. Er hatte eine weitere Rohrpost erhalten. Sein Auftraggeber wollte wissen, was er tat. Warum er noch nicht weiter war. Aber Mazurat brauchte eine Strategie. Er musste wissen, ob er zunächst das Problem mit dem Kommissar lösen sollte oder ob das Journal wichtiger war. Heute war er sogar im Rohrpostamt Tempelhof gewesen, um zu fragen, ob man die Büchsen zu ihrem Absender verfolgen konnte. Ein Beamter, der langsam wie eine betäubte Schnecke war, hatte ihm lang und breit die mechanischen Feinheiten der Anlage erklärt, die einen Brief in weniger als fünfzehn Minuten vom einen zum anderen Ende der Stadt expedierte. Mazurat hätte den Mann am liebsten eigenhändig erwürgt. Immer wieder hatte er versucht, ihm eine Antwort auf seine Frage zu entlocken, nur um hinterher mit einem «Man kann, aber man kann auch nicht» genauso ratlos dazustehen. Man konnte, wenn die Post bei den offiziellen Rohrpostämtern abgegeben wurde. Man konnte nicht, wenn der Absender über einen eigenen Anschluss zum Netz verfügte. Die Börse hatte so einen Anschluss, die Polizei, das Wolff-sche Telegraphen-Büro und das Kriegsministerium. Wahrscheinlich würde er im Kriegsministerium fündig werden, wenn er lange genug suchte. Ungefähr zwanzig Jahre, dachte er bitter. Es half alles nichts. Er musste selber eine Entscheidung treffen. Schließlich hatte er bisher immer richtig gelegen mit seinen Instinkten. Und sein Instinkt sagte ihm nun, dass er Kappe ausschalten musste. Er würde ihn in einen Hinterhalt locken und ihm die Kehle durchschneiden. Ein echter Coup.

Mazurat rief im Polizeipräsidium an und verlangte, Kappe zu sprechen.

«Der ist suspendiert», bellte ein gewisser Schutzmann Böhlke ins Telefon, und sein Ton hatte etwas sehr Sieghaftes.

Mazurat hätte am liebsten laut gelacht. Das entspannte die Lage kolossal. Obwohl das Töten des Kommissars ihm auch zupassgekommen wäre, dachte er erleichtert: «Gefahr gebannt.» Jetzt konnte er sich in aller Ruhe um die Magno kümmern.

Freitag, 13. Dezember 1918

KAPPE hatte sich vorgenommen, über den Maskenbildner an die Magno heranzukommen. Er konnte sich vorstellen, dass der einiges über das Privatleben der Diva wusste. Er war zum UFA-Gelände gefahren, um dort unauffällig auf Mazurat zu warten. Allerdings war diese Unauffälligkeit gar nicht so einfach zu bewerkstelligen, denn das Gelände, das jenseits des Tempelhofer Feldes gelegen war, bestand weitgehend aus Brachland, aus dem die glänzenden gläsernen Studiogebäude wie pittoreske Felsen herausragten. Die einzige Möglichkeit, die er sah, war, sich in das Grüppchen von Menschen einzureihen, das vor dem Haupttor zum Studiogelände herumlungerte.

«Suchst du Arbeit?», fragte ihn ein vierschrötiger Mann mit rotem Gesicht und einer dröhnenden Bassstimme. *Artistischer Darsteller, spiele alles,* stand auf dem handgemalten Pappschild, das der Mann vor dem Bauch trug.

«Ich warte auf jemanden», sagte Kappe.

«Die Autogrammjäger stehen dort.» Der Mann deutete auf ein Grüppchen, das sich noch näher am Pförtnerhäuschen herumdrückte. «Hier stehen die Schauspieler.» Er breitete die Hände in einer Geste aus, die einem Zirkusdirektor zur Ehre gereicht hätte, um zu zeigen, dass die Männer und Frauen, die in seiner Nähe standen, zu den Auserwählten für diesen Standort gehörten. Viele von ihnen trugen Schilder, auf denen sie ihre Vorzüge notiert hatten. Viele sahen arm aus, aber einige der Frauen hatten sich zurechtgemacht wie Filmstars. «Nun mach schon, geh da rüber», dröhnte der Bass.

Kappe zuckte mit den Schultern und ging zu den anderen. Ihm fiel auf, dass besonders viele Frauen dort warteten. Einige von ihnen waren in ihren Sonntagsstaat gekleidet, andere wiederum zeigten trotz der Kälte auffällig tiefe Ausschnitte und spitzten die rotgeschminkten Mündchen. Sie alle beobachteten gebannt das Tor. Aber auch einige Männer standen in der Gruppe.

«Und auf wen warten Sie?», fragte eine Stimme hinter ihm. «Ich bin ja ein großer Verehrer von Henny Porten. Sie sehen aus wie jemand, der für die Magno schwärmt.»

Kappe drehte sich um. Das Gesicht des Mannes, der ihn angesprochen hatte, kam ihm vage bekannt vor.

«Haben Sie sie schon mal getroffen? Die Zeitungen berichten ja, dass sie gerade Schwierigkeiten hat, die Arme. Was da wohl los ist?» Er musterte Kappes Gesicht so intensiv, als würde er darin lesen können.

«Kennen wir uns?» Kappe beschlich ein komisches Gefühl. Plötzlich erinnerte er sich. «Sie haben mich schon auf Heinrich von Brettins Beerdigung beobachtet, oder?» Bevor er weiter nachhaken konnte, kam Bewegung in die Menge. Das Tor öffnete sich, um ein Auto vom Studiogelände nach draußen zu lassen. Alles drängte nach vorn, die Frauen kreischten, und Kappe war gefangen in dem Geschiebe. Er wurde gegen das Auto gepresst und sah, dass es bis auf einen livrierten Chauffeur leer war.

«Das ist Pola Negri», riefen einige hinter ihm.

«Nein, der Schroth sitzt da drin.» Der Druck der Menge wurde größer. «Hier, hier!» Plötzlich hielten sie alle Zettel und Stifte in der Hand und streckten ihre Arme an Kappe vorbei in Richtung Auto. Die Schauspieler auf der anderen Seite hielten ihre Schilder hoch. Ein Mann stolperte und fiel vor das Auto. Ein Pfiff aus einer Trillerpfeife gellte.

Der Pförtner war wie ein Geschoss aus seinem Häuschen gekommen. «Alle weg! Sofort!», rief er im Kasernenhofton und zerrte den Pulk Leute auseinander. «Los, weg, sonst hol ich die Polizei.» Die Gruppe verzog sich murrend, und das Auto fuhr davon. «Ihr da drüben», damit waren die Arbeitssuchenden gemeint, «kommt morgen wieder. Heute gibt's nichts mehr für euch.» Die Schauspieler zerstreuten sich mit unzufriedenen Gesichtern.

Kappe sah sich hektisch um. Der seltsame Mann vom Friedhof war verschwunden. Das war klar, dachte er. Nun wollte er wenigstens die Ermittlungsaufgabe vollenden, die er sich für heute gestellt hatte. «Hören Sie, ich warte auf Herrn Mazurat, den Maskenbildner», sagte er zu dem Pförtner, der die letzten Verbliebenen gerade mit scharfen Worten auf den Heimweg schickte.

«Irgendwer wartet immer auf jemanden. Und das meistens umsonst», antwortete der Pförtner spöttisch. «Also weg hier!»

Kappe, der sich seines zivilen Zustands nur allzu bewusst war und kein Aufsehen erregen wollte, trabte unzufrieden wie die anderen davon. Nur dass seine Unzufriedenheit einen ganz anderen Grund hatte.

«Du hast 'nen Verehrer.» Der Pförtner grinste Mazurat, der einige Stunden später Feierabend hatte und das Tor passieren wollte, unverschämt an.

«Schulzky, Sie sind nicht halb so originell, wie Sie denken.» Mazurat ging der Pförtner, zu dessen Berufsehre es zu gehören schien, sich ständig wichtigzumachen, ziemlich aufs Nervenkostüm.

«Bist du gar nicht interessiert, wenn dir einer hinterherschleicht und aussieht wie von der Polente?»

In Mazurats Kopf schrillten die Alarmglocken. «Wieso? Wer hat denn nach mir gefragt?»

«Dacht ich's doch, dass dich das interessiert.»

«Und?»

«Wärste netter gewesen, hätt ich's dir erzählt.» Der Pförtner verschränkte die Arme vor der Brust. «Aber so, nee.»

Mazurat fühlte die kalte Wut in sich aufsteigen. Er griff unwillkürlich an die Innentasche seines Jacketts und berührte sein Skalpell. Soeben hast du dein Todesurteil unterschrieben, Schulzky.

Nicht mehr lang, und du liegst im Schlamm der Spree. Laut sagte er mit bittender Stimme: «Mensch, Schulzky, jetzt sei'n Sie doch nicht so.»

«Siehste, es geht doch, Mazurat.» Der Pförtner sah ihn triumphierend an. «Na, dann will ich mal nicht so sein. Den Namen hat er zwar nicht genannt, aber er hatte ein Bullengesicht. Blond, blaue Augen, Kaiser-Wilhelm-Schnurrbart in der Dutzendvisage und nicht groß. Kennste den?»

«Nicht dass ich wüsste», sagte Mazurat.

Kappe. Verdammt. Die Beschreibung passte eindeutig. Mazurats Eingeweide zogen sich zusammen. «Schönen Abend noch, Schulzky.» Er fragte sich, warum der Kommissar hinter ihm her war, wenn er von dem Fall abgezogen war. Möglicherweise hatte er eine verräterische Spur am Tatort hinterlassen, in die Kappe sich verbissen hatte. Eigentlich konnte er sich das nicht vorstellen. Bisher war alles perfekt gelaufen. Tief in Gedanken nahm Mazurat den Weg zum S-Bahnhof Tempelhof.

Als er auf dem Bahnhof angekommen war, wusste er, was zu tun war. Er würde Kappe ausschalten. Endgültig.

Mittwoch, 18. Dezember 1918

KAPPE drückte sich in einem Hauseingang in Schöneberg herum. Er beobachtete das Haus gegenüber. Die anfängliche Entschlossenheit, den Mörder von Brettins dingfest zu machen und Meyer damit reinzuwaschen, war mittlerweile einer zähen Routine gewichen, die ihn beinahe antriebslos machte. Nur weil er überzeugt war, dass die UFA der Schlüssel zu dem Mordfall war, hatte er sich jeden Tag dorthin geschleppt und auf den Maskenbildner gewartet. Jeden Tag wurde er enttäuscht. Mazurat ging ihm immer durch die Lappen. Der Misserfolg ließ ihn niedergeschlagen durch die Stadt streifen und grübeln. Weil er nachts nicht schlafen konnte, schlief er tagsüber – immer nachdem ihn der Pförtner in Tempelhof ein weiteres Mal vertrieben hatte. Er schlief in den Lichtspielhäusern der Stadt. Ob Monstren, Mumien oder Lebedamen, Männer als Frauen oder umgekehrt, Lustspiel oder Tragödie – Kappe verschlief im Flackern der schwarzweißen Bilder und dem Dröhnen der Kinoorgeln alles, was in dieser Saison lief, froh, dass der Alptraum, den er von Meyer gehabt hatte, nicht wiederkam. Doch gestern hatte sich das Warten vor dem Tor der UFA endlich gelohnt. Ein dickliches Fräulein mit roten Haaren hatte ihm gesagt, wo Mazurat wohnte.

«Verraten Sie's ihm nicht», hatte sie gesächselt. «Der Kerl nutzt mich sowieso nur aus.» Sie hatte ihn mit einem Augenaufschlag bedacht, den Kappe filmreif fand. Er hatte sich hastig bedankt und sich sofort zu der Adresse aufgemacht, die ihm die junge Frau gegeben hatte. Bisher hatte sich Mazurat auch hier nicht gezeigt.

Dietrich Mazurat beobachtete Kappe, der seit Stunden vergeblich den Eingang zu dem Haus im Blick hatte, in dem er zur Untermiete wohnte, mit diebischer Freude. Er war auf die geniale Idee gekommen, die fette Hilde einzuspannen. Immerhin wollte sie Schauspielerin sein. Er hatte ihr ihren Text eingeschärft und sie zu Kappe geschickt. Der Erfolg war durchschlagend. Jetzt hatte er den dümmlichen Kommissar direkt vor der Nase, und der bemerkte ihn nicht einmal. Mazurat saß mit dunkler Perücke, den Hut tief ins Gesicht gezogen, ungefähr zwanzig Meter von Kappe entfernt auf dem Bürgersteig und bettelte.

Kappe kroch die Kälte wie eine giftige Schlange in den Körper. Mazurat war immer noch nicht aufgetaucht. Er entschloss sich, bei der Zimmerwirtin des Mannes nachzufragen. Doch die Frau, eine misstrauische Beamtenwitwe, hatte ihren Untermieter selbst seit Tagen nicht gesehen. Er beschloss, für heute Schluss zu machen und nach Hause zu Klara zu gehen. Wie immer machte er dabei einen Abstecher auf den Schleichhandel, um seine Familie mit Essen und Brennmaterial zu versorgen. Der alte Kappe, der sich jedesmal ängstliche Gedanken gemacht hatte, wenn er etwas auf dem illegalen Markt besorgt hatte, war verschwunden. Dass ihm dieses Mal ein zerlumpter Bettler folgte, merkte er nicht.

Es dämmerte. Kappe lief die Köpenicker Straße entlang. An einer Ziegelmauer klebten die Wahlplakate wie eine Tapete. Die Stadt hatte sich langsam mit ihnen gefüllt, und mittlerweile waren sie unübersehbar. Die Rechten zogen mit Zeichnungen von blutenden Soldaten gegen den angeblichen Terror ins Feld oder ließen den Tod, der als Kutscher in der Kleidung eines Revolutionärs auf dem Kutschbock des Staatswagens hockte, Preußen ins blutige Ende fahren. Der Spartakusbund lockte mit Liebknecht als Lichtgestalt, bei den Mehrheitssozialdemokraten ging rot die Sonne auf, und bei den bürgerlichen Demokraten schichtete ein Maurer die Bausteine eines demokratischen Staates aufeinander.

Kappe nahm die Plakate mittlerweile kaum noch wahr. Er

überlegte, ob er nicht doch direkt die Magno mit seinem Verdacht konfrontieren sollte. Der Angriff von Mazurat traf ihn völlig unvorbereitet.

Mazurat zerrte Kappe auf den verlassenen Hof eines bankrottgegangenen Holzhändlers, der hinter der Ziegelmauer lag. Kappe wehrte sich aus Leibeskräften, doch Mazurat hielt ihn mit eisernen Kräften fest. Der Kommissar wollte mit letzter Kraft um Hilfe rufen. Aber der scharfe Stahl von Mazurats Skalpell bohrte sich in seinen Hals. Kappe war wie gelähmt. Plötzlich gab es einen dumpfen Schlag, Mazurat schrie auf, und sein Griff lockerte sich. Gott sei Dank, Hilfe ist gekommen, dachte Kappe, drehte sich um und versetzte Mazurat einen rechten Haken. Mazurat taumelte nach hinten. Dann schlug jemand Kappe völlig unvermittelt mit voller Wucht in die Nieren. Kappe klappte weg. Er lag auf dem Boden und sah, dass zwei Männer sich mit Mazurat prügelten. Es war, als ob ein Rudel Hyänen sich um seine Beute stritt. Schließlich gab Mazurat auf und verschwand in der Dunkelheit. Kappe wurde hochgerissen und festgehalten.

«Sagen Sie, was Sie wissen.» Der Mann schlug auf ihn ein.

Kappe erkannte in ihm denjenigen, der ihn auf dem Friedhof beobachtet und vor der UFA angesprochen hatte.

Der Zweite hielt Kappe umklammert. «Rede, sonst geht's dir schlecht», zischte er.

Kappe wusste nicht, was sie von ihm wollten. Er hatte Angst. Er fühlte die bodenlose, ölige Schwärze, die alles verschlang. Das Letzte, was er hörte, war: «Verdammt, der ist hin.» Dann glitt er ins Nichts.

Es dauerte Stunden, bis Kappe auf dem schlammigen Hof zu sich kam. Sein Körper fühlte sich an, als wäre er gesteinigt worden. In seinem Kopf hämmerte der Schmerz. Er setzte sich auf. Dabei bekam er etwas Weiches, Feuchtes zu fassen, das sich wie ein Tierfell anfühlte. Kappe ließ es zunächst entsetzt fallen, dann aber übermannte ihn die Neugierde, und er sah sich das seltsame Fell an. Er musste es sich in der Dunkelheit direkt vor die Augen halten. Und langsam wurde ihm klar, was er da in den Händen hielt. Es war eine dunkelhaarige Perücke. Der Joe-Deebs-Film mit den wechselnden Masken und Verkleidungen kam ihm wieder in den Sinn. Und auf einmal fühlte er sich wie neugeboren. Nicht nur, dass seine verdammte Schlafkrankheit ihm das Leben gerettet hatte, nein: Jetzt war er sich fast sicher, wer Heinrich von Brettin umgebracht hatte. Er musste ihn nur noch überführen. Und danach würde er sich um die beiden anderen Schläger kümmern. Er stand vorsichtig auf und suchte seine Sachen zusammen. Es wehte ein scharfer Wind. Kappe fand ihn wunderbar.

Donnerstag, 19. Dezember 1918

GUT VERSTECKT HINTER EINER KULISSE, beobachtete Kappe Dietrich Mazurat beim Nachschminken einer Komparsin. Nachdem der Maskenbildner ihn gestern in eindeutiger Mordabsicht angegriffen hatte, hatte der Kommissar nicht vor, noch einmal mit ihm zusammenzutreffen – außer bei seiner Verhaftung. Natürlich hätte er Mazurat anzeigen können, aber Kappe wollte mehr. Er wollte ihn überführen. Seit gestern war er sich sicher, dass Mazurat von Brettin auf dem Gewissen hatte. Als der Maskenbildner seine Utensilien zurücklegte und für einen Augenblick abgelenkt war, griff er sich die Puderdose, die der Mann in der Hand gehabt hatte, und zog sich unauffällig zurück.

Auf seinem Weg aus den Studios kam er an einem Set vorbei, wo gerade Drehpause herrschte. Kappe sah einen Filmrevolver auf einem Tisch liegen. Ohne genau zu wissen, warum, steckte er ihn ein. Die Waffe war wesentlich leichter als seine Dienstwaffe, aber sie sah täuschend echt aus. Und sie gab Kappe ein offizielles Gefühl. Fehlt nur noch, dass du dir aus Gips eine Dienstmarke bastelst, dachte er.

Auf dem Weg zurück überlegte er fieberhaft, wie er Kniehase dazu bringen konnte, die Fingerabdrücke von der Dose abzunehmen und mit den Teilabdrücken zu vergleichen, die dieser an der Pistolenkugel gefunden hatte. Aber wie er es auch drehte und wendete, im Grunde seines Herzens wusste er, dass Kniehase ihn melden würde. Die einzige Lösung war, an Kniehase vorbei ins Labor zu kommen. Aber wie?

«Vielleicht kannst du dich über Nacht im Labor einschließen lassen», schlug Trampe vor. «Wenn er Feierabend macht, kommst du hervor und untersuchst die Puderdose.»

Trampe, Margarete und Kappe saßen am Tresen des «Max und Moritz». Gemeinsam versuchten sie, einen Plan auszuarbeiten, mit dessen Hilfe Kappe an die Labormaterialien käme.

«Und wie soll er an Kniehase vorbei ins Labor kommen? Nein, Kniehase muss abgelenkt werden.»

«Du kannst dich ja als Mata Hari verdingen», prustete Trampe. Margarete verdrehte ihre Bernsteinaugen.

«Ablenken ist gar nicht schlecht.» Kappe war eine Idee gekommen. «Wir brauchen nur ein Telefon.»

«Also wenn's weiter nichts ist.» Trampe war in seinem Element. «Du redest mit dem Herrn der Telefone. Bei uns werden die Dinger hergestellt.»

Und so kam es, dass Kappes gesamte Abteilung sich am Freitag, dem 20. Dezember, im Kriminalbezirk 1 in Charlottenburg einfand, um mit den höchst überraschten Kommissaren Fritsch und Löhner über die neue Zusammenarbeit zu sprechen. Die Anordnung war per Telefon von einem äußerst zackig klingenden Herrn von Prochnow ergangen. Trampe war begeistert von seiner Rolle gewesen.

Kappe, der von der gegenüberliegenden «Löser & Wolff»-Filiale den Auszug seiner Kollegen beobachtete, konnte sich ein Grinsen nicht verkneifen. Er zog sich Trampes Hut tief ins Gesicht und marschierte schnurstracks in Kniehases Labor. Ungefähr eine Stunde später war klar, dass Mazurats Fingerabdrücke mit denen auf der Patrone aus der Waffe, mit der von Brettin getötet worden war, übereinstimmten.

Natürlich hatte Mazurat den Kommissar am Set gesehen. Sein ganzer Plan hatte sich in Luft aufgelöst. Nachdem ihn die beiden Männer in die Flucht geschlagen hatten, hatte er die Vorgänge auf dem Hof aus sicherem Abstand beobachtet. Er hatte sogar noch eine ganze Zeit gewartet, nachdem sie Kappe auf dem Hof hatten liegen lassen. Er war sich sicher gewesen, dass der Kommissar erledigt war. Und nun war er ganz und gar nicht tot. Und Mazurat fühlte sich beobachtet und in die Enge getrieben, als wäre er irgendein dummes Tier. Er hatte fieberhaft nach einem Ausweg gesucht. Irgendwo zwischen den Kulissen hätte er ihn fertigmachen können. Aber wie ihn dorthin locken? Alle Überlegungen hatten nicht gefruchtet, denn bevor er den Kommissar hatte in eine Falle locken können, war dieser schon wieder weg gewesen. Und noch etwas anderes war weg gewesen: sein leichengelber Puder.

Mazurat war hin und her gerissen. Einerseits musste er seinen Auftrag erfüllen und das Journal finden. Andererseits wusste er, dass es nur noch eine Sache von höchstens ein, zwei Tagen war, bis Kappe zuschlagen würde. Das Wichtigste war nun, die Magno dazu zu bringen, ihm das Tagebuch zu geben. Mit dem Geld, das er dafür kassieren würde, könnte er sich absetzen. Ein neues Leben anfangen. «Die Zeit der Spielchen ist abgelaufen, Renee», flüsterte er.

Es war bereits tief in der Nacht, als Hermann Kappe nach Hause kam. Trotzdem ging er den ganzen Fall noch einmal Schritt für Schritt durch. Am Küchentisch nahm er sich seine Notizen vor. Mazurat hatte von Brettin ermordet. So viel stand fest. Gleichzeitig war Kappe klar, dass Mazurat ein Auftragsmörder war. Aber wer hatte den Auftrag gegeben? Er sah sein Notizblatt an. Alles, was mit Amelie von Brettin zusammenhing, hatte er gestrichen. Übrig blieben nur noch das Wort *Journal* und die Frage, wohin der Freiherr unterwegs gewesen war.

Kappe schrieb *Renee Magno* auf das Blatt. Er war überzeugt, dass die Anschläge auf die Diva etwas mit dem toten Freiherrn zu tun hatten. Dann schrieb er *Mazurat* auf das Blatt. Mazurat hatte nicht nur von Brettin ermordet, er war gleichzeitig der Maskenbildner der Magno. Vielleicht hatte die Diva ihm den Auftrag erteilt und war ihm dann das Honorar schuldig geblieben, weswegen er sie mit Sabotageakten überzog.

Kappe kam ein Gedanke. Er zog sich an und verließ die Wohnung, nachdem er sich vergewissert hatte, dass die Filmpistole griffbereit in seiner Manteltasche steckte.

Der Nachtportier des Hotels Esplanade wollte Kappe zunächst nicht zu Renee Magno lassen. Die Diva hatte ausdrücklich verboten, gestört zu werden. Außerdem war es erst halb sechs.

«Guter Mann, erkennen Sie mich denn nicht?» Kappe setzte einen herablassenden Tonfall auf.

«Sollte ich?»

«Noch nie einen Joe-Deebs-Film gesehen?» Er griff in seinen Mantel und warf die Filmpistole auf den Tresen. «Mein Filmrevolver.»

Der Portier war zunächst zurückgezuckt, befingerte nun aber die Pistole. «Die ist ja ganz leicht!»

«Sag ich doch.»

«Entschuldigen Sie, Herr Schroth. Ich hab Sie gar nicht erkannt. Ich melde Sie gleich an.»

«Bin ja auch noch in Maske.» Er steckte die Pistole ein und zog einen Geldschein hervor. «Das mit dem Anmelden dürfen Sie sich sparen. Welche Zimmernummer, sagten Sie?»

«512.» Der Portier steckte das Geld ein und zwinkerte Kappe zu. «Na dann, viel Glück!» Aber Kappe war schon im schmiedeeisernen Aufzug verschwunden.

Die Tür zur Suite der Magno stand offen. Kappe hörte Gemurmel. Er zog die Waffe und schlich leise durch die Zimmerflucht. Hinter der Tür zum Salon redete ein Mann. Kappe drückte vorsichtig die Tür auf.

Dietrich Mazurat hatte Renee Magno mit einer Hand an ihren schwarzen Haaren gepackt und zog sie zu sich. In der anderen Hand hatte er sein Skalpell. Es glänzte bösartig. «Wenn du nicht sofort redest, werden selbst meine Schminkkünste aus dir keinen Star mehr machen können.»

«Ich hab sein Tagebuch nicht mehr, ich hab es verbrannt.»

Mazurat ließ das Skalpell mit einer zärtlich anmutenden Geste über Renee Magnos Wange gleiten. Die Diva schrie. Ein Blutstropfen quoll hervor. «Das war nur ein kleiner Schnitt», zischte Mazurat.

«Aber es war dein letzter.» Kappe war mit drei Schritten in den Raum gestürzt und hielt Mazurat den Lauf der Pistole in den Nacken. Der Maskenbildner ließ das Skalpell fallen. Renee Magno lag schluchzend auf dem Teppich.

«Erinnert dich das an den 16. November? So stand auch Heinrich von Brettin vor dir, bevor du ihn erschossen hast. Nichts hindert mich, dich ebenfalls zu erschießen. Es sei denn ...» Kappe machte eine Kunstpause.

«Es sei denn was?»

«Es sei denn, du sagst mir, wer deine Auftraggeber sind.»

Mazurat atmete tief ein und aus. Mit einer plötzlichen Bewegung riss er sich los und sprintete zum Fenster. Bevor Kappe ihn zurückhalten konnte, hatte er das große Flügelfenster geöffnet und sich hinausgeschwungen. Dann gellte ein Schrei, und das Splittern von Glas war zu hören. Dietrich Mazurat war abgestürzt und durch die pavillonartigen Windfänge gerauscht, die vom Hotel in den Gartenhof führten. Kappe sah nach unten, zuckte aber sofort wieder zurück. Es ging tief hinunter. Aber der kurze Blick hatte gereicht, um zu sehen, dass Mazurat tot war. Überall im Hotel gingen die Lichter an.

Kappe wandte sich an die Magno. Ihre Wunde hatte aufgehört zu bluten. «Sie waren Heinrich von Brettins Geliebte.»

«Ich habe nichts zu sagen.»

Kappe hörte Geschrei im Hof. Es würde nicht mehr lange dauern, bis eine ganze Polizeimannschaft in der Suite stand. Er durfte keine Sekunde verlieren. «Wenn Sie mir nicht gleich sagen, was Sie wissen, lasse ich nicht nur Ihr enges Verhältnis zu einem nationalistischen Konterrevolutionär auffliegen, sondern erzähle der Presse auch, dass Sie sich geweigert haben, einer hochschwangeren Frau zu helfen, die Sie verzweifelt gebeten hat, sie ins Krankenhaus zu fahren. Schöne Geschichte. Gerade zur Weihnachtszeit übrigens.»

«Jetzt weiß ich, wo ich Sie schon mal gesehen habe. Sie waren das. Sie und ihre Frau.» Die Magno sank zusammen.

«Ja, wir waren das. Und Sie können froh sein, dass die Sache gut ausgegangen ist.»

Die Magno sah ihn an. Ihre Augen waren plötzlich glanzlos. «Ich habe das Journal verbrannt. Er hatte es bei einem seiner Besuche bei mir vergessen. Es standen Attentatspläne darin. Ein linker Politiker sollte umgebracht werden. Aber wer das ist, stand nicht drin.» Ihr Blick ging ins Leere, und sie biss sich auf die Lippen. «Heinrich wollte das nicht. Er wollte Filme machen. Und ich sollte in allen die Hauptrolle ...»

«Wer hat das Attentat geplant?», schnitt Kappe ihr das Wort ab.

«Es stand nicht drin. Kein einziger Name.» Sie rang dramatisch ihre Hände. Kappe merkte, dass sie in ihre Rolle als Diva zurückfand. Im Gang hörte man Männerschritte.

«War von Brettin auf dem Weg zu Ihnen, als er ermordet wurde?»

Die Magno nickte. «Wir waren fest verabredet.» Dann begann sie, hemmungslos zu schluchzen.

Es klopfte an der Tür. Einen Augenblick später wurde sie aufgerissen. Schutzmänner quollen in den Raum. Die Magno bekam einen hysterischen Anfall. Kappe versteckte sich geistesgegenwärtig im Bad und verschwand im Schutz des Durcheinanders, das durch diesen Anfall ausgelöst wurde. Er rannte durch das mit einem roten Samtteppich ausgeschlagene Treppenhaus. Wenn von Brettin mit der Magno verabredet gewesen war, hieß das, dass von Tronten und Glombigk gelogen hatten.

«Die haben den Mord beauftragt», murmelte er. «Und sich gleich ein hervorragendes Alibi verschafft, diese aufrechten Deutschen.» Er hielt einen Augenblick inne. Das war es! Diese beiden waren nationalistisch und antirepublikanisch. Sie steckten hinter den

Attentatsplänen. Und als von Brettin seine Umsturzversion vorzog, hatte er als Mitwisser sein eigenes Todesurteil unterschrieben.

Eine Viertelstunde später stand Kappe völlig außer Atem vor von Trontens Diener. Er war den ganzen Weg vom Hotel Esplanade gerannt.

«Der General ist heute früh aufgebrochen. Er hat nicht gesagt, wohin er will.»

«Hatte er Gepäck mit?»

«Nein.»

Der General war vermutlich noch in der Stadt. Aber bis er ihn gefunden hatte, war möglicherweise schon alles zu spät. Kappe überlegte fieberhaft. «Haben Sie ein Auto?», fragte er den verwirrten Diener.

«Der General ist damit ...»

«Ein Pferd?»

«Nein.»

«Irgendein anderes Transportmittel?»

«Nur das alte Fahrrad.»

«Beschlagnahmt.»

Zehn Minuten später radelte Kappe die Linden entlang, als wäre der Teufel hinter ihm her.

Freitag, 20. Dezember 1918

KAPPE ließ das Rad fallen und rannte die Stufen zum Schlossportal hoch. «Kommissar Kappe, Kriminalpolizei!», brüllte er der Wache entgegen. «Ich brauche die Matrosen Katzler und Schnitkoweit.»

«Marstall.» Der Wachhabende deutete lässig nach links.

Kappe rannte zum Marstall. «Los, holen Sie mir Katzler und Schnitkoweit!»

Der Wachhabende war ganz offensichtlich beeindruckt von Kappes Schneidigkeit. Er salutierte und verschwand im Innern des Gebäudes. Nur wenig später standen die beiden jungen Volksmarinesoldaten vor Kappe.

«Kommissar Kappe!» Schnitkoweit war völlig verschlafen.

«Was gibt's denn?» Katzler gähnte.

«Sie müssen mich sofort nach Grunewald fahren. Gefahr im Verzug.»

Keine fünf Minuten später saßen die drei in einem Lastwagen der Volksmarinedivision. Kappe gab ihnen eine Kurzversion des Falls, inklusive der Ereignisse der letzten Stunden und seiner Suspendierung.

«Ist uns eine Ehre, dass Sie sich an uns gewandt haben.» Schnitkoweit umklammerte mit grimmiger Entschlossenheit das Lenkrad.

«Sie sind die Einzigen, denen ich vertrauen kann.»

«Wenn das bloß alle so sähen», sagte Schnitkoweit.

Kappe blickte verwirrt.

«Schnitkoweit meint, dass wir einigen wichtigen Herren nicht mehr als die Hüter der Revolution gelten», sagte Katzler.

«Wieso?»

«Plötzlich heißt es, wir würden im Schloss plündern.»

«Sind Sie nicht ins Schloss verlegt worden, um die Plünderungen zu verhindern?» Sie zischten um den Großen Stern herum und bogen in die Hofjägerallee ein.

«Und genau das tun wir noch immer.»

«Seit Neuestem wird der Sold nicht ausbezahlt», sagte Schnitkoweit. «Und das jetzt vor Weihnachten.»

«Wir sollen erst in ein anderes Quartier», ergänzte Katzler.

«Und wohin?»

«Das weiß keiner», sagte Katzler. «Merkwürdiges Spiel, das der Stadtkommandant, Genosse Wels, da mit uns treibt. Und dabei sind wir fast alle in der gleichen Partei wie er.»

«Die wenigsten sind Spartakisten.» Schnitkoweit, der gerade auf den Kudamm eingebogen war, sah Kappe an. «Trotzdem gibt es Gerüchte, dass wir ausgeräuchert werden sollen. Haben Sie etwas gehört? Immerhin sind wir ja Ihrem Polizeipräsidenten unterstellt.»

Kappe schüttelte den Kopf. «Ich habe keine Ahnung. Aber wie gesagt: Meine Verbindungen sind nicht mehr die besten.»

«Na, das ist ja auch so eine merkwürdige Sache.» Schnitkoweit klang verbittert. «Aber jetzt holen wir uns erst mal Ihren Stahlbaron.»

«Und hinterher will das mit Ihrer Suspendierung keiner gewesen sein, da wette ich drauf.» Es kam Kappe so vor, als wollte Katzler ihn mit dieser Bemerkung trösten. Er war ein klein wenig gerührt.

Den letzten Teil der Strecke bis zu Glombigk fuhren sie in konzentriertem Schweigen. Als die Villa in Sicht kam, pfiff Schnitkoweit durch die Zähne. «Noble Hütte», sagte Katzler. Der Wagen kam quietschend zum Stehen. Kappe stürmte zum Eingang. Die beiden Volksmarinesoldaten rannten hinterher, die Gewehre im Anschlag. In Glombigks Arbeitszimmer brannte Licht. Kappe klingelte Sturm. Dann drückte er den verschlafenen Diener, der die Tür aufmachte, beiseite und stürmte in das Arbeitszimmer, die beiden Soldaten im Schlepptau.

«Verlassen Sie sofort mein Haus, oder ich hole die Polizei!» Glombigks Stimme war nur noch ein Zischen.

«Ich bin die Polizei», sagte Kappe. «Und Sie werden mir jetzt sofort sagen, was Sie und Ihre Spießgesellen geplant haben.» Schnitkoweit und Katzler hatten sich hinter ihm aufgepflanzt.

«Kappe, das ist doch alles eine Nummer zu groß für Sie. Gehen Sie nach Hause, und nehmen Sie ihren Revolutionspöbel mit.»

«Revolutionspöbel! Das ist gut. Sie wissen Bescheid über die Volksmarine. Dann wissen Sie ja auch, dass diese Herren nicht nur gerne plündern, sondern auch recht mordlustige Gesellen sind, wenn Sie auf einen wie Sie treffen.» Kappe hielt die Luft an. Er konnte nur hoffen, dass seine Begleiter seinen Bluff verstanden. Eine Sekunde lang herrschte Stille.

«Wollen Sie mich bedrohen?» Glombigks Augen waren kalt wie Stahl.

«Sie mit Ihrem Schieberkreuz.» Schnitkoweit stellte sich vor Glombigk und berührte dessen Eisernes Kreuz mit dem Lauf des Gewehrs. «So jemand wollte ich schon immer mal vor der Flinte haben.»

«Und der ganze konterrevolutionäre Laden hier gehört sowieso zerdeppert.» Katzler legte an. Ein Schuss knallte. Hindenburg fiel schwer getroffen zu Boden. Der Rahmen zersprang.

Kappe fiel ein Stein vom Herzen. Er hätte am liebsten laut losgelacht. Glombigk dagegen zitterte.

«Na, was ist, Sie Stahlbaron, Sie Kriegsgewinnler, sagen Sie dem Herrn Kommissar nun, was er wissen will, oder sollen wir mal schauen, was Ihre liebe Frau so macht?»

Schnitkoweit machte seine Sache fast ein bisschen zu gut, fand Kappe. «Was ist, Glombigk? Wollen Sie nicht auspacken?»

Glombigk schluckte. Schnitkoweit stieß ihm sanft das Gewehr in die Brust.

«Dann schaue ich jetzt mal im Haus nach.» Katzler wandte sich, das Gewehr im Anschlag, zum Gehen.

«Selbst wenn ich's sage – es nützt Ihnen nichts. Ihr Ebert ist schon so gut wie tot», flüsterte Glombigk.

«Was haben Sie vor?»

«Die Kundgebung ist das Letzte, was er heute anrichten wird. Dafür sorgt von Tronten.»

«Ebert spricht in zwei Stunden im Lustgarten», sagte Katzler.

«Die erste Gardedivision rückt durch das Brandenburger Tor ein. Und die Kriegsversehrten ziehen vors Kriegsministerium. Sie werden nicht schnell genug zurück sein.» Glombigk lächelte müde. «Und dann ist der ganze Spuk vorbei.»

«Jetzt ist erst mal der Spuk hier vorbei», sagte Kappe. «Glombigk, ich verhafte Sie wegen Verabredung zum Mord an Heinrich von Brettin sowie wegen der Planung eines Attentats und Verschwörung. Führen Sie den Herrn ab.»

Katzler und Schnitkoweit packten Glombigk und führten ihn vorbei an seiner entsetzten Familie und Dienerschar zum Lastauto, das von ein paar neugierigen Bürgern umlagert war. «Siehst du, Carl, es gibt sie wirklich, die Volksmarinedivision», hörte Kappe eine ältere Frau zu ihrem Mann sagen, als die beiden Soldaten ihren Gefangenen auf der Ladefläche vertäuten. Die Stadt ist so groß, dass viele gar nicht mitbekommen, was läuft, dachte Kappe beim Einsteigen. Schnitkoweit setzte sich wieder ans Steuer. Katzler blieb hinten und bewachte Glombigk.

Um nicht in den kilometerlangen Zug der Ersten Gardedivision zu geraten, fuhr Schnitkoweit einen weiten südlichen Bogen über Mecklenburgische, Grunewald- und Potsdamer Straße. Von dort aus bog er in die Yorckstraße ein und nahm dann die Belle-Alliance-Straße, die zur Friedrichstraße wurde. Die Strecke war lang und brauchte Zeit. Aber sie kamen gut voran, bis die Friedrichstraße die Leipziger Straße kreuzte. Ein grauer Strom von Menschen mit Krücken, Menschen ohne Arme, Blinden, Menschen mit von Narben verunstalteten Gesichtern, Menschen, deren Gesichtern die Nasen oder Teile des Kiefers fehlten, schloss sie ein. Es war, als ob Anton Kummers Bilder lebendig geworden wären. Es mussten Tausende sein, die alle in Richtung Wilhelmstraße zogen. Mit dem Wagen war kein Durchkommen mehr.

Die Uhr tickte. Nicht mehr lang, und Ebert würde seine Kundgebung abhalten. Kappe entschied sich, zu Fuß weiterzugehen. «Bringt Glombigk ins Präsidium», sagte er zu Schnitkoweit. Er sprang aus dem Wagen. «Gute Arbeit, Männer.»

Die beiden salutierten, und Kappe kämpfte sich durchs Gewühl. Eine Sekunde später konnte er den Wagen schon nicht mehr sehen.

Es war zum Verzweifeln: Der Lustgarten war bereits so übervoll mit Menschen, dass es aussah, als ritte der bronzene Friedrich Wilhelm über einen aus Tausenden von Menschenköpfen bestehenden Grund. Kappe überlegte fieberhaft, was von Tronten geplant haben könnte. Die letzte Begegnung mit dem General kam ihm in den Sinn. Er erinnerte sich an dessen Kunstfertigkeit beim Tontauben-schießen. Da fiel es ihm wie Schuppen von den Augen: Der General war Scharfschütze. Er würde versuchen, Ebert zu erschießen. Und wie er den Mann kannte, würde er sein Attentat so planen, dass es für ihn eine Chance gab, nach der Tat zu entkommen. Das machte ein Attentat auf Armeslänge unmöglich. Von Tronten musste sich in einem der umliegenden Gebäude verschanzt haben. Kappe brauchte dringend einen Überblick über das Terrain.

Er schob die Leute ungeduldig zur Seite, bis er sich zum Reiterstandbild Friedrich Wilhelms vorgekämpft hatte. Er kletterte auf das Pferd des toten Königs und sah die aus einem Pritschen-laster bestehende Rednertribüne, die an der großen Granitschüssel stand. Auf ihr warteten bereits die Redner. Kappe sah sich hektisch um. Im Westen, hinter der Spree, lag das Zeughaus. Zu weit weg, dachte er. Er brauchte etwas, das nicht zu weit weg und hoch gelegen war.

Es blieben nur das Museum und der Dom. Kappe ließ seinen Blick scharf über die Dachkante oberhalb des Säulenportals des flachen Museumsbaus gleiten. Im Augenwinkel sah er eine Bewegung.

Er schaute nach rechts zum Dom. Sein Blick glitt über die Fassade zum Dach. Nichts. Aber irgendwo musste von Tronten sein.

In der Menge brandete plötzlich Applaus auf. Kappe stellte erschrocken fest, dass Ebert auf der Rednertribüne erschienen war. Wieder musterte er den Dom. Und jetzt endlich sah er, was eben seine Aufmerksamkeit erregt hatte: Eines der großen Fenster im zweiten Stock des Doms war leicht geöffnet. «Glück im Unglück», murmelte Kappe. «Kein Abenteuer auf dem Dach.» Da von Tronten einen Innenplatz ausgesucht hatte, würde Kappe wenigstens nicht Opfer seiner Höhenangst werden. Der Kommissar ließ sich eilig von seinem Aussichtsposten gleiten und bahnte sich seinen Weg zum Eingang des Doms.

Es begann zu nieseln. Auf der Pritsche des Lasters nahm Ebert die Flüstertüte, die ihm von einem Genossen gereicht wurde.

Wie eine Schlange glitt von Trontens zielfernrohrverstärkter Blick über die Menge. Endlich traf er auf den Lastwagen, auf dem die neuen Herren des Reiches standen. Er sog sich an Eberts breitem Körper fest, an dem er sogar die Mantelknöpfe sehen konnte. Der General zielte auf die Körpermitte, weil das die größte Chance bot, den Mann zu erwischen. Das Magazin des Gewehrs 98 hatte fünf Schuss. Er gedachte, nicht mehr als einen davon in diesen Verbrecher zu investieren.

Der Mann im Fadenkreuz hielt sich eine Flüstertüte vor den Mund. Er begann zu sprechen. Vereinzelte Satzfetzen drangen bis zu von Tronten hoch. Er atmete ein und ganz langsam aus. Genauso langsam drückte er den Abzug. Doch plötzlich raste eine Windböe die Fassade entlang. Fallwinde! Von Tronten stieß zischend den restlichen Atem durch die Zähne und setzte das Gewehr ab. Er hatte den Dom als Standort gewählt, weil der Wind aus Osten kam. Dadurch konnte er aus dem Windschatten heraus schießen. Aber die Fallwinde an diesem Teil der Fassade waren überraschend stark, und die Flugbahn des Projektils war lang, bis sie ihr Ziel fand. Er überlegte.

Kappe sah an der Fassade empor, die schroff wie eine Felswand in den Himmel ragte. Der Wind peitschte dunkle Wolken über das Gebäude, so dass es Kappe schien, als würde das ganze monströse Gemisch aus Säulen, Vorsprüngen, Türmen und Skulpturen auf ihn niederstürzen. Er rannte die Stufen zum Eingang hoch, riss die riesige Eingangstür auf, über der Jesus die Mühseligen und Beladenen empfing, glitt auf dem glatten weißen Steinfußboden aus und kam schließlich schlitternd im Kirchenschiff zu stehen. Es war dämmrig. Er drehte sich einmal um die eigene Achse. Vor dem in Sepiatönen gehaltenen meterhohen Hinterglasbild des gekreuzigten Jesus schälten sich langsam die goldenen Umrisse des Altars aus dem Dunkel.

Es war bitterkalt. Kappe konnte seinen Atem sehen. Er dachte scharf nach, wie er zu dem Fenster gelangen könnte, an dem von Tronten lauerte. Es befand sich im südlichen Teil der Westfassade. Der Altar stand im Osten. Kappe wandte sich nach rechts. Er öffnete eine Tür, die in das Treppenhaus zur Kaiserloge führte, und erschrak: Der Tod kauerte in einer Ecke, Feder und Papier in den goldenen Händen. «Du fehlst mir gerade noch», murmelte Kappe. Er rannte an der Plastik vorbei das Treppenhaus hoch, vorbei auch an dem Schild, das den Aufgang für Hofstaat, Diplomaten und andere Herrschaften von Rang kennzeichnete.

Nach mehreren Treppenfluchten öffnete sich vor Kappe der große Raum, zu dem das Fenster gehörte. Er zog seine Pistole und stürmte mit gezogener Waffe hinein. Das Fenster war verlassen. Von Tronten war nirgends zu sehen. Kappe fluchte. Er hievte sich auf das Fensterbrett und beugte sich vorsichtig hinaus. Sein Blick stürzte die Fassade herab in Richtung Rednertribüne. Eine scharfe Böe zerrte an seinem Hut. Kappe wurde schwindlig. Er zog seinen Kopf zurück. Ebert redete noch immer.

Kappe war überzeugt, dass der General seinen Plan nicht abgeblasen hatte. Er fragte sich, wo von Tronten war. Vielleicht war der Wind zu stark, um von hier aus zu schießen, und er suchte sich einen besser geeigneten Platz. Einen, bei dem der Flugweg der Kugel kürzer war. «Wo zum Teufel hast du dich versteckt, du Mörder?» Der Dom war unübersichtliches Terrain für Kappe. Mit Amelie von Brettin war er über die riesige Kirche geflogen. Er ließ vor seinem inneren Auge die Bilder seines Fluges mit ihr ablaufen. Kappe sah erneut die gewaltige Kuppel in der Mitte des Gebäudes vor sich, das System von Giebeln und Vorsprüngen, die rundbehelmten Seitentürme, die sich ihnen entgegengestreckt hatten.

Die Türme! Kappe hielt den Film seiner Erinnerung an. Noch näher an der «Salatschüssel», wie die Berliner die Granitschale vor dem Friedrich-Wilhelm-Museum nannten, war der Nordwestturm. Kappe sank das Herz gleich doppelt: Er hatte keine Ahnung, wie er dorthin gelangen sollte, und es sah fast so aus, als würde er doch seine Höhenangst überwinden müssen.

Nur wenige wussten, dass die Zugangstüren zu den Türmen unsichtbar hinter der Wandtäfelung verborgen lagen. Von Tronten war einer davon. Er war durch die entsprechende Tür geschlüpft und hatte sie sorgsam hinter sich verschlossen. Danach hatte er sich durch den Irrgarten aus verborgenen Gängen gearbeitet und war die Treppen, die sich in Hunderten von Stufen durch das Turminnere emporwanden, hinaufgestürmt. Er öffnete die Tür zur Plattform und sicherte sie mit einem Keil. Graues Tageslicht fiel durch die großen, säulenumrahmten Öffnungen des Turms. Der Wind pfiff. Von Tronten erklomm die Westöffnung. Schräg unter ihm, in einem Winkel von ungefähr 65 Grad, stand der Lastwagen mit Ebert.

Der General beglückwünschte sich zu seiner Entscheidung. Die Bahn, die das Geschoss nehmen musste, hatte sich enorm verkürzt und war dadurch nicht mehr so windanfällig. Er war zwar bekannt dafür, trotz widrigster Umstände zu treffen, aber dieser Schuss war zu wichtig, um etwas zu riskieren. Genau betrachtet, ist es der wichtigste Schuss in meiner Laufbahn, dachte von Tronten. Er legte das Gewehr an. Eberts Füße erschienen im Fadenkreuz.

Kappe hastete über verschlungene Treppen in einem immer schmaler werdenden Treppenhaus in Richtung Domkuppel. Auf dem Absatz vor dem großen Raum, in dem von Tronten gelauert hatte, hatte er den Wegweiser *Zur Kuppel* entdeckt und war ihm über verwinkelte Treppen gefolgt – in einer Mischung aus Hoffnung und Bangigkeit, dass sich irgendwo die Möglichkeit bieten würde, auf das Dach des Doms und von dort aus zum Nordturm zu gelangen.

Kappe rannte, zwei Stufen auf einmal nehmend, die enge Steintreppe hinauf. Sie verwandelte sich in eine Holztreppe, die auf den nächsten Windungen wieder zu einer Ziegeltreppe wurde. Plötzlich stand er vor einer schmalen Tür. Er riss sie auf. Vor ihm bog sich in einer Rechtskurve ein Gang. Auf seiner linken Seite war er von kleinen bleigerahmten Fenstern durchbrochen. Sie gaben die Sicht auf das Dach und die Türme des Doms frei. Im Hintergrund zeichnete sich die Stadt ab.

Kappe warf einen Blick nach draußen. Er war auf der Südseite, die zum Schloss hin zeigte, herausgekommen. Also rannte er den Gang rechts hinunter nach Westen. Der Nordwestturm kam in Sicht. Kappe blieb vor dem Fenster stehen, das genau auf den Turm blickte. Er sah hinüber. Auf dem Geschoss unterhalb des Turmhelms lag von Tronten auf der Lauer, das Gewehr im Anschlag.

Kappe öffnete das Fenster. Wind, gemischt mit Regen, stob ihm entgegen. Er sah aufs Dach. Es war eine zerklüftete Landschaft aus Oberlichtern, Einbuchtungen und Simsen. Am Ende lauerte der Abgrund – genau das, was ihn in Todesangst versetzte. Kappes Atem ging schneller. Das Dach schien sich vor ihm zu verformen. Er fixierte ein Oberlicht, das nicht weit von ihm entfernt lag, und versuchte, den Gedanken an den Abgrund wegzuschieben. Dann nahm er allen Mut zusammen und schwang sich durch das enge Fenster nach draußen. Eine Windböe zerrte an ihm. Sie trug verzerrten Applaus und Jubel vom Lustgarten mit sich. Für Kappe hörte es sich an wie Geisterstimmen. Er klammerte sich an die feuchte Fensterleibung. Sein Gesicht rieb sich an der Fassade. Er atmete den Geruch von nassem Stein und ließ sich langsam herab, doch die Fassade war durch den Regen glitschig. Kappe verlor den Halt und fiel.

Er schrie. Mit einem dumpfen Schlag knallte er auf das Kupferdach und rutschte ein paar Meter in Richtung Dachkante. «Verdammt!» Vorsichtig setzte er sich auf. Durch den Aufprall hatte er seinen Hut verloren. Er sah zur Fassade der Kuppel hinüber. Sein Sturz war nicht tief gewesen. Dann drehte er sich zögerlich nach vorne. Sein Hut war in Richtung Dachrand gekullert. Das Zeughaus tauchte in seinem Blickfeld auf. Zwischen Dachrand und Zeughaus lag der Abgrund.

«Los, steh auf, steh auf», versuchte er sich selbst zu überreden. Seine Beine gehorchten ihm nur zögerlich. Er hatte es gerade bis in die Hocke geschafft, als ein Windstoß über das Dach fegte und seinen Hut über die Dachbalustrade hinweg direkt in die Tiefe wirbelte. Nackte Panik wallte in Kappe auf. Er atmete stoßweise, wie nach einem Tausendmeterlauf. Ihm wurde schwindlig. Wimmernd kauerte er sich auf dem nassen Dach zusammen. Nur die Kälte und der eiskalte Regen, der wie Nadeln in seine Haut stach, verhinderten, dass er ohnmächtig wurde.

«Dann gute Nacht, Herr Volksbeauftragter», sagte von Tronten maliziös. Nachdem ihm die Sicht minutenlang von einem Regenschirm verdeckt worden war, den ein eifriger Adlatus über Ebert gehalten hatte, hatte er den untersetzten Mann nun wieder ganz im Fadenkreuz. Er drückte langsam den Abzug. Hinter ihm rumpelte es dumpf. Von Tronten setzte das Gewehr ab. Das Geräusch war von irgendwo auf dem Westdach gekommen. Er ging zu der benachbarten Turmöffnung, von der aus das gesamte westliche Dach zu übersehen war.

Der General traute seinen Augen nicht: Zwischen dem Beginn des Kuppelrings und seinem Turm kauerte ein Mann. Von Tronten visierte ihn durch das Fadenkreuz an. «Kruzitürken!» Er war außer sich. «Dieser dämliche Kommissar.»

Kappe saß ihm wie ein ahnungsloses Kaninchen direkt vor der Flinte. Er legte auf ihn an. Das nichtssagende Dutzendgesicht erschien im Visier, der Schnurrbart, die bleiche Stirn, auf der gleich eine schöne rote Rose blühen würde, der unbestimmte Blick. Von Tronten bemerkte, dass Kappes Blick ins Leere ging, so wie bei einem Soldaten, der dem sicheren Tod ins Auge blickt. Der General hatte Erfahrung mit diesem Blick. Er wusste, dass er Angst sah. Panische Angst. Von Tronten hätte beinahe laut losgelacht. Der Kommissar hatte Höhenangst!

Er wog seine Möglichkeiten ab. Ein Schuss würde unten gehört werden und für Aufregung sorgen. Möglicherweise würden sie Ebert sofort wegbringen. Das war schlecht. Auf der anderen Seite war der Kommissar bereits ausgeschaltet: von seiner eigenen Angst.

«Da wolltest du wohl zu hoch hinaus, du Trottel», sagte von Tronten leise. Dann konzentrierte er sich wieder auf das Geschehen im Lustgarten.

Irgendein urtümlicher Instinkt ließ Kappe bemerken, dass er beobachtet wurde. Er hob das Gesicht, hatte aber Mühe, seinen Blick zu fokussieren. Doch dann sah er, dass von Tronten sich von ihm abwandte. Er glaubte sogar, ein hämisches Grinsen auf dessen Gesicht gesehen zu haben. Das Grinsen gab Kappe den Anstoß weiterzumachen. Er wusste, dass er die Strecke zum Turm nicht aufrecht gehend bewältigen konnte. Also kroch er auf allen vieren, so schnell er konnte.

Am Turm richtete er sich auf. Die Stadt kippte unter ihm weg. Kappe würgte. «Komm, komm. Da oben sitzt dein Feind, nicht da unten.» Kappe wiederholte diese Worte immer wieder. Sein Gehirn fühlte sich an wie eine poröse, luftgefüllte Masse. Wieder versuchte er, seine Umgebung völlig auszublenden. Er konzentrierte sich auf die Mauer des Turms. Zwei Gesimse liefen unterhalb der Turmöffnungen, die ungefähr sechs Meter über dem Dach begannen, um den Turm herum. Rechts sprang die Mauer kurz zurück und bildete eine Nische. Ein großes rundes, vergittertes Fenster lag unterhalb der Gesimse. Links und rechts davon gab es zwei säulenartige Verzierungen.

Die Fassade bot zwar genügend Möglichkeiten, um an ihr hochzuklettern und sich auf die Plattform fallen zu lassen, aber Kappe war sich ganz und gar nicht sicher, ob er seine Höhenangst noch weiter herausfordern konnte. Außerdem war die Mauer verdammt glitschig. Blieb nur noch das Fenster. Mit ein wenig Glück würde er sich zwischen den Gitterstäben hindurchquetschen können. Seine Entscheidung war gefallen. Er zertrümmerte das Glas, das klirrend ins Turminnere fiel. Kappe rammte Kopf und Schultern durch die Eisenstäbe. Im Halbdunkel unter ihm, ungefähr zwei Meter tiefer, erkannte er eine Wendeltreppe. Kappe zog Kopf und Schultern zurück. Er fasste den oberen Gitterstab und schwang sich todesmutig mit den Füßen voran in das Turminnere. Er schlug hart auf der Treppe auf, und eine Glasscherbe bohrte sich in seine rechte Hand. Kappe zitterte. Mit einem Schmerzensschrei zog er die Scherbe aus seiner Hand und rannte nach oben.

Von Tronten stand an der Tür. Er stieß Kappe den Kolben seines Gewehrs in den Brustkorb. Kappe japste und verlor das Gleichgewicht. Er griff mit aller Kraft nach dem hölzernen Kolben, kippte nach hinten und zog seinen Gegner, der den Lauf nicht losgelassen hatte, mit sich. Ineinander verkeilt landeten sie auf dem Treppenabsatz. Das Gewehr schlug scheppernd auf. Von Tronten rappelte sich sofort hoch.

«Geben Sie auf, von Tronten.» Kappes Stimme überschlug sich.

Der General sog geringschätzig Luft durch die Nase ein. «Um das Reich in die Hände von solchen wie Ihnen fallen zu lassen?» Er griff blitzschnell nach dem Gewehr und rannte die Stufen hoch. Kappe setzte ihm nach, erwischte aber nur noch das Bein seiner Uniform. Von Tronten trat aus. Sein Schuh streifte Kappes Wangenknochen. Kappe spürte den Geschmack von Eisen in seinem Hals. Adrenalin pumpte durch seinen Körper. Er rannte von Tronten nach, der schon fast wieder auf der Plattform war. Kurz vor der Tür hatte er ihn beinahe erwischt. Wie ein Ringer stürzte er sich auf ihn. Er umklammerte ihn so eng, dass der andere nicht nach ihm treten konnte. Kappe spürte Muskeln in dem durchtrainierten Körper. Von Tronten hielt sich mit einer Hand an der Türklinke fest. Der Keil knirschte. Die Tür ruckte. Kappes Griff lockerte sich für einen winzigen Augenblick. Mit der Kraft seines ganzen Körpers drehte sich von Tronten aus Kappes Umklammerung. Der musste loslassen und stolperte zwei Stufen hinunter. Beide Männer atmeten schwer. Dann hob von Tronten das Gewehr. Die schwarze Silhouette des Generals wirkte vor dem Licht der Türöffnung wie ausgeschnitten. Kappe hörte, wie von Tronten anlegte. Der Abzug klickte leicht. Und dann knallte ein Schuss. Der General brach zusammen. Vor Kappe tauchte der massive Schädel von Unverths auf.

«Herr Regierungsrat?» Kappe war sich nicht sicher, ob er träumte.

«Ich hatte Ihnen doch verboten, weiter zu ermitteln», sagte von Unverth sanft. «Schade.» Er nahm dem General das Gewehr aus der Hand.

«Es gab eine Verschwörung.»

«Ich weiß», sagte von Unverth.

Kappe setzte sich auf. Er zog vor Schmerz die Luft ein. Von Unverth fischte Handschellen aus seiner Manteltasche und klopfte ihm wie tröstend auf die Schulter. Dann griff er völlig unvermittelt nach Kappes Handgelenken und ließ die Handschellen zuschnappen. Kappe stieß einen überraschten Laut aus. «Was ...?»

«Ganz einfach. Ich werde von Trontens Mission vollenden und Sie als Verschwörer verhaften.» Er lächelte. «Und außerdem werde ich Seiner Majestät, dem Kaiser, persönlich ans Herz legen, eine Treppenhausbeleuchtung in den Türmen anzubringen. Man kann es sich schließlich nicht immer leisten, die eigenen Leute zu erschießen.» Von Unverth verschwand auf der Plattform.

Kappe raste vor Wut. Er zwang sich aufzustehen. Die Hände vor dem Bauch zusammengekettet, stieg er über den toten General, der in der Türöffnung lag. Von Unverth stand mit dem Rücken zu ihm, das Gewehr im Anschlag. Kappe nahm Anlauf, machte zwei Fäuste und rammte sie von Unverth direkt in die Nieren. Der schrie auf und ließ das Gewehr fallen.

«Die ganze Zeit haben Sie mich manipuliert und getäuscht!» Von Unverth kam hoch und versetzte Kappe einen Haken. «Ganz richtig. Und Sie haben sich manipulieren lassen.» Er packte Kappe an den Oberarmen und drückte ihn an die Brüstung. «Anscheinend wissen Sie nicht, wann Schluss ist, Kappe.» Von Unverth schob ihn höher.

«Die Einzigen, die das nicht merken, sind Leute wie Sie. Für Sie ist nämlich seit dem 9. November Schluss. Und wissen Sie, was typisch ist? Sie sind über Ihren eigenen Größenwahn gestolpert. Hätten Sie von Brettin nicht umgebracht, wären Sie mit der Sache hier wahrscheinlich sogar erfolgreich gewesen.»

«Meinen Sie, ich lasse mir von diesen dahergelaufenen Roten mein Geld und meine Macht nehmen? Allein, dass ich mich vor diesem Eichhorn rechtfertigen musste. Einem Mechaniker! Und von Brettin? Der war zwar ein Freund, aber auch ein Träumer. Propagandastahlgewitter ...» Er sog geräuschvoll die Luft ein. «Dass ich nicht lache. Wir haben keine Zeit für so was. In der jetzigen Lage muss man dem Ungeheuer sofort den Kopf abschlagen. Aber dazu war von Brettin nicht Manns genug. Und wahrscheinlich hätte uns dieser Schöngeist auch noch verraten.» Von Unverth schüttelte spöttisch den Kopf. «Und nun, Kappe, wenngleich Sie der Meinung sind, dass der Mord an von Brettin ein Fehler war, werde ich trotzdem erfolgreich mit der ... wie sagen Sie so schön ... Sache hier sein.» Mit einer blitzschnellen Bewegung, die Kappe ihm nie zugetraut hätte, bückte sich von Unverth, umfasste seine Unterschenkel und schob ihn über die Brüstung. Kappes Kopf ragte ins Leere. Er war außer sich vor Angst. In letzter Verzweiflung nahm er seine gefesselten Arme hoch und stülpte sie von Unverth um den Hals. Mit aller Kraft zog er seine Handgelenke an den Körper. Von Unverths Hals machte ein knirschendes Geräusch. Er presste das Gesicht des Regierungsrats mit solcher Gewalt auf seinen Bauch, dass der Mann keine Luft mehr bekam. Kappe presste und presste, bis seine Arme zitterten und seine Augen hervortraten.

«Is ja jut, Kappe, dit macht Sie ooch nich schöner! Und unsa verehrter Herr Rejierungsrat, die olle Zecke, ist ooch schon janz blau im Jesicht.»

Galgenberg! Der Turm kippte unter Kappe weg, und er wurde ohnmächtig.

Kappe wachte in dem Moment auf, in dem er eine schallende Ohrfeige bekam. Galgenberg grinste ihn an.

«Aua, das tat weh.»

«Wird aba ooch Zeit mit dem Uffwachen.» Galgenberg schüttelte die Hand. «Nich, dass ick det ni' jerne gemacht hätte.»

Der Turmhelm war inzwischen mit Schutzleuten bevölkert, die von Tronten und von Unverth abtransportierten. Auch Dr. Kniehase war zu sehen, der das Gewehr untersuchte und ansonsten mit den Schutzleuten stritt, weil sie ihm angeblich den Tatort versauten.

«Da jeht er hin, der noble Adelsclub», sagte Galgenberg.

«Woher wussten Sie denn von der Sache hier?», fragte Kappe.

«Ick hatte da die janze Zeit schon so wat im Urin. Aber Sie ham ja nie wat jesagt. Na, und vor 'ner Stunde, da kommen die Jungs von der Volksmarine und liefern Meister Glombigk ab. Und wat macht der feine Herr Rejierungsrat? Knastet die Volksmarine ein, lässt Glombigk loofn und entschuldigt sich wegen dringender Jeschäfte. Na, die wollt ick sehn und bin ihm nach. Der Rest ist Jeschichte.»

«Mensch, Galgenberg! Und Ihnen hab ich nicht vertraut.»

«War ja auch nich imma so einfach», sagte Galgenberg. Aber Schluss mit Süßholz, jetzt komm' Se ma von dem Turm hier runter, damit Kniehase keen Herzinfarkt kriegt.»

Am Fuß des Doms, ganz in der Nähe des Pritschenlasters, auf dem Ebert gestanden hatte, sahen sich die beiden Männer, die Kappe niedergeschlagen hatten, vielsagend an. Unbemerkt von den Umstehenden verschwanden sie im Gedränge.

«Ich weiß nicht, was passiert wäre, wenn Herr Galgenberg nicht gekommen wäre.» Kappe stand im Büro des Polizeipräsidenten Eichhorn. Seit Stunden machte er vor ihm und Waldemar von Canow seine Aussage, immer wieder unterstützt von Galgenberg, der das Berichtete ergänzte. Er vergaß nicht das kleinste Detail. Auch die Männer, die ihn zusammen mit Mazurat niedergeschlagen hatten, vergaß er nicht zu erwähnen. Nun war er, nach vielen Nachfragen, Unterbrechungen und ungläubigem Kopfschütteln seitens von Canows, endlich am Schluss seiner Geschichte angekommen. Jetzt war es still im Zimmer des Polizeipräsidenten.

Das Telefon klingelte. Eichhorn nahm ab. «Guten Tag. Ja, von Unverth lebt und liegt im Gefängniskrankenhaus. Ja, Glombigk ist flüchtig. Die Fahndung läuft. Genau. Nein, der General ist tot.» Eichhorn sah beim Reden an die Decke. «Das war Kriminalkommissar Kappe.» Er richtete seinen Blick auf die beiden Beamten. «Das wiederum war Kriminalhauptwachtmeister Galgenberg. Wir sind gerade mit der Aussage durch. Ja, werde ich ausrichten. Auf Wiederhören.»

Eichhorn hatte ein Pokerface aufgesetzt, als er auflegte. Er sah Kappe an. «Wenn ich mich richtig erinnere, waren Sie doch vom Dienst suspendiert.»

«Ja, aber deswegen kann ich doch keine Mörder laufenlassen.» Kappe schmollte. Würde dieser Eichhorn nun kleinkariert auf seiner Suspendierung durch von Unverth herumreiten? «Noch dazu, wenn diese Maßnahme nur dazu dient, dem Mörder und seinen Spießgesellen einen freien Rücken zu verschaffen», fügte er hinzu.

«Ich meine nur», sagte Eichhorn. «Übrigens, am Telefon eben war der Herr Volksbeauftragte Ebert. Er möchte Sie kennenlernen. Und bis dahin», er zog etwas aus seinem Schreibtisch hervor und legte es Kappe vor die Nase, «sollten Sie wieder ordnungsgemäßer Kommissar sein.»

Kappe sah seine Dienstwaffe, seine Handschellen und seine Erkennungsmarke. Er strahlte.

«Na, dit nennt ma den kurzen Dienstweg», grinste Galgenberg.

«Danke, Herr Polizeipräsident», sagte Kappe und nahm seine geliebten Dienstinsignien so schnell an sich, als habe er Angst, Eichhorn würde es sich anders überlegen.

Der Polizeipräsident stand auf. «Ebert erwartet Sie beide. Morgen früh um zehn in der Reichskanzlei.»

«Dann nehmen Sie sich jetzt mal frei, Sie beide», sagte von Canow, ganz gönnerischer Chef.

Montag, 23. Dezember 1918

ALS KAPPE nach Hause kam, schlief Klara schon. Er ließ sich leise stöhnend in sein Bett sinken und wachte nach einer Zeit, die ihm wie fünf Minuten vorkam, wieder auf, weil Klara schrie. «Was haben Sie denn mit dir gemacht?» Sie starrte ihn entsetzt an.

Kappe sah auf die Uhr und stellte fest, dass es schon halb acht war. Das Licht brannte.

«Ich wollte die Kleine stillen und hab dein Gesicht gesehen.» Es war der Beginn einer langen Unterhaltung. Zwischendrin weinte Klein-Margarete, und Klara stillte sie. Kappe erzählte weiter. Zum Schluss strahlte Klara. «Und jetzt gehst du zu Ebert?»

«Ja. Aber erzähl keinem was.» Kappe schaute auf die Uhr. Es war zwanzig nach neun. «Mist. Ich komm noch zu spät.» Er zwängte sich stöhnend in seine Kleider. Klara tupfte ihm liebevoll das zerschlagene Gesicht ab.

«Wo hast du denn deinen Hut?», rief sie ihm durchs Treppenhaus hinterher, als er ging.

«Dem Verbrechen geopfert.» Er machte sich auf den Weg zur Reichskanzlei.

Hermann Kappe und Gustav Galgenberg wurden von einem offiziell gekleideten Mann in den Empfangssaal im ersten Stock der Reichskanzlei geführt. Friedrich Ebert begrüßte die beiden Polizeibeamten in behäbig-großväterlicher Manier und schüttelte ihnen herzlich die Hände. «Kommissar Kappe», sagte er. «Durch Ihr mannhaftes Einschreiten haben Sie verhindert, dass die revolutionären Umtriebe von neuem ausbrechen, heraufbeschworen durch die Tat eines Häufleins Verblendeter.»

Kappe fiel der leicht süddeutsche Tonfall in seiner Stimme auf. Er verstand nicht ganz, was Ebert mit revolutionären Umtrieben meinte, aber es war ihm egal.

«Galgenberg, Sie sind mir fast schon ein Galgenvogel», sagte Ebert mit einem Augenzwinkern. «Also, wie Sie mich da mit der Nachricht, der Kaiser wollte mich sprechen, vom Podium weggelockt haben ...» Er wackelte scherzhaft mit dem Zeigefinger. Galgenberg lächelte in sich hinein.

«Meine Herren, Sie wissen, dass wir nach der Inflation von Orden im Kaiserreich keine solchen mehr vergeben wollen. Außerdem wollen wir Stillschweigen über die Sache bewahren. Aber wir haben uns etwas einfallen lassen für Sie.» Ebert machte eine Pause. Der Mann, der Kappe und Galgenberg in den Saal geführt hatte, trat mit einem kleinen Silbertablett vor. Ebert nahm die darauf liegenden Karten und überreichte sie den Polizeibeamten. «Kohle- und Fleischbezugsscheine», sagte er. «Sie haben doch beide Kinder.»

Kappe nahm seine Scheine dankbar an. Dann fiel ihm etwas ein. «Könnte man der Familie des verstorbenen Arbeiterrates Meyer vielleicht helfen?», fragte er vorsichtig. «Die müssen jetzt in der Wiesenburg leben und könnten eine Wohnung gebrauchen. Und Essen.»

Ebert lächelte. «Da wollen wir nicht kleinlich sein. Wir veranlassen das.»

In diesem Moment flog die Tür auf, und ein großer Mann mit Schnurrbart und Brille stürmte in den Empfangssaal. Er flüsterte Ebert etwas ins Ohr.

«Gestatten die Herren, dass ich Ihnen den Volksbeauftragten für Heer und Marine, Herrn Noske, vorstelle?»

Noske gab ihnen desinteressiert die Hand. Er wandte sich mit dringlichem Blick an Ebert. «Friedrich?»

«Es tut mir leid, meine Herren, die Regierungsgeschäfte drängen.» Ebert verabschiedete sich.

Während sie die Treppe hinuntergeleitet wurden, rannten zwei

Kommandanten der Volksmarine an ihnen vorbei. «Die hatten's aber eilig», sagte Galgenberg, als sie im Hof der Reichskanzlei angekommen waren.

«Wahrscheinlich handelt es sich um die Schwierigkeiten, von denen mir meine Volksmarinesoldaten erzählt haben», sagte Kappe. «Hoffentlich lösen sie sie.»

Sie ließen den schmiedeeisernen Zaun, der das Gelände umgab, hinter sich. Kappe wandte sich an Galgenberg. «Wie geht es eigentlich Ihrer Hilde?»

Galgenbergs Gesicht leuchtete. «Jestern entlassen. Schlapp, aber jesund.»

«Sie wissen gar nicht, wie sehr mich das freut», sagte Kappe. Sie gingen eine Weile still nebeneinander her. Dann konnte Kappe nicht mehr mit einer Frage hinterm Berg halten, die ihn seit den Ereignissen auf dem Dom beschäftigt hatte. «Eins versteh ich bis heute nicht. Wieso haben Sie überhaupt den *Reichskurier* gelesen?», fragte er.

«Wenn alle jubeln, muss eener uffpassn, wat die sagn, die nich jubeln», sagte Galgenberg. «Mir war det allet höchst suspekt. Auch det die im *Reichskurier* imma allet so jenau wussten.»

«Das war von Unverth, oder?»

«Jenau. Hat sogar det Photo aus meiner Schublade jenomm und dem Zwängelt zukomm lassen.»

«Und der Mann, mit dem Sie Trampe gesehen hat?»

«Trampe hat ma jesehn?»

«Ja, mit einem merkwürdigen Mann.»

«So kleen is die Stadt. Dit war der Typ, der Meyer verraten hat. Hatte bei Meyers 'nen Schlafplatz. Ick wollte wissen, wer den armen Mann ans Messer jeliefert hat.»

«Verdammt gute Polizeiarbeit, Herr Galgenberg.»

Galgenberg grinste. «Sie war'n aber ooch nich schlecht.»

«Wir sind eben doch ein gutes Team, Sie und ich.»

«Sagen Se ma», Galgenberg sah Kappe etwas verschmitzt an, «wolln wa uns nich duzen?»

«Ich bin Hermann.» Kappe streckte seine Hand aus.

Galgenberg ergriff sie. «Justav», sagte er. Beide Männer schüttelten sich die Hand. «Ein Satz mit Dahlien?», verlangte Galgenberg.

«Keine Ahnung.»

«Als ick da im Dom hab daliejen sehn …»

«Gustav, wenn du so weitermachst, überleg ich mir das mit dem Du noch mal», unterbrach Kappe mit einem Grinsen.

Galgenberg lachte. «Keene Sorge. So viele jibtet davon nich mehr. Aba mal wat janz anderet …»

«Was?»

«Wer war'n eijentlich die Früchtchen, die da niederjeschlagen ham? Zusammen mit diesem Mazurat? Da ham wa jar keene Erkenntnisse, wa?»

«Stimmt», sagte Kappe nachdenklich. «Aber vielleicht taucht ja irgendwann noch was zu denen auf.»

«Dein Wort in Jottes Jehörgang.»

Wenig später verabschiedeten sich die beiden Männer voneinander und wünschten sich frohe Weihnachten. Kappe lief glücklich zum Leipziger Platz. Er durchstreifte das Kaufhaus Wertheim nach einem Geschenk für Klara. Die Regale waren zwar leer, aber schließlich fand sich ein altrosa Seidentuch. Kappe dachte an den Morgen des 9. November zurück und an das Spiel, das er mit Klara damals gespielt hatte. An dem Morgen hatte sie ein altrosa Seidenkleid erfunden. Er zahlte den stolzen Preis, ohne mit der Wimper zu zucken.

KAPPE erledigte letzten Schriftkram in seinem Büro. Dann rief er Fräulein Jenn an. Natürlich erinnerte sie sich an Anton Kummers Bildpostkarte. Als er auflegte, hatte er für ihn einen festen Termin. Am 2. Januar um zehn Uhr sollte Anton mit ihm bei der Berliner Illustrations-Gesellschaft erscheinen. Fräulein Jenn wollte sogar sehen, ob Willy Römer dabei sein konnte.

Das wird ein richtiges Weihnachten für Anton, dachte Kappe. Beschwingt lief er in Richtung Ackerstraße. Er machte einen Abstecher auf den kleinen Weihnachtsmarkt auf dem Arkonaplatz und wanderte an den wenigen Ständen vorbei. Ein paar Händler verkauften ärmliche Notplätzchen. Ein Mann bot als Kerzenersatz Patronenhülsen an, die er mit Karbid gefüllt hatte. An einem Glühweinstand wurde Glühwein verkauft, der so sauer wie Essig war. Ein paar Kinder standen um die Trinkenden und sangen für ein paar Pfennige «O Tannenbaum, o Tannenbaum, der Kaiser hat in' Sack gehaun», bevor sie kichernd weiterliefen. Kappe entdeckte ein kleines Mädchen, das aus Wollresten gestrickte Püppchen verkaufte. Er dachte an Klein-Margarete und kaufte dem Mädchen eine der Püppchen ab. Das Mädchen strahlte.

Etwa eine halbe Stunde später kam er in Antons Hinterhof an. Der Keller war verschlossen. Ein Junge sagte ihm, dass Anton zum Schloss gegangen sei, weil da was los wäre.

Das Schloss hatte sich in einen regelrechten Kriegsschauplatz verwandelt. Die ehemals kaiserlichen Truppen griffen an. Mörsergranaten pfiffen und schlugen im Schloss ein. Maschinengewehre ratterten. Die Volksmarine schlug zurück. Auf beiden Seiten wurde erbittert gekämpft. Mehrfach flogen die Kugeln haarscharf an Anton vorbei, der sich mit seiner Kamera an der Spreeseite aufgestellt hatte. Die Situation wurde unberechenbar. Er wäre am liebsten weggelaufen. Aber er war Anton Kummer. Er wartete ab.

Ein Querschläger traf ihn in die Brust. Er versuchte, sich an der Kamera festzuhalten, aber die Wucht der Kugel schlug ihn nach hinten. Die Kamera fiel um und zerbrach in tausend Stücke. Die Glasplatten klirrten und wurden zu Scherben. Der Schmerz fühlte sich an, als hätte ihm jemand einen glühenden Schürhaken in die Brust gerammt. Ihm wurde schrecklich kalt. Alles verschwamm vor seinen Augen.

Hermann Kappe sah, wie Anton fiel, die Kamera mit sich ziehend, und auf dem Boden aufschlug. Er schrie so laut, dass er den Gefechtslärm übertönte, und rannte zu Anton. Der Junge lag in einem See aus Blut. Er war bleich wie der Schnee, der zu fallen begonnen hatte. Kappe nahm ihn in die Arme. «Anton, nicht abhauen. Wir haben doch einen Termin. Nächste Woche Donnerstag.»

Anton öffnete die Augen. «Bei Willy Römer?»

«Genau. Mensch, Junge, da kann ich doch nicht alleine hingehen.»

Anton lächelte schwach. «Die Kamera is ja nu hin», sagte er leise. Und seine Augen fielen zu.

«Mensch, machen Se Platz!» Zwei Santitätssoldaten waren mit einer Trage angerannt gekommen. Sie zogen Anton aus Kappes Armen. Kaum lag er auf der Trage, liefen sie geduckt durch die unübersichtlichen Reihen der Angreifer davon.

«Wo bringen Sie ihn hin?», rief Kappe ihnen nach. Doch sie waren schon verschwunden. Kappe hockte noch eine Zeitlang wie unter Schock inmitten der Kameratrümmer. Tränen liefen sein Gesicht herab. Erst als zwei Mörsergranaten brüllend in die Schlossfassade vor ihm einschlugen, wachte er aus seiner Starre auf und lief langsam in Richtung Kreuzberg.

Kappe ging wie betäubt die Straße entlang. Erst spät merkte er, dass ihm ein Wagen folgte. Er drehte sich um. Es war ein graues Auto. Wie von der Obersten Heeresleitung, dachte er. Der Wagen überholte ihn und hielt an. Die Tür ging auf, und Kappe blieb stehen. Zwei Männer saßen im Fond. Neben dem Chauffeur saß ein weiterer. Kappe sah ihn nur von hinten. Im Fond zündete der eine dem anderen eilfertig eine Zigarre an. Für kurze Zeit erleuchtete das Licht des Streichholzes beide Gesichter. Kappe zuckte zusammen: Der Eilfertige war der Mann, der ihn damals in der Köpenicker Straße niedergeschlagen hatte, nachdem er Mazurat verjagt hatte. Der zweite, derjenige, dem der Eilfertige Feuer gegeben hatte, kam ihm ebenfalls bekannt vor, aber er konnte ihn nicht einordnen. Sie trugen Uniformen. Auf den Schultern des Zigarrenmannes glimmten Sterne.

«Erschrecken Sie nicht, Herr Kappe. Wir sind froh, dass Sie leben.» Der Zigarrenmann zog kurz an seiner Zigarre, so dass ihr Ende in einem orangefarbenen Ring aufblühte. Er blies den Rauch aus. «Aber gestatten Sie, dass ich mich zunächst vorstelle. General Gröner, Oberste Heeresleitung.»

Kappe fiel es wie Schuppen von den Augen. Gröner war Generalquartiermeister Hindenburgs. Sein Bild hatte er bereits in der Zeitung und in Wochenschauen gesehen.

«Sicher», antwortete Kappe bitter. «Deswegen hat dieser Herr», er nickte in Richtung des Eilfertigen, «ja auch wie ein Wilder auf mich eingeschlagen. Aber wenn Sie mich nun bitte entschuldigen wollen.» Er setzte sich wieder in Bewegung. Das Auto machte einen kleinen Satz. Der Mann vom Vordersitz sprang heraus und baute sich vor Kappe auf. Es war der zweite Schläger. Auch er trug Uniform.

«Was soll das Ganze? Wenn Sie mich um die Ecke bringen wollen, dann machen Sie's. Aber reden Sie nicht lang rum.» Kappe spürte nach den Schüssen am Schloss und ihren schrecklichen Konsequenzen eine gewisse Teilnahmslosigkeit am eigenen Schicksal. Er wollte nach Hause zu Klara. Und wenn das nicht sein sollte, dann eben nicht. Er hoffte nur, dass diese merkwürdige Scharade bald ein Ende fand.

«Sachte, sachte», sagte Gröner.

«Jetzt benehmen Sie sich mal. General Gröner will sich bei Ihnen bedanken», herrschte ihn der Mann, der vor ihm stand, an.

«Gut. Hat er hiermit. Kann ich jetzt gehen?»

«Herr Kappe, niemand kann besser verstehen als wir, dass Sie verärgert sind.» Der Eilfertige hatte das Wort ergriffen. «Wir mussten einfach so vorgehen, wie wir vorgegangen sind. Immerhin hatten Sie die notwendigen Informationen zur Aufdeckung der Verschwörung.»

Kappe sah sie verständnislos an.

«Deswegen haben wir Sie beschattet», sagte der Mann, der vor ihm stand. «Und vor dem Irren gerettet.»

Kappe hatte das etwas anders in Erinnerung.

«Wir hatten Anzeichen dafür, dass etwas im Busch war. Aber meine beiden Herren hier», der General deutete auf die beiden Männer in Uniform, die Kappe für sich nur «die Schläger» nannte, «also, meine beiden Herren hier kamen nicht weiter. Im Gegensatz zu Ihnen.» Der General paffte an seiner Zigarre. «Kurz: Gut gemacht, Herr Kappe. Sie haben unseren nützlichen Idioten gerettet.»

«Wie bitte?» Kappe hatte langsam das Gefühl, sich in einem schlechten Theaterstück wiederzufinden.

«Will sagen: So gut wie Ebert und seine Parteigenossen in der Regierung könnten nur noch wir selbst mit uns zusammenarbeiten. Die Oberste Heeresleitung ist Ihnen zutiefst dankbar.» Die beiden Schläger nickten synchron.

«Tatsächlich», sagte Kappe nur. Dann ließ er Gröner und seine Männer einfach stehen. Der Mann, der auf der Straße gestanden hatte, verschwand wieder in dem grauen Wagen.

«Wir könnten Sie irgendwohin mitnehmen», rief der Eilfertige. «Sagen Sie einfach, wohin Sie wollen».

Er ignorierte den Wagen, der noch ein paar Meter neben ihm her fuhr, bevor er wendete und davonschoss. Kappe lief den ganzen

Weg nach Hause. Seine Gedanken rasten. Nichts schien plötzlich richtig. Aber was genau falsch gewesen war, konnte er auch nicht sagen. Nur eines war ihm klar: Sein Erfolg war ihm plötzlich vergällt. Auf einmal machte Sinn, was ihm Katzler und Schnitkoweit erzählt hatten. Genauso wie die mörderischen Kämpfe heute am Schloss und die Gerüchte, dass die Gardefüsiliere die Demonstranten in der Chausseestraße auf Betreiben von Stadtkommandant Wels erwartet und beschossen hatten. Anton Kummer hatte ein Photo von den Zusammenstößen gemacht. Und plötzlich erinnerte Kappe sich daran, was Klara an dem Morgen gesagt hatte, an dem sie am Straßenrand zusammengebrochen war. Es war der 9. November gewesen, und sie beide waren bei ihrem morgendlichen Spaziergang gerade auf der Oranienstraße angekommen. «Irgendwie ist das ein falscher Winter», hatte Klara gesagt. Den Eindruck hatte Kappe mittlerweile auch. Bereits seine Ermittlungen waren ein Netz aus Täuschung gewesen, in das er sich verstrickt hatte. «Ein falscher Winter», flüsterte er, während er die Straße entlangging. In dumpfes Brüten versunken, kam er zu Hause an.

Bevor er das Haus betrat, zog er den Mantel aus und rollte ihn zusammen. Er wollte nicht, dass Klara die Blutflecke sah. Im Treppenhaus kam ihm Margarete entgegen. «Du gehst schon?», fragte Kappe.

«Ich muss. Versammlung wegen der Kämpfe am Schloss.» Sie lief die Treppen hinunter.

Kappe sah ihr nach. «Margarete?»

Sie blieb stehen und drehte sich zu ihm um.

«Ich schulde dir noch eine Antwort.»

«Auf was?»

«Auf deine Frage, die du mir gestellt hast, als wir zum Zirkus Busch gegangen sind: ob die neuen Verhältnisse vielleicht ziemlich nah an den alten sind.»

«Und, Herr Kommissar, zu welchem Schluss sind Sie gekommen?»

«Du hattest recht.»

Margarete lächelte. «Frohe Weihnachten, Hermann!» Sie lief die restlichen Stufen hinunter. An der Haustür blieb sie noch einmal stehen. Sie sah zu ihm hoch. Ihr Gesicht war plötzlich ganz ernst. «Du glaubst gar nicht, wie gerne ich unrecht gehabt hätte.» Die Haustür fiel ins Schloss.

«Frohe Weihnachten, Margarete», sagte Kappe ihr hinterher. «Und vielen Dank für alles.»

«Mit wem redest du denn?» Klara erschien auf dem Treppenabsatz, die kleine Margarete auf dem Arm.

«Ich hab Margarete getroffen.»

«Schade, sie konnte nicht bleiben.» Klara nahm ihn bei der Hand. «Aber dann machen wir es uns richtig gemütlich.» Sie blickte ihn an. «Du siehst ja aus wie Braunbier mit Spucke. Und warum hast du deinen Mantel nicht an?»

«Weihnachtsgeschenke», sagte er geistesgegenwärtig und lief, den Arm mit dem aufgewickelten Mantel von ihr weggedreht, in die Wohnung. Er ging direkt in das winzige Badezimmer, nahm das Strickpüppchen und das in Seidenpapier eingewickelte Halstuch aus seinem Mantel und wusch mit dem eiskalten Wasser das Blut heraus, bis das Wasser, das gurgelnd in den Abfluss lief, klar war. Beim Hinausgehen sah er sich im Spiegel an. Sein Bart erinnerte ihn an den Kaiser.

Kappe betrat mit vor Kälte steifen Fingern das Wohnzimmer. «Geht es dir besser?», fragte Klara. Er nickte. Dann sah er den festlich gedeckten Tisch. Tannenzweige lagen darauf, und das gute Porzellan war aufgedeckt. Eine echte Kerze stand auf dem Tisch, daneben lagen zwei rote, glanzpolierte Äpfel. Klein-Margarete schlief in der Wiege, die Klara in das Zimmer geschoben hatte.

«Woher hast du das denn alles?»

«Ein Paket aus Storkow ist gekommen», sagte sie glücklich. In Storkow lebte Major Ferdinand von Vielitz, Kappes geistiger Ziehvater. Kappe hatte ihm vor Jahren einmal das Leben gerettet, und von Vielitz hatte ihm daraufhin aus Dankbarkeit die Laufbahn bei der Kriminalpolizei in Berlin ermöglicht. «Und jetzt pass mal auf.» Klara verschwand in der Küche. Kurze Zeit später kam sie mit einem Tablett wieder, auf dem ein Teller mit Schmalzstullen und ihre gute Kaffeekanne standen. «Ist das nicht ein Fest, Hermann?» Sie legte ihm ein Schmalzbrot auf den Teller und schenkte ihm Kaffee ein.

«Was meinst du, wie lange ich gelüftet habe, damit du den nicht sofort riechst, wenn du reinkommst.»

Er musste lächeln. «War das alles in dem Paket?»

«Ja. Und das auch.» Sie gab ihm eine Bildpostkarte, auf der ein dicker Engel in hellblauem Kleidchen mit Flitter *Frohe Weihnachten* wünschte. Kappe entzifferte, was der Major in seiner krakeligen Schrift geschrieben hatte: *Frohe Weihnachten und alles Gute zur Geburt der Tochter. Ferdinand von Vielitz.*

«Na, was sagst du, Hermann?»

«Ich bin platt.» Er schwieg.

Klara sah ihn etwas ratlos an. «Na, dann hol ich jetzt mal dein Geschenk.» Sie verschwand erneut in der Küche und kam mit einer Schachtel wieder. «Von Klein-Margarete und mir.»

Kappe machte die Schachtel auf. Ein Hut kam zum Vorschein. Er küsste sie. «Ein Held muss immer gut behütet sein», sagte Klara strahlend.

Kappe schluckte. «Dann seid ihr jetzt dran.»

Er gab Klara das in Seidenpapier gewickelte Paket. Sie riss es auf und zog das Tuch hervor. «Hermann, das ist zu schön!» Sie legte es sich sofort um und sah ihn mit glänzenden Augen an.

«Das rosafarbene Seidenkleid hatten sie dieses Jahr nicht.» Dann zog er das Strickpüppchen hervor und gab es Klara. «Für Klein-Margarete.»

«Gib es ihr selbst», sagte Klara. Sie nahm ihn an die Hand. Gemeinsam beugten sie sich über die Wiege.

«Sie schläft», sagte Kappe. Er war unsicher, was er mit dem Püppchen machen sollte.

«Leg es einfach in die Wiege.»

Kappe legte es vorsichtig auf das Daunenkissen, mit dem

Margarete zugedeckt war. Sie atmete einmal tief und bewegte das Köpfchen, dann schlief sie weiter. «Das hast du gut gemacht, sie Margarete zu nennen.» Er berührte Klara leicht an der Schulter.

Sie lächelte und streichelte die Wange des schlafenden Kindes, nahm dann Kappe bei der Hand und zog ihn zum Sofa. Dann zündete sie die Kerze an. «Frohe Weihnachten, Hermann!»

«Frohe Weihnachten!»

Kappe und Klara saßen nebeneinander auf dem Sofa und aßen das fürstliche Weihnachtsessen. Aber so viel er auch aß, so viel er auch trank, so sehr er versuchte, alles zu vergessen und einfach nur mit Klara ausgelassen Weihnachten zu feiern – was er erlebt hatte, klebte an ihm, war wie ein schlechter Geschmack im Mund, der sich nicht vertreiben ließ. Kappe bekam ein schlechtes Gewissen. Er versuchte, Klara die festliche Stimmung nicht zu verderben. Aber er konnte nicht anders: Er saß da und schwieg.

Schließlich legte Klara sich auf das Sofa und bettete ihren Kopf in seinem Schoß. Sie gähnte. Dann nahm sie die Karte vom Tisch. «Weißt du, was ich mich frage?»

«Nein.»

«Ich frag mich, wie der Engel in diesen Zeiten so fett werden konnte.»

Kappe lachte, aber es hörte sich gezwungen an. Klara sah ihn an. «Warum erzählst du mir nicht, was passiert ist?»

Obwohl Hermann Kappe in den letzten zwei Monaten gelernt hatte, Frauen durchaus in einem anderen Licht zu sehen, schaffte er es nicht, über seinen eigenen Schatten zu springen. Er war immer noch ein Mann. Und Männer redeten nicht groß. Vielleicht war es auch besser, wenn Klara nichts über das Chaos da draußen wusste. Oder zumindest nicht alles. Oder nicht heute. Für sie war alles so neu und aufregend. Kappe streichelte Klara übers Haar. «Vielleicht später einmal», sagte er. Aber sie hörte ihn nicht mehr, weil sie schon eingeschlafen war.

Er starrte lange ins Leere. Dann hob er vorsichtig Klaras Kopf von seinem Schoß und ging ins Bad. Er stellte sich vor den Spiegel und musterte sein Gesicht. Der dicke blaue Fleck prangte wulstig in seinem Gesicht und fing noch nicht einmal an, sich zu verfärben. Obwohl er fast dreißig war, sah er immer noch jung aus. Aber seine Augen hatten sich verändert. Aus dem Spiegel sah ihn ein Mann an, in dessen Blick sich etwas eingebrannt hatte. Wissen vielleicht. Müdigkeit. Er hatte keinen Kinderblick mehr.

Kappe bereitete sich aus Kernseife und kaltem Wasser einen dünnen Rasierschaum. Dann fasste er mit der Linken die Enden seines Bartes und schnitt sie ab. Schnitt für Schnitt zog sein Rasiermesser Schneisen in den Bart. Zum Schluss wusch er sich das Gesicht. Er ging aus dem Badezimmer, ohne noch einmal in den Spiegel zu schauen.

Klara schlief noch, als er zurück in die Stube kam. Die Standuhr tickte. Er hörte ein Glucksen aus der Wiege. Vorsichtig schaute er hinein. Klein-Margarete schaute ihn an und streckte die Ärmchen zu ihm aus. Kappe war unschlüssig. Dann gab er sich einen Ruck. «Mal sehen, ob wir doch noch Freunde werden können.» Er nahm sie aus der Wiege. Mit dem Kind im Arm setzte er sich vorsichtig in einen Sessel. Margarete kiekste und wedelte mit ihren winzigen Fäusten. Dann steckte sie sie in den Mund. Ihre Augen – Klaras Augen, wie Kappe feststellte – sahen ihn staunend an. Er betrachtete ihre winzigen Fingerchen, jedes einzelne kleiner als ein Glied seines kleinen Fingers. Sie wackelte ein bisschen mit den Beinen. Kappe lockerte das Bindetuch, mit dem ihre Beine umwickelt waren, so dass sie sich bewegen konnte. Margarete prustete und strampelte.

«Ich habe eine Frau kennengelernt, die fliegt. Und vielleicht wirst du das ja auch mal tun. Oder du wirst Politikerin. Oder Filmdiva.» Er verzog das Gesicht. «Na, lieber nicht.» Er berührte mit seinem Zeigefinger ihre winzige Nase. Margarete gluckste und versuchte, seine Hand zu greifen. «Aber vorher lese ich dir *Winnetou* vor.»

Kappe sah den kleinen Menschen in seinen Armen an. Etwas breitete sich in ihm aus, das wärmer war als die ersten streichelnden Sonnenstrahlen nach einem viel zu langen dunklen Winter.

Und dann spürte er etwas, das ihm so unsinnig vorkam, dass er sich fast schämte. Es war Hoffnung.

Während draußen der Schnee die Welt mit seinen kalten Daunen bedeckte, saß Hermann Kappe in der dunklen Wohnung und hoffte für dieses kleine Bündel, das auf seinem Schoß lag, für Anton Kummer und die Meyers und für alle anderen, dass die Zeiten endlich besser würden. Er hoffte mit einer Leidenschaft, die sein Herz durchbohrte. Er hoffte, wie er noch nie zu hoffen gewagt hatte.

Es geschah in Berlin ...

Horst Bosetzky: **Kappe und die verkohlte Leiche (1910)**

Sybil Volks: **Café Größenwahn (1912)**

Jan Eik: **Der Ehrenmord (1914)**

Horst Bosetzky/Jan Eik: **Nach Verdun (1916)**

Iris Leister: **Novembertod (1918)**

Horst Bosetzky: **Der Lustmörder (1920)**

Peter Brock: **Das schöne Fräulein Li (1922)**

Wolfgang Brenner: **Stinnes ist tot (1924)**

Petra A. Bauer: **Unschuldsengel (1926)**

Horst Bosetzky: **Bücherwahn (1928)**

Petra A. Bauer: **Kunstmord (1930)**

Jan Eik: **Goldmacher (1932)**

Klaus Vater: **Am Abgrund (1934)**

Horst Bosetzky: **Mit Feuereifer (1936)**

Jan Eik: **In der Falle (1938)**

Jan Eik: **Polnischer Tango (1940)**

Petra Gabriel: **Beutezug (1942)**

Horst Bosetzky: **Unterm Fallbeil (1944)**